U0783334

荣 获

新闻出版总署优秀畅销书奖
全国优秀古籍图书普及读物奖
第十七届山西省优秀图书一等奖
第二届山西出版政府奖
山西出版集团2008年度十种好书

全套藏书累计销售 500 万册

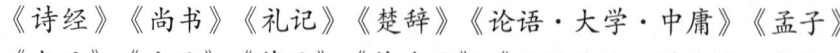

诸子百家卷

《诗经》《尚书》《礼记》《楚辞》《论语·大学·中庸》《孟子》
《老子》《庄子》《荀子》《韩非子》《孙子兵法·尉缭子·鬼谷子》
《墨子》《周易》《山海经》《吕氏春秋》《三十六计》

名家选集卷

《三曹诗集》	《陶渊明集》	《王勃集》	《王维集》	《孟浩然集》
《高适集》	《岑参集》	《李白集》	《杜甫集》	《白居易集》
《刘禹锡集》	《元稹集》	《李商隐集》	《李贺集》	《杜牧集》
《韩愈集》	《柳宗元集》	《李煜集》	《欧阳修集》	《王安石集》
《苏轼集》	《黄庭坚集》	《柳永集》	《秦观集》	《周邦彦集》
《李清照集》	《辛弃疾集》	《陆游集》	《范成大集》	《杨万里集》
《姜夔集》	《文天祥集》	《元好问集》	《唐寅集》	《张岱集》
《三袁集》	《李贽集》	《傅山集》	《纳兰性德集》	《袁枚集》
《郑板桥集》	《龚自珍集》			

史著选集卷

《左传》《国语》《战国策》《史记》《汉书》《后汉书》《三国志》
《资治通鉴》

综合选集卷

《唐诗三百首》《宋词三百首》《元曲三百首》《千家诗》《古文观止》
《汉魏六朝小赋骈文选》《唐宋八大家文选》《明清小品文选》

笔记杂著卷

《蒙学六种——三字经·百家姓·千字文·增广贤文·幼学琼林·格言联璧》
《颜氏家训·朱子家训》《世说新语》《金刚经·坛经·心经·地藏经》
《曾国藩家书》《菜根谭·小窗幽记·幽梦影》《浮生六记》《闲情偶寄》
《近思录》《徐霞客游记》《古代书信精选》

戏曲小说卷

《元杂剧精选》《西厢记》《牡丹亭》《长生殿》《桃花扇》《今古奇观》
《三国演义》《水浒传》《西游记》《红楼梦》《聊斋志异》《儒林外史》
《封神演义》《话本小说选》《文言小说选》

中国家庭基本藏书　名家选集卷

傅山集

一清一傅山一著　吴言生　景旭一解评

山西出版集团
三晋出版社

博学工作室

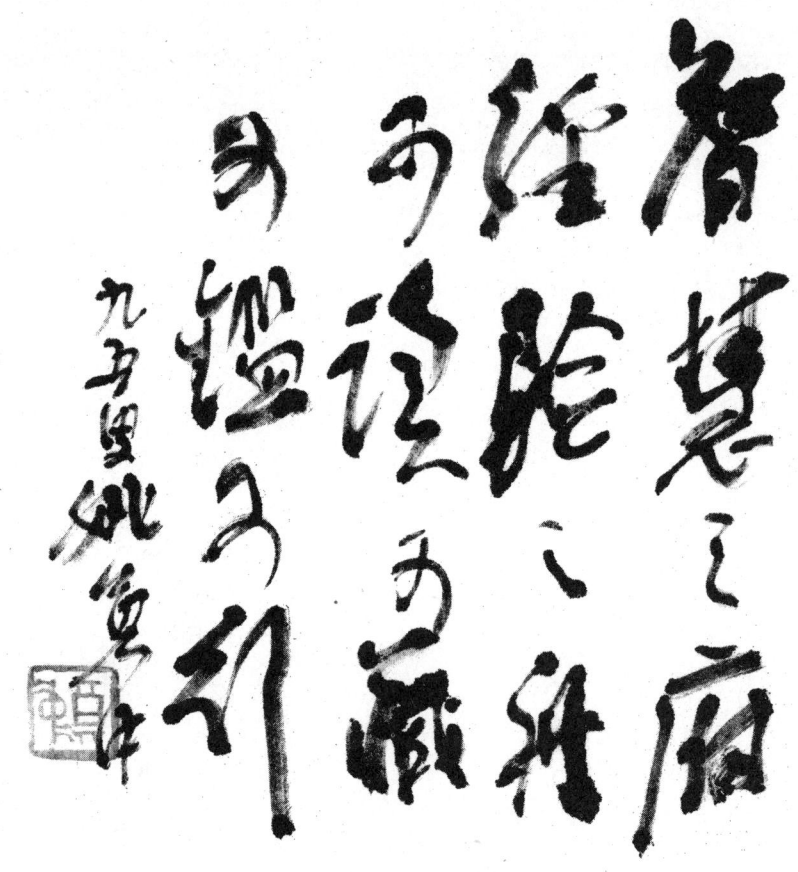

· 山西大学教授姚奠中先生为《中国家庭基本藏书》题词

前言

　　傅山（1606—1684），字青主，初名鼎臣，一字仁仲，别号甚多，有公之它、石道人、丹崖子、青羊庵主、侨黄老人、朱衣道人、酒道人等，受道法于龙池还阳真人时又更名真山。山西阳曲西村（今山西太原北郊）人。傅山生活的年代，是明清两大王朝政权更迭、社会大动荡的时代。明朝末年，朝廷内部明争暗斗，结党营私，政治腐败，导致民不聊生，统治阶级与农民百姓之间矛盾日益尖锐，各地农民纷纷揭竿而起，农民起义如火如荼。甲申之变，泱泱大国沦于异族的铁蹄之下，江山易主，满目疮痍。此时，已近不惑之年的傅山思想已日渐成熟，一方面，他痛感明季政治的腐败，面对内忧外患却束手无策、以迂腐的理学愚弄黔首；另一方面他深恶痛绝清朝的异族统治，坚决抵抗，坚持民族气节，表现了高尚的爱国主义民族情操。这种思想贯穿其一生，深刻影响了他的诗文创作。

　　傅山出身于一个累世仕宦的士大夫家庭，其在书法绘画、学术研究和诗文创作方面深受家庭的影响。全祖望在《阳曲傅先生事略》中评价说："先生之家学，大河以北莫能窥其藩者。"他在经、史、诸子、道教、佛教、诗文、书法、绘画、音韵、训诂、金石、考据以及医学、拳法等方面均有深入的研究与独到的见解，时称"学海"，梁启超先生赞誉他"黄河以北，无人能及"，并将他与王夫之、顾炎武、黄宗羲等人一起列入清初六大宗师行列。张舜微《清人文集别录》称傅山"在清初儒林中最为博雅"。纵观傅山的一生，他既是明末清初知识分子中最具民族气节的思想家、活动家，又是一位博学多才的文学家、书画家、医学家，邓之诚先生《清诗纪事初编》卷二曾说："述傅山事者，杂以神仙，不免近诞。然至今妇人孺子咸知姓名，皆谓文不如诗，诗不如字，字不如画，画不如医，医不如人。其为人所慕如此。"傅山的人品和他精湛医术在普通百姓中的影响是巨大的，但傅山的学术视野和文学作品在清初遗民社会和文人士大夫阶层却更具感召力。傅山不仅以其高洁的人格和卓越的成就成为清初北方遗民社会的中坚和北方学术文化的重心，而且以其独具地域特色的文学创作代表了北方遗民诗文创作的最高水平。

傅山曾自评其诗文"一扫书袋陋，大刀阔斧裁。号令自我发，文章自我开"。《清史稿·傅山传》评其诗文曰："初学韩昌黎，倔强自喜，后信笔书写，俳调俗语，皆入笔端。"他性格刚硬耿直，诗文崇真尚拙，好用典故僻字，不依音韵格律；再者，清初政治变幻莫测，文化上实行高压政策，这使得他的诗篇多晦涩难懂，寓意深远，因此后人说他的诗"意险语幽，不经人道"，"奇僻精奥"，"孤行传世"。

傅山一生著述颇丰，传世的有《霜红龛集》四十卷、《两汉书姓名韵》、《傅青主女科》、《傅青主男科》、《荀子评注》、《淮南子评注》、《金刚经批注》等，今人将其结集为《傅山全书》。傅山于今三百年来，各家对其品评不一，曾一度陷入低谷。20世纪80年代（1984），为纪念傅山逝世三百周年，学术界掀起了傅山研究的热潮，从各个方面对傅山展开研究，取得了丰硕的成果，发表了大量优秀的论文。

此次我们解评的傅山作品，主要以《霜红龛集》（丁宝铨本）为据，分别参照了侯文正先生编著的《傅山诗文选注》、《傅山诗论文论辑注》、《傅山论书画》等书，获益良多，在此谨致以由衷的感谢。此次解评的作品，限于丛书的体例、篇幅等各方面的要求，我们选择了傅山的诗作72首，文赋28篇，以及富有教育意义的家训5则。末附"傅山年谱简编"、"傅山著作主要版本"、"傅山研究重要著述"及"《傅山集》名言警句"（正文中用着重号标注）。限于水平，其中注释、解析方面存在的谬误在所难免，希望得到方家与读者朋友的指正。

吴言生　景　旭
2008年8月于陕西师范大学

试论傅山的文学观（代序）

侯文正

名家选集卷

傅山集·代序

　　傅山，字青主，山西阳曲西村（今属太原市北郊区）人，生于明万历三十四年（1606），卒于清康熙二十三年（1684）。他是明末清初一位很有民族气节的社会活动家，又是一位博学多艺的著名学者、诗人、书画家和医学家。在学术上，他与黄宗羲、顾炎武、王夫之、颜元、李颙齐名，这六人被梁启超推崇为清初六大师。

　　傅山出身于一个累世仕宦的知识分子家庭里。童年时就随父在家塾读书，学习《左传》、《汉书》和诗文，15岁补博士弟子员（秀才），20岁试高等廪饩（廪生）。"性任侠，见天下且丧乱，诸号为荐绅先生者，多腐恶不足道，愤之，乃坚苦持气节，不肯少与时婥婀"（全祖望《阳曲傅先生事略》）。明崇祯九年（1636），山西提学袁继咸修复三立书院，以文章、气节教导学生，傅山入院肄业。同年，袁继咸被阉党、巡抚张孙振诬陷，解京究问。傅山领导山西生员一百多人，赴京请愿，联名上疏，为袁伸冤，直到次年五月终于取得胜利，以是名闻天下。清顺治十一年（1654）六月，傅山因从事抗清秘密活动被捕入狱,"抗词不屈,绝粒九日,几死"(全祖望《阳曲傅先生事略》)。后于次年十二月被释出狱。隐居于太原双塔寺下的松庄。在此期间,他与劳动人民有了更多的接触,"时与村农野叟,登东皋,坐树下,话桑麻,或有疾病,稍出其技,辄应手效"(刘绍攽《傅先生山传》)。反清复明的志士,包括学者顾炎武、李因笃,诗人阎尔梅、屈大均、申涵光,以及当时尚未与清政府合作的诗人朱彝尊、画家戴本孝、学者阎若璩等先后来访,或寄愤懑于诗酒间,或倾心腹于密谈中,以气节相勉励,以学问相切磋。康熙十七年(1678),举行"博学鸿词"考试,傅山拒不应征;虽被强迫进京,但他坚持不合作态度,"七日不食,佯癫将绝"(郭铉《徵君傅先生传》)。自北京归后,避居僻壤,课读两孙,以气节、文章教育后辈,78岁去世。

傅山思想的成熟期正当17世纪后半叶,他的不少主张具有初步民主的色彩,属于当时整个唯物主义进步思潮的一部分。在哲学上,他主张实学,注重实践,强调经世致用,尖锐地批判了宋明理学。同时,傅山不赞同"万世一系"的封建正统和对封建帝王的愚忠。他认为,"君择臣,臣亦择君"。这就是说,对汉族所建立的王朝,也不是无保留地一律要"忠"。这种观点,和他关心民生疾苦的态度联系起来,体现了傅山的初步民主思想。当然,这也同样有其时代局限,并非近代民主思想。尤其是他在明朝末年,对李自成农民起义军采取敌视态度,更说明了他的地主阶级立场。明亡之后,他写诗赞赏英勇抗清的山东榆园农民军;在对南明政权失望之后,也曾渴望有陈涉起义式的农民军揭竿而起,但这些并不表明他的地主阶级立场的彻底转变,而只是说明他站在民族主义立场上对农民军的态度有所改变而已。

傅山从小受到了祖国传统文化的熏陶。"博极群书而复精析入毫芒"(阎若璩《潜邱札记》),在诸子学、文学、音韵学、金石遗文之学、医学的研究和诗、文、书画的创作方面,都有所建树,"时称学海"(郭铉《徵君傅先生传》),著作相当丰富,可惜散失大部。到现在留传下来的,除《霜红龛集》这一主要文集之外,还有《两汉书姓名韵》、《傅青主女科》等刊本和手批《淮南子》手稿、手批《荀子》手稿及一些书画手迹。

傅山在文学理论及批评领域中,作出了值得重视的贡献,他虽然没有为我们留下系统的、《文赋》式的著作,但却在《失笑辞》、《书〈文赋〉后》、《〈杜遇〉馀论》、《家训》的《文训》、《诗训》等专篇文章和大量短篇杂记、杂文中,突破了封建正统文学理论的传统束缚,批判了宋明理学家和明代复古主义者的文学观,提出了许多富有战斗色彩和思想解放意义的见解，使人们耳目为之一新。傅山的文学观是中国文学理论批评发展史上重要的一环，他的诗论、文论至今仍有值得借鉴之处。因此，无论是研究中国文学理论批评史，还是研究傅山以至明清之际的思想文化史，这一方面都是不可忽视的。

一、傅山主张文学反映人生疾苦、经世致用

傅山的文学观是在他所处时代的现实斗争和他的社会实践中形成的。一方面是他身历了明末的腐败，并经历了国破家亡的痛苦之后，痛定思痛，认为需要认真总结明代政治文教的得失，进而探病穷源，追溯到宋代的弊端，而这必然要涉及许多领域，其中也包括文学领域；另一方面，明亡之际和明亡之后，他面临着尖锐的民族矛盾，亲身参与了抗清活动，需要运用各种武器进行斗争，其中当然也包括文学这一武器。傅山认为：文学应该真实地反映社会现实和人生疾苦，应该经世致用，为现实斗争(当时主要是抗清斗争)服务。这是傅山文学观中首先值得注意的基本思想。

傅山借用《易·系辞》上的一个命题，从哲学高度肯定了"文"的唯物主义概念，强调"文"是客观事物错综复杂的相互关系的反映。傅山强调诗、文创作都要真实地反映社会现实和人生疾苦。他对明清文坛上脱离现实、粉饰现实的现象，提出了尖锐的批判。对当时的诗坛，傅山的批判就更为尖锐。他借用佛家"断臂"的典故和"得证"的术语，说明诗文要写出自己切身经历和体验过的"甘苦"来："各人甘苦，各各自知，未闻得证，而不断臂。"傅山评价自己的诗歌创作，也就是正面发表他对诗歌的主张，傅山肯定，社会现实在诗人主观思想感情中的反映："荡荡乾坤病，戈戈肺腑收"，"世界疮痍久，呻吟感兴偏"。这是一种进步的创作主张。

傅山强调文学要真实地反映社会现实和人生疾苦，更注重文学的社会作用。这首先体现在他的文论中。傅山沿用了传统的"文"的概念的外延，他所说的"文"并不单指文学，而是包括各种文章在内，因此就更加强调其功利目的，强调经世致用，更加注重文章直接的政治作用。他说"事产营家易，文章负荷难"，就是要求通过写文章肩负起济世匡时、爱国教民的任务。他通过总结历史经验，尖锐地批判了那些"腐儒"们的"经术"和"文章"的空虚龌龊。傅山还回顾了宋代历史的沉痛教训，指出"一切文武病，只在多言。言者名根，本无实济"，那些"小人之

党"的"奴才"们,"大言取名","更相推激","而一二有廉耻之士,又未必中用",怎么能够不亡国呢? 至于明代,实行了八股取士制度,八股时文,到处泛滥,就更是禁锢思想,扼杀人才,贻误国事,危害极深了。傅山所推崇的是切实能够经世济用的文章:"《平准》、《货殖传》,举笔即萦回","沈著武侯书,质实《大诰》该。明白中原檄,琐屑金华哈"。——就是像《史记》中的《平准书》、《货殖列传》那样的关系国计民生的经济之文,像诸葛亮的著作那样内容深厚,像《尚书》中的《大诰》那样朴实扼要,像檄文那样明白透彻的政治、军事文章。他所赞赏的,是反清志士顾炎武的充满爱国激情和具有民族气节的《朝陵记》:"天涯之子遇,真气不吾缄。秘读《朝陵记》,臣躬汗浃衫。"这是傅山对宋明两代那些"腐儒"和"文章士"进行批判的必然结论,也是从当时反清现实斗争需要出发提出的鲜明主张。

傅山注重文学的社会作用,强调经世致用,还体现在他对史传文学的特殊重视上。他在写给秘密反清斗争中的战友戴廷栻的信中说"兄所留心者,莫过纪传之事为急",要他学习古文辞"专专于《史》、《汉》中求之"。为什么"莫过纪传之事为急"呢? 一方面,他希望利用史传文学的特殊作用,宣传清朝的非"正统"地位,区分开为清朝而"死事"之人与为反清而"死节"之士,"奉天讨伐,拨乱反正",鼓吹反清斗争。另一方面,明末清初有许多抗清志士,特别是民间抗清志士,急需立传,传之后人,以激励人们的斗志。他认为:"不得龙门才,英雄受经纬。"所以他强调史传文学,并且自己在"动触忌讳"的处境中,毅然为参加姜瓖反清起义牺牲的民间英雄薛宗周、王如金写了《汾二子传》,一生中亲自抄录了好多本赠人。从傅山对史传文学的特殊重视上,更可以看出他强调文章要有经世致用的现实意义。

二、傅山对文学特征的认识

傅山的诗论、文论,还在一定程度上认识到了文学的特征和文学创作的思维特点,从文学的内部规律方面开拓和发展了他的现实主义文学观。

首先,傅山认识到了文学的审美价值。他主张文章要经世致用,但并不否定文学的审美意义。他写道:"文章光岳宝,粉黛山泽精。"又说:"人无百年不死之人,所留在天地间可以增光岳之气、表五行之灵者,只此文章耳。"把"文章"与"粉黛"并列,这当然是对文学美感特征的一

种比喻。强调文章是"光岳宝","可以增光岳之气、表五行之灵",很明显,这并不是指直接的在现实政治生活中的作用,而是肯定它的美学意义了。他反对用"劝百讽一"、"曲终奏雅"等标准去评价楚辞《招魂》,而赞扬《招魂》"风流淡荡情无穷",着眼点正在于此。

其次,傅山以更明确的语言论述了文学的感情特征。他在肯定"物相杂而为文"的同时,又指出:"文者,情之动也。情者,文之机也。文乃性情之华,情动中而发于外,是故情深而文精,气盛而化神,才挚而气盈,气取盛而才见奇。"傅山认为"诗写胸臆间事",以抒情为主,更要写出"情至之语"。他以庾信的诗歌创作为例,说明这个问题:"庾开府诗,字字真,字字怨。说者乃曰:诗要从容尔雅。夫《小弁》、屈原,何时何地也,而概责之以'从容尔雅',可谓全无心肝矣。"傅山还反对那种"人喜亦喜,人悲亦悲,毫没交涉,谓获至宝"式的矫揉造作、随人俯仰的诗文。自己没有真实的、充沛的激情,那么无论是阿谀奉承于当世的权贵,还是拾人牙慧于古代的作品,还自以为是获得了"至宝",正是诗人创作的大弊病。

再次,傅山对文学创作过程的思维特点也有比较明确的认识。他在对历代文学作品的评论中,注意到了文学的形象性和典型性,同时更多地论述的是文学创作过程的思维特点。

生动的形象,是供给作家构思命意的材料,都充满了触发诗文创作灵感的契机。真正有艺术才能的人,只要接触了这些现实生活中的生动形象,就能反映在自己的创作中,使之变为活生生的,富有生命力的。这种观点是传统的"感物起兴"论点的发展,但和"文心"这一概念紧密联系起来,就比过去深入和前进了一步。在创作过程中的思维活动范围很广,脑海里浮想联翩,可以把冰炭般互相矛盾的事物并列思考,逐渐构思出有色有香的作品来。构思成熟到了极点,人们反而不注意它的酝酿过程。其实,它在积蓄未发的时候,就已经在脑海里混和、鼓荡、变化着;在逐渐成熟的过程中,就如蓬草、车轮一般飞转着、纵横运动着;到已经接近成熟的时候,还像冶炼那样不断鼓吹着。他在写给一位僧人讲学诗的信中具体指明,这个思维过程中很重要的内容就是"想情想境",也就是强烈的感情活动和伴着具体形象的思维。他在《书〈文赋〉后》一文中,更借用陆机的观点,说明这一思维过程,也就是一个艺术概括的过程:"古今须臾,四海一瞬。课虚责有,叩寂求音。敢不按部,趋来就班。"在紧张的联想和想象活动中,作家要纵观古今,扫视四海,然后凝神结想,创造出富有概括力的艺术形象来,并且找到适当的艺术形式表达出来。

正是由于傅山在不同程度上认识到了文学的审美价值、感情特征和文学创作过程中的思维特点，所以他认为，像杜甫的作品，"靠学问不得，无学问不得；无知见不得，靠知见不得"。要写出好的文学作品来，必须植根于现实，有真情实感，善于"想情想境"，还要有艺术才能。这些都不可能脱离"学问"、"知见"等理性的逻辑思维，但又不是单靠"学问"、"知见"就可以办到的。傅山对文学特性的认识和论述，不但是比较符合创作实际的，而且也从理论上批判了理学家的谬论，揭示了复古主义者的病根。

三、傅山对艺术风格的论述

明代以至清初，在社会矛盾斗争尖锐的背景下，各种文学流派应运而生，这些流派都比较注重文学风格问题。也可以说，明代前后七子的"文必秦汉，诗必盛唐"的主张，唐宋派的主张，竟陵派和公安派的主张，以及清代初叶神韵派、格调派、肌理派的主张，在很大程度上是文学风格之争。傅山对这个问题的回答高出于当时纷争不休的各派之上。

首先，傅山赞成文学风格的多样性，但坚决反对柔媚雕琢的风格。这一点从他对历代诗歌的评论中，看得很清楚。他还注意到了同一个作家、诗人也同样可以写出几种风格的作品来。例如，对过分雕琢的谢朓，傅山也指出他还有雄健的一面；对以写田园诗著称的陶渊明，傅山也多次注意到他还有刚猛的作品。风格的多样性反映了社会生活的多样性和作家的艺术个性。只要按照自己的灵性去创作，傅山都是给予肯定的。但他坚决反对六朝以来那种柔媚甘滑、靡弱无骨、雕琢刻镂的形式主义诗风。这既反映了当时尖锐的民族斗争形势下傅山的骨气，也体现了他的审美理想和趣味。为了纠正这种弊病，他强调宁可老硬隘涩，不可流于柔媚。

他的高明之处，在于揭示了文学风格与作家、诗人的生活经历的关系，特别是揭示了它和时代、社会背景的关系。傅山在总结他儿子傅眉一生诗风发展变化过程的一首诗中，为我们提供了一个典型的例证。他写傅眉的青少年时代，诗风是秀丽的："戏命为《采莲》，丽如《子夜》秋。"但当傅眉17岁的时候，"不图遭国变，挟策竭转蓬。顿失韶秀色，膈臆苍莽泅。江心略奇气，疏爽不事工"，经历了国破家亡的大动乱，又过着流浪无定的生活，心中充满了激情，诗风转而为苍莽、疏爽。到中年之后，由于抗清斗争的沉寂，傅眉的意气也逐渐消沉，诗风又为之一变："中年渐冷淡，馀波绮丽从。笔性不枯槁，花月捎其秾。""冷淡"而又"绮丽"的诗风，反映了傅眉的消沉和颓废。这个例子，典型地说明了时代、社会背景、作家的生活经历对性、情、气、才、学、识等主观因素的影响，说明了客观社会因素对文学风格形成的重要作用。因此，傅山在分析历代诗人的风格时，都比较注意"知人论世"。

综合上述主观和客观原因，傅山对文学风格形成原因的结论是："性情配以气，盛衰惟其时。"他用了一个比喻，说明"性情、气"和"时"的关系："风有方圆否？水因搏击高。偏才遇乱世，喷口成波涛。""风"就像时代的环境、趋势，虽有重要的推动力，但并不能决定创作个性和艺术风格的"方"与"圆"；"水"有如诗人的气质、修养，离开时代的推动，则难以表现其艺术才能之"高"。二者互相作用，才能达到一定的艺术成就，形成或"方"或"圆"的格调。这一比喻，说明一位"偏才"遇到"乱世"，创作出很有气魄的"波涛"般的作品来，原因就在于时代、环境和他主观因素之间的互相"搏击"。这个结论，也是符合主观和客观之间的辩证关系的。

傅山认为，文学风格的形成，不是靠形式主义的刻意追求，而是在创作实践中自然形成的。傅山通过他的文章告诉我们：在广阔的文学天地里，无论哪一种风格，都有其各自的特点，都有其存在的价值和形成的原因，它们使文学的天地更加丰富多彩，生气勃勃，以不同的姿态给人们以思想的启示和艺术的感染。

四、傅山对复古主义的批判

傅山坚持文学的发展观和独创论，直接和具体地批判了明代文坛上的复古主义逆流。

傅山认为当代的文学创作并"不全乖于"上古时代或先秦两汉的文学创作，它们之间有着继承性。但它毕竟不是上古或秦汉时代文学作品的"印板"，也不能靠"模拟"去复制上古或先秦两汉时代的文学作品。文因世变，有因有革，当代的文学要靠当代作家的"才情"去创造。

傅山并不否认文学在思想内容方面的继承性。他所反对的是自己没有主见，没有思想，没有独立的是非观念，以古人之是非为是非，以古人之得失为得失，完全脱离当代现实生活，做古人的奴隶。他讽刺那种专门以"袭取"古人馀唾为业的抄袭者，就像小偷一样，只能欺骗和吓唬自己无知的妻子和奴婢,这么做不仅没有丝毫价值,反而把自己天生的一点聪明也失去了。他认为,这样模拟、因袭、剽窃古人而产生的作品,只能是一种"夭死"之文,决不会有活的思想和美的价值。

从艺术形式方面,傅山也肯定了文学的继承性,并且更注意对古代优秀作品的艺术技巧进行学习、借鉴。他教育后代学习古籍,"除经书外,《史记》《汉书》《战国策》《左传》《国语》《管子》骚赋,皆须细读,其馀任性之所喜者,略之而已"。这些论述都说明,对古代的艺术形式和技巧,既要"悟入",又要"别生机轴";既要"熏习",又要"变化"。博采众长,如集风雨;变化创新,如流江波。这是对古代文学遗产的正确态度。

但复古主义者却不是采取这种态度,他们认为一篇文章或诗歌之所以成功,全在遵循古人作品中的万古不变的"法"和"规矩"。明代文坛上严重的公式化就是这种复古倒退所造成的恶果。正像傅山所说:明代的"王(王慎之)、唐(唐顺之)、瞿(瞿佑)、薛(薛伦道),文章妙矣,然只觉惟有格套已"。就是说:内容空洞,没有新意创见,形式雷同死板,毫无生气。傅山针对这种情况,首先解决把"法"绝对化、凝固化的问题。他借用佛家参禅式的语言,说明"法"与"无法"之间的辩证关系,认为一切写作法则,本来是从写作实践和作品中概括总结出来的;这些法则即使是正确的,也应该服从自己写作的需要,也应该敢于突破、舍弃,何况有些并非真正反映创作实际的所谓法则,更应敢于抛弃它;这样去否定"法",并不是一概地、完全地否定"法";对写作法则的问题,应该采取这种态度才对。傅山的论述,虽然带有一点神秘主义色彩,但却并非诡辩,而是包含着一定辩证法因素的。这和后代许多作家告诫人们自己去摸索名家名作的写作经验,不要相信什么"小说作法"的主张,实际是一个意思。

傅山还抓住当时诗坛上复古主义者极力推崇的杜甫这一典型,具体地、富有说服力地批判了"法古"的倾向。他认为杜甫的艺术技巧,是自然表现和流露出来的,不是故意做作,在写作之前或之中先存一个用什么什么"法"的念头,学习杜甫决不能去模拟因袭,而要有因有革。他还进一步以佛比文,说明"断无抄袭杜字句而可以为杜者",正如僧人"学得经文中偈言",并不一定就可成"佛"一样。教条主义、形式主义的学习方法不是正确的方法,是不会真正收到成效的。这对复古主义者,无疑是当头棒喝。

"一扫书袋陋,大刀阔斧裁。号令自我发,文章自我开","此自吾家诗,不属袭古格",这就是傅山主张的艺术独创,这就是傅山扫除文坛积弊的创新精神。创新,呼喊出当代的声音。创新,要在艺术形式和技巧上巧于标新立异。"怵他先我,虽爱必捐",在艺术上决不走前人的老路。

五、傅山对宋明理学家抹煞文学的谬论的抨击

傅山在批评复古主义的同时,也激烈地抨击了宋明理学家歪曲、贬低和抹煞文学的种种"奴评婢讥"。这同他在哲学上清算理学的斗争是完全一致的,是他一贯坚持的反理学思想在文学领域里的表现。

傅山主要从三个方面抨击了宋明理学家歪曲、贬低和抹煞文学的谬论。

一是反对理学家的"独尊六经"说,肯定了具有较强的文学性的《左传》、《庄子》、《山海经》等著作的价值和"文章之妙"。宋明理学家为了维护其"道统",不仅攻击"六经"之外的《左传》,更把《庄子》、《山海经》看作荒唐之言,一笔抹煞其价值。傅山针锋相对,驳斥了他们的谬论。如他点名道姓地抨击了宋儒朱熹、尹焞对《左传》的攻击:"我于《左传》,薄有所得,却非明经家言,只是醒得文章之妙。朱晦庵(朱熹)谓是'趋炎附势之书',不知何谓而为此言?尹焞说:'只有六经如《左传》,便把文章做坏了也。'真令人喷饭。尹焞醒得文章是个甚来?"傅山气愤地指出:像朱熹、尹焞这种"奴评婢讥,噂沓满纸",简直与秦始皇的专横不相上下:"呜呼!奇书奥牒,尽灰秦焰。即《左氏春秋》,不为宋儒尹焞之所焚,亦幸矣!"傅山还肯定《庄子》"虽恢诡傉岩于六经外,譬犹天地日月,固有常经常运,而风云开阖,神鬼变幻,要自不可缺",《山海经》"不但物类奇瑰,即文字之古峻,背后世文人所不能肖",只有"通儒奇士"才可以真正理解这些作品,那些"一味板拗"的"理学法家"、"奴鄙儒"是无法理解这些作品的价值的。傅山的这些观点,对宋明理学家的道统说无疑是一个有力的冲击。

二是反对理学家坚持的"劝百讽一"说,肯定了文学的审美意义和感情特征。他指出,"自劝百讽一言著,儒者执之以论为诗赋之经",要求文学变成宣传仁义道德、纲常伦理的语录说教,变成冷冰冰的公式化、概念化的理学工具,这是对文学的歪曲。他认为,"劝百讽一"固然无济于事,就是"劝一讽百",也"不中溃水光"。如果真正要达到理学家的要求,只能把文学变成攻击谩骂的工具,"须极其讦谵,倍声色于千百世之下,乃始以为文章……故紫阳(朱熹)效陈子昂,取史策秽事,尽力扬播，盖儒习也"。傅山辛辣地讽刺了理学家的荒谬主张，认为如果要以"曲终奏雅"、宣传仁义道德作为衡量文学作品的唯一标准，那么像宋玉的《招魂》，虽然"风流淡荡情无穷"，可惜"目中仁义道德之柴遂焚"，只能被排斥摈弃于文学之外，而平庸拙劣的景差，反倒要被推为优等作家了。傅山以轻蔑的口吻说："黠哉！景大夫能于千百世之前，逢迎千百世之后诚意正心之贤，而令颐解而发呫濡颜。宋玉罔念终狂，可谓经情而拙媒，遂不能与景差同为圣贤之侪矣，奈何哉！"

三是反对理学家的"玩物丧志"说，从而肯定了文学的价值。理学家程颐曾说："《书》云：'玩物丧志。'为文亦玩物也。"这种根本抹煞文学及其价值的观点是极其荒谬的。傅山坚决反对这种观点，抓住他们一面攻击为文是玩物丧志，一面又要插足文坛的矛盾，干脆说："大抵诗文之妙，至于穷理明道诸老先生似可以不劳讲究，亦不失拥皋比之尊崇，受门墙之洒扫，岂不又省其'玩物丧志'，放心野马！孔颜乐处，静宁陶冶，何必与风人为姜菲，向文苑置侈哆？"

傅山有力地抨击了理学家的种种荒谬主张，充分肯定了"诗文之妙"，对冲破当时占统治地位的理学思想禁锢，在一定程度上解放文学创作，是很有意义的，应该给予充分的肯定。

六、傅山强调文人的气节修养

傅山的诗论、文论，还有一个值得注意的内容，就是他十分注重文人、诗人的气节修养。傅山认为：(一)真正的文人，应该不仅是"文章士"，而应该是有气节、有操守，在国家、民族的危急关头或事变面前挺身而出，并有经济之才，应该"以文章气节名世"；(二)"文章士"或"名雕虫者"之文，与"生于气节"之文不同，真正有价值的是后者；(三)"仅以诗文自见"，"风节不传而传诗"，是"士之穷"，没有奈何的事；(四)"文章生于气节"，真正有价值的作品是有气节修养的作家写出来的。傅山的这些思想，在当时具有明显的现实意义。在清初尖锐的民族矛盾面前，他针对"名雕虫者多败行"的情况，强调汉族的地主阶级知识分子要关心国家大事，关心民族兴亡，反对投降变节行为，政治目的是非常明显的。同时，我们也应该承认，傅山的这一观点是具有一定历史概括性的。

傅山把这种首重风节的主张，贯彻于对历代作家、诗人的评论之中。最典型的例子可以举出两个。一个是对建安时期文人的评价。在《读史感兴杂诗》中，他同情祢衡，赞赏刘桢，而贬抑陈琳、徐干、阮瑀。祢衡刚正不阿，刘桢对曹家父子"无臣主情"，他们都敢于蔑视权贵，不为所屈，而陈琳、徐干、阮瑀，委身事曹，献谀取媚，"称诵"连篇，毫无骨气，但也逃脱不了死亡的命运。在这一对比中，傅山显然是以是否敢于蔑视权贵来评价人品高下的。另一个例子是傅山对唐代三位大诗人李、杜、白的评价，他赞赏李白的蔑视权贵、藐视功名富贵的精神，说："李太白对皇帝只如对常人，作官只如作秀才，才成得狂者。"对白居易，亦加以赞赏，认为他的谏章"奇气危言"，又"精于谈兵制"，都不亚于韩愈，"然性颇似淡于韩，故得以优游香山，醉吟而物化"。对杜甫的诗，傅山评价很高，认为杜甫是"不可测之才人，振古一老"，但对杜甫思想上热衷于功名富贵的庸俗的一面，却有所保留、不满，指出："此老每于才名间，必三致意焉。吾虽遇之，以此未必遇也。"这和王夫之的意见是不谋而合的。王夫之也指出杜甫的庸俗的一面："若夫财货之不竭，居食之不腆，妻妾之奉不谐，游乞之求未厌，长言之，嗟叹之，缘饰之为文章，自绘其渴于金帛，没于醉饱之情，觍然而不知有讥非者，唯杜甫耳！"（《读通鉴论》卷二十三）在这里，傅山又把是否藐视功名富贵作为评价人品高下的标准。

如果说在正常情况下，傅山把是否敢于蔑视权贵，藐视功名富贵作为评价文人有无"风节"的标准，那么在满人入主中原之后，他就把这一思想贯彻于民族斗争中，把是否坚持民族气节，不为清朝的高压政策所屈，也不为清朝的利诱手段所惑，作为有无风节的标准。傅山的一生就实践了这种主张。清初，当他积极从事抗清斗争的秘密活动时，他曾写道："吟咏凄凉愧壮夫，诗书酸楚合吾徒。盾头磨墨才当见，笔上生花气莫粗。"表示自己宁可作盾头磨墨起草檄文的苟济，而不愿作"笔上生花"、名闻天下的李白。在他壮志未酬，只能穷愁著书的情况下，他感叹"弯强跃骏，呜呼已矣"。当他晚年，仍然拒绝清廷的征聘，保持自己的操守时，他把自己比作陶潜、屈原："打点东篱菊，餐英对楚骚。"他是实践了自己的主张的。而对于自己的同学、老友毕振姬，因他入清出仕，晚节不终，傅山深表不满，说："解元（指毕振姬）既为当世贵人（指仕清），而但'解元'之者，山之知解元，知其为壬午（明崇祯十五年）之解元已也。"他虽然肯定毕振姬的文章才华有可取之处，但却一再申明："山终惜解元，山终惜解元。"由此，我们对傅山的"以气节文章名世"、"文章生于气节"的主张的现实意义，看得就更清楚了。

傅山在强调文人要有"气节"的同时，还注意到了文人在其他方面的修养，诸如性、情、气、才、学、识等等，这在前面已有所述，不再赘言。

七、傅山文学观的进步性和局限性

　　傅山的诗论、文论，不同于一般的文人或专门的文学评论家的诗论、文论。他是作为一个具有民族气节的社会活动家，一个儒家封建正统思想的"异端"，一个宋明理学和明代文坛复古主义逆流的批判者，去评诗论文的。因而他的诗论、文论体现了明末清初社会现实斗争生活对文学创作的要求，具有回顾明代历史、总结经验教训、拨乱反正的意义，富有战斗的光彩。就此而论，他上承李贽、公安派和竟陵派，下启叶燮、袁枚，决不亚于同时代的顾炎武、黄宗羲、王夫之。就他那种大胆的、独创的、敢于向封建正统思想挑战的解放思想和在某些问题上所达到的思想高度而言，在诗论、文论的领域里，不但是明代文坛各个流派的"理论家"所没有达到的，而且清代直到鸦片战争之前也没有人达到过。应该说，单就诗论、文论而言，他是从李贽到近代诗论、文论的历史发展过程中的重要一环。在清代鸦片战争之前，在封建"正宗"文学领域里，喧嚣一时的是那些"神韵派"、"格调派"、"桐城派"，他们的主张与傅山的文学观是不可同日而语的。这种情况，也反映了封建社会的没落和封建"正宗"诗文的衰落。当时，随着资本主义因素的增长，在文学创作领域里兴盛的是小说、戏曲，在文学批评领域里放出异彩的是小说、戏曲理论和批评。傅山在戏曲等通俗文学方面，虽然也有创作实践，可惜理论建树甚微。如果就此为傅山说一句辩护的话，那么也许可以说：时代所赋予他的任务，主要是清算过去，在对过去的清算中显示他标新立异的精神，透露出未来的消息，而不是直接去面对未来。

　　傅山的文学观所具有的进步性和所达到的思想高度，以及他诗论、文论中许多具体切实而又新颖精彩的意见，当然首先是同他进步的政治立场和朴素唯物论的哲学思想分不开的。尤其是他那思想的明快，批判的犀利，理论的脚踏实地，同他在哲学领域里对宋明理学的批判有着直接的关系。同时，他对文学史上大量作家作品的研究和他自己的文学艺术实践，也是不可忽视的重要原因：

　　一、他深入地研究了《诗经》以来的许多重要作家、作品和文学批评论著。从他所作的文章和札记中，我们可以看到，他对许多作家都作过研究，诸如庄子、屈原、宋玉、景差、荀子、枚乘、司马迁、扬雄、班固（《汉书》）、阮瑀、刘桢、三曹父子、陆机、陶渊明、鲍照、谢灵运、谢朓、沈约、江淹、庾信、王维、李白、杜甫、白居易、韦应物、韩愈、柳宗元、欧

阳修、曾巩、苏轼等等。他亲手选编过《左锦》(《左传》选集)、《杜遇》(杜甫诗选)并加以评点。从他的文章和札记中还可以看到,他对曹丕的《典论·论文》、陆机的《文赋》等论文也作过深入的研究。他对大量文学现象和文学发展历史的考察,再加上他丰富的历史知识,使他有可能对文学的外部规律和内部规律有比较接近客观实际的认识。

　　二、他认真研究了明代文坛上各个流派的理论主张和作品。他反对他们强立宗派、标榜声气、意气用事的态度。他比较了各派的理论主张:"沧溟(后七子中的李攀龙)发病语,慧业生《诗归》(竟陵派钟惺、谭元春合编的《唐诗归》)。捉得竟陵诀,弄渠如小儿。"所谓"竟陵诀",按傅山的一贯思想,应该是指竟陵派主张写"真有性灵之言"(谭元春《诗归序》)和"真诗者,精神之所为也"(谭元春《诗归序》)。傅山的文学理论同竟陵派并不相同,但他认为竟陵派比起理学家和前后七子来,毕竟要"好些"。他认为,对明代各个流派,包括那些复古主义者,不能简单地否定,而应该采取历史的、实事求是的分析态度。明代这些流派,企图在"正宗"诗文创作陷入困境的情况下,向不同的方向去探索出路,但他们都没有找到继续前进的方向,理论上也走入了歧途,而作为认识曲线上的一个过程来说,他们的主张仍然是有意义的,这意义或者可以说就是"抛砖引玉"。他们探索的课题,他们实践的效果,他们失败的教训,他们在某些方面的合理意见,都是傅山研究文学问题所不能不注意到的,都可以从反面或侧面以至正面给傅山以启发。从总的趋向看,傅山的文学观,正是在同复古主义、形式主义主张的对立和斗争中发展起来的。

　　三、他密切地注视着当代文坛。历史学家郑天挺指出:"清初爱国文人很多,成就也不小。其中一派是反映人民疾苦,反映民族压迫的,这一派如黄宗羲、顾炎武、傅山、王夫之、归庄等是主流,值得我们注意。"(《清史简述》)黄宗羲、王夫之等主要活动在南方。在北方,以傅山、顾炎武、阎尔梅、申涵光、李天生、戴廷栻等为核心,以山西晋中和晋南一带为主要活动范围,实际上形成了一个在野的、以民族主义为共同宗旨的学术和文学中心。他们不仅以诗唱和,以文切磋,而且品评当代人物和诗文。围绕在他们周围的,还有一批青年。傅山作为其中的主将之一,不仅关注着顾炎武、李天生等人的创作,而且还亲自选编了《枫林一枝》等当代作品,赞助戴廷栻编辑了《晋四人诗选》。这一阶段的诗、文创作,比起明代的创作来,确实是很有生气的,是反映了社会现实而又发挥了社会作用,突破了拟古因袭的格套的。这些都对傅山文学观的成熟有着重要的影响。

四、傅山自己也有丰富的文学创作实践和多方面的艺术修养。傅山的老友戴廷栻说，傅山的诗"时高、时典、时雄、时厚、时淡、时远，至性至情，纯乎风流，而未尝无格，遇使我得，过使我失，晦明之间，云蒸龙变，美人满堂而目成者，知其神之所在"（《霜红龛集诗序略》）。郭铉撰《傅山传》也说：傅山"为文豪放，时眼多不合；诗句皆慷慨苍凉，不作软媚语"。总而言之，傅山一生创作丰富，尽管他"不自重其篇章，随得随弃，家无藏稿，且会心有地，造适无时，或出之于崖石木叶之间，人既难见，见亦不辨"，散失了很多，但留给后人的依然有诗赋古文千馀首。与此同时，他又工书画，"自大小篆隶以下无不精工"（全祖望《阳曲傅先生事略》），"复自托绘事，写意曲尽其妙"（稽曾筠《明生员傅先生山传》），"其才品海内无匹"（《绘图宝鉴》）。他自己的文学和艺术创作实践，使他能够以切身体验来检验前人的主张，或取或舍；而总结自己的创作经验，也使他评价前人的创作时更加准确、切实。

当然，我们肯定傅山文学观的进步性和他所达到的思想高度，只是给他以历史的尊重。无论如何，傅山是三百年前的人物，不可避免地有其时代局限和阶级局限。他没有留下比较完整和系统的文学理论和批评著作。《诗训》、《文训》等篇对许多重要问题只是只言片语的、札记式的意见，必然影响其理论深度，也缺乏系统性。他的《失笑辞》等专文又过多地用形象化和比喻手法论及重要问题，在理论表达上毕竟不是那么准确、严密的。他的不少意见包含着辩证法因素，但由于他没有找到更锐利的哲学武器和更好的表达形式，因此凡是谈到这些意见的地方，往往不得不借用佛经和《庄子》的术语及表达方式，这就不免带上某些神秘的、隐晦的色彩。他对文学的社会作用，尤其是对"文"的作用的观点，也比较片面、狭隘，明显地打着封建思想的烙印。对文学的审美意义依然认识不足，论述很不够，虽然涉及了形象思维问题，但比起历代的有关论述来，没有太多新的发展。像他的《书〈文赋〉后》，主要是重申陆机的一些观点，并以之批判复古主义，而缺乏进一步的发挥和新的创见。这些问题只要我们用现代文艺理论和文中引述的傅山的论点比较一下，就会清楚、扼要地指出这些局限性。

侯文正，山西宁武人。山西省史志研究院前副院长。主要论著有《傅山评传》、《傅山论书画》、《傅山诗文选注》（与人合作）、《傅山诗论文论辑注》。

目录

◎诗

青羊庵三首（选一）

徐澄《卓观斋脞录》："傅青主山有《霜红龛集》，其读书处本名青羊庵，蹲屈围松林中，故名。后改霜红龛者，因林中树草叶色，秋来如一片红霞也。"可知青羊庵是傅山的室名，作者于明亡后曾一度着道士服，居此室内。此诗为咏志诗。

芟苍凿翠一庵经，不为瞿昙作客星。
既是为山平不得，我来添尔一峰青。

芟苍凿翠一庵经，不为瞿昙作客星——芟：音shān，铲除。苍、翠：使用借代的修辞手法，指山和山上的草木。经：指经籍典册，室内的藏书。瞿昙：梵语音译，也作乔达摩，佛教创始人释迦牟尼的姓氏，后多以瞿昙为佛之代称。客星：本指皇帝宠遇的高士，这里的意思相当于客卿。这两句是说：铲除山间的野草，开凿出一间土室，宁愿在室内读经，不愿像云游的僧人云游四方，居无定所。

既是为山平不得，我来添尔一峰青——山：此指青羊山，"山"一为傅山之名，故可有此复义。为山平不得，语义双关，既是说自然界的山不可能平，也是说自己对异族统治始终心怀不平，不会做清王朝的驯臣顺民。尔：指山。青：指山色之青，又嵌合了他的"青主"之字。这两句是说：既然山都是不平的，那么伫立于山头的我就来为你这群山再添一座青峰吧。

邓之诚《清诗纪事初编》称傅山"诗文外若真率，实则劲气内敛，蕴蓄无穷，世人莫能测之。至于心伤故国，虽开怀笑语，而沉痛既隐寓其中，读之令人凄怆"。这首《青羊庵》便是"劲气内敛，蕴蓄无穷"的佳作。在托青峰以抒怀明志之中，也暗含"心伤故国"的沉痛，与邓氏所说不同的是，这种潜藏的情愫给人的感受不是凄怆，而是感奋。他隐居做道士，显然是对清朝统治者的反抗。

诗中以草木、崖壁青苍之色指代山、林，修辞上很见巧妙。三、四句设想奇特，以人拟物（人作青峰）的手法，令人耳目一新，从中更可看出诗人耿介坚贞的浩然正气。耸峙的山峰向来是刚强不屈精神意志的象征,傅山身化一峰的艺术想象自然与之有不解之缘。读过此诗,我们仿佛看到一位"苏世独立,横而不流"的清癯老人傲然挺立于山巅!

青羊庵

题解

青羊庵:即霜红龛。详见《青羊庵三首》题解。

> 紫云青树石庸薮,花插牵牛小胆瓻。
> 一缕沉烟萦白牖,先生正著养生书。

新解

紫云青树石庸薮,花插牵牛小胆瓻——庸薮(bùsū),石头垒成的小庵房,这里指傅山的书斋青羊庵。胆瓻:长颈大腹的花瓶。这两句是说:我的小书房是用石头垒成的小庵房,坐落在青天绿林之间,紫云缭绕;屋内的小花瓶里插着新鲜的牵牛花,娇艳欲滴。

一缕沉烟萦白牖,先生正著养生书——沉烟:青烟。白牖:白纸糊的窗户。先生:傅山自称。养生书:关于养生之道的书,医书。这两句是说:一缕青烟萦绕在白纸窗前,此时我正在写有关养生之道的书。

新评

这首诗写作者隐居西山生活的一个侧面——著医书济世。全诗向读者展现了四幅生动的画面:紫云青树间的一座素色石庵,庵内的小花瓶里插着新鲜的牵牛花,青烟萦绕着白纸窗,傅山笔耕不辍著书立说。四幅画画面清新明丽,色彩对比鲜明,益发表现了傅山隐居生活的清幽及其雅致的审美情趣。

傅山所著医书多失传,今有《傅青主女科》等传世,为医家所推崇。

甲申守岁(二首)

题解

《甲申集》共收傅山甲申、乙酉两年的各体诗作九十首,集中反映了明朝灭亡之后诗人的悲愤心情和他对满人入主中原的强烈的反抗精神。这两首诗是《甲申集》中的代表作。

其　一

三十八岁尽可死，凄凄不死复何言。

徐生许下愁方寸，庾子江关黯一天。

蒲坐小团消客夜，烛深寒泪下残编。

怕眠谁与闻鸡舞，恋著崇祯十七年。

新解

三十八岁尽可死，凄凄不死复何言——凄凄：悲伤，凄怆。这两句是说：我活到三十八岁就可以死去了，这样悲伤地苟活在人间又能怎样呢？

徐生许下愁方寸，庾子江关黯一天——徐生：徐庶，三国时颍川人。东汉末客荆州，与诸葛亮友善，荐亮于刘备。庶因母居曹操处，被迫辞备归曹，但终身不为曹筹划一策。许下：许昌。曹操曾建都于许昌东。方寸：指心。《三国志·蜀志·诸葛亮传》："亮与徐庶并从，为曹公所追破，获庶母。庶辞先主而指其心曰：'本欲与将军共图王霸之业者，以此方寸之地也。今已失老母，方寸乱矣，无益于事，请从此别。'"庾子：庾信，北周南阳新野人。字子山。善宫体诗，文章绮丽，与徐陵齐名，时称徐庾体。初仕南朝梁，奉使西魏，被留不放还。西魏亡，仕北周，官至骠骑大将军，开府仪同三司。信虽居高位，然怀念南朝，常有乡土之思，晚年之作遂趋沉郁，风格与在南朝时迥异，以《哀江南赋》最为著名。杜甫《咏怀古迹》曾赞赏说："庾信平生最萧瑟，暮年诗赋动江关。"这两句是说：我现在就如徐庶在许昌时心烦意乱、愁闷不堪；就像庾信一样思念家乡、故国，觉得一切都黯淡无光了。

蒲坐小团消客夜，烛深寒泪下残编——蒲坐小团：蒲团小坐。蒲团，用蒲草编成的圆形坐垫。这两句是说：我坐在蒲团上消磨着客中的除夕之夜。夜深了，蜡烛的眼泪滴在我展读的断简残编上面。

怕眠谁与闻鸡舞，恋著崇祯十七年——闻鸡舞：《晋书·祖逖传》："(祖逖)与司空刘琨俱为司州主簿，情好绸缪，共被同寝。中夜闻荒鸡鸣，蹴琨觉曰：'此非恶声也。'因起舞。"用此典勉励志士仁人及时奋发。这两句是说：我害怕睡着，一是因为不知有谁和我一起闻鸡起舞、共图大事，二是我还留恋着即将逝去的崇祯十七年(1644)。

其　二

掩泪山城看岁除，春正谁辨有王无。

远臣有历谈天度，处士无年纪帝图。

北塞那堪留景略，东迁岂必少夷吾。

朝元白兽尊当殿，梦入南天建业都。

掩泪山城看岁除，春正谁辨有王无——岁除：岁末除夕。春正：新正，新春正月初一。王：指明朝宗室新建的南明政权。这两句是说：我擦干悲伤的泪水看到山城除夕的热闹景象，谁知道明天正月初一之时还有没有皇帝呢？

远臣有历谈天度，处士无年纪帝图——处士：未仕或不仕的士人。《孟子·滕文公下》："圣王不作，诸侯放恣，处士横议，杨朱墨翟之言盈天下。"这两句是说：我这远在北方的臣民虽然有历法来谈论天道的运行，然而作为一个未出仕的知识分子，却不知用什么年号来纪录南明的历史。

北塞那堪留景略，东迁岂必少夷吾——景略：王猛，东晋十六国前秦北海剧(今山东寿光东南，一说昌乐西)人，字景略。少贫，博学好兵书，隐居华阴山。桓温入关中，猛披褐诣温，谈当世事，温请与偕行，不就。后应苻坚招，相契如三国刘备之与诸葛亮。及坚即位，以猛为中书侍郎，权倾内外，军国内外万机之务，莫不归之。夷吾：管仲，春秋齐国颍上人，名夷吾，字仲。初仕公子纠，后相齐桓公，主张通货积财，富国强兵，九合诸侯，一匡天下，使齐桓公成为春秋五霸之首。这两句是说：我怎能像王猛那样留在北国给异族统治者效力呢？福王在南京即位建立南明政权，未必就缺少管仲那样的贤相辅佐。

朝元白兽尊当殿，梦入南天建业都——自己在梦中来到了南明的首都建业(今南京)，看见宫殿上有白象朝拜皇帝的典礼。

这两首七律将诗人在明朝覆亡、清朝统治者入主中原后的痛苦心情抒发得淋漓尽致。甲申年初，李自成在西安成立大顺政权，紧接着攻入北京，明朝灭亡。傅山悲愤于明王朝的覆没，在甲申除夕之夜，守岁不寐，留恋着已经覆亡的故国，心头依然是"恋著崇祯十七年"。他觉得本应与明同亡，但凄凄而未死。结果春正而无王，臣在而无国，只有将希望寄予南明小王朝。身处塞上的处士，只能在梦里朝拜明王朝。一方面，他对清朝统治者仍充满仇恨；另一方面，又表达了自身在颠沛流离、无以为家、无心过年的伤痛境遇中对故国的思念，悲痛中满含希望，这也是诗人在亡国之后的主导心态。

乙酉岁除八绝句(选一)

此诗作于清顺治二年(1645)，是一首抒怀诗。乙酉：甲申年(1644)，明朝覆亡。

乙酉即明亡的次年，诗人于这一年隐居在山西青羊山。岁除：一岁之尽，除夕。傅山写有两组此类诗歌，另一组题为《甲申守岁》。这组写于"乙酉岁除"，也就是南明弘光朝倾覆、唐王在闽立国、鲁王在浙监国之后，作品表现了他对社稷倾覆的无限伤痛，对南方政权复兴明朝的殷切期盼。

> 纵说今宵旧岁除，未应除得旧臣荼。
> 摩云即有回阳雁，寄得南枝芳信无？

纵说今宵旧岁除，未应除得旧臣荼——纵说：即使说。未应：未必。旧臣：明之遗臣。荼：一种野菜，味苦，这里引申为内心的痛苦。这两句是说：除夕之夜，年夜将尽，旧岁即除，但是，未必能除掉诗人作为明朝旧臣内心的痛苦。旧臣的痛苦，最大莫过于明朝覆亡，江山易主，山河破碎，生灵涂炭，这两句表达了诗人对故国的怀念以及无限的伤痛之情。

摩云即有回阳雁，寄得南枝芳信无——摩云：触云。回阳雁：古人认为，雁每年秋季飞向南方，不越过湖南衡山的回雁峰，在峰北湘江下游栖息过冬，来年春季再飞回北方。寄得：化用六朝时折梅相寄的故事。《荆州记》说陆凯与范晔交善，自江南寄梅花一枝与晔，赠诗云："折花逢驿使，寄与陇头人。江南无所有，聊赠一枝春。"南枝：《白孔六帖》中有"大庾岭上梅，南枝落，北枝开"的记载，谓南方得春之早。芳信：指佳音，好消息。无：吗。这两句是说：北归的大雁，你一定能带来南方的好消息吧。这时的南方，明唐王在福州建立政权，诗人希望他能收复中原，恢复大明，表明了诗人渴盼复明的心情。

历代诗人在"岁除"、"守岁"之际多有岁月之叹、得失之忧，而在国破家亡之时，其诗歌自然充满了追忆故国的伤痛之情，遗民情结实在难以解开。此诗表现了遗民诗人守岁之时心情的跌宕起伏。

《清史稿》评价此诗"俳调俗语，皆入笔端"。诗中一、二句皆有"除"字，是双关手法，使用自然又极具力度；这两句又都有"旧"字，这是映衬笔法，是说除夕之际辞旧迎新，"旧岁"即刻成新年了，但他这位"旧臣"不会趋附新朝，将永远是明朝旧臣。诗中三、四句并没有悲悲戚戚地写下去，而是宕开一笔，笔锋一转，化用了美丽的意象和动人的故事，表达了他对南方抗清力量的美好祝愿，对恢复明朝的信心。

东海倒座崖

题解

顺治十六年(1659),郑成功、张煌言反清失利,入海。傅山游东海作此诗,诗中以抗秦而亡的五百田横壮士,比喻反清的起义将士。倒座崖,东海边一座悬崖的名字,在海州云台山。

> 关窗出云海,布被裹秋皓。夜半潮声来,鳌抃郁州倒。
> 一镫续日月,不昧照烦恼。佛事凭血性,望望田横岛。
> 不生不死间,云何为怀抱。

新解

关窗出云海,布被裹秋皓——秋皓:指秋夜洁白明亮的月色。布被裹秋皓:形容月光透过窗纸,照在被褥上的情景。这两句是说:关上窗户,把浓云关在窗外,自己仿佛才走出了漫漫云海;月光透过窗纸,好像被褥裹着一片皎洁的月光。

夜半潮声来,鳌抃郁州倒——鳌抃:欢欣踊跃。郁州:岛名,在江苏东海县,今已连于大陆。这两句是说:夜半的潮水哗哗地拍打着崖岸,汹涌澎湃,好像要把郁州推倒。这里的"郁州"似有双关的意思,即以郁州暗指心中的愁城。

一镫续日月,不昧照烦恼——镫:同"灯"。不昧:明亮。烦恼:佛教所谓烦恼,烦是扰义,恼是乱义,能扰乱众生身心,令其心烦意乱的贪、嗔、痴等,叫作烦恼。这两句是说:一盏孤灯延续着白昼的光明,那明亮的灯光映照着我内心的烦恼,使我不能入睡。

佛事凭血性,望望田横岛——佛事:诸佛教化众生的作为。田横岛:《史记·田儋列传》载:秦末,原齐国贵族田横起事,自立为齐王。汉朝建立,横率部属五百人逃往海岛。高祖召之,横不欲臣服,于途中自杀。其部属闻之,悉于岛上自杀。后因以"田横岛"指忠烈之士亡命之处。傅山用这个典故,以田横五百勇士比喻郑成功、张煌言的抗清部队。这时,郑成功攻南京不下,退去,傅山仍寄希望于这支军队。这两句是说:我望着海上若隐若现的田横岛,想到五百壮士的献身精神,也像佛教舍身求法者一样,凭的是人的血性。

不生不死间,云何为怀抱——像现在这样不死不活的状态,还谈什么胸怀和抱负?

新评

这首诗写于作者奔赴江南拟与郑成功等反清部队会合之际。当时郑已兵败退走，傅山来而不遇，心中极为懊恼怅惘，"夜半潮声来，鳌抃郁州倒。一镫续日月，不昧照烦恼"写出了傅山失望懊恼的情怀。"佛事凭血性，望望田横岛"表明作者仍然把抗清复明的希望寄托在郑成功义军身上，并为他们衷心祝福。

燕子矶看往来船态颔之

这首诗写于傅山赶赴南京之后。当时，郑成功、张煌言已退兵，清军复占领南京。燕子矶，在南京附近观音山上，有石俯瞰长江，形如飞燕，故名。颔之，点头，这里是心有所感，口又难言，默默无语之意。

> 北马久无性，南船也不情。侁侁凭战卒，泛泛信风撑。
> 想著如饥愬，经过即厌生。长江三百里，如梦到金陵。

北马久无性，南船也不情——北马：北方的马；南船：南方的船。这两者是中国北方与南方的主要交通工具，这里指代满族人自北而南侵略中原。这两句是说：在北方，满族侵略者的铁蹄久无人性；如今在南方，清军的战船也不合人情。

侁侁凭战卒，泛泛信风撑——侁侁（shēnshēn）：众多的样子。泛泛：漫无目的。信风撑：任凭风力撑船而行。这两句是说：船上载着众多士兵，任凭风把船吹向远方。这句话表明战事已经结束。

想著如饥愬，经过即厌生——盼着到这里来的时候，简直如饥如渴；真正来到这里之时，马上就产生了厌烦的情绪。

长江三百里，如梦到金陵——金陵：南京。这两句是说：江上三百里行程，一直到金陵，就像做了一场梦。

傅山游江南，志在反清复明。当他听到郑成功、张煌言进军苏皖、攻克南京的消息时，怀着急迫而又兴奋的心情赶往南京；可惜当他到达时，郑军已经失败退走。他见到的只是清军的战船和战卒，因此感到极为失望和忧郁，思前想后，简直如同做了一场梦。此诗流露出傅山坚定的立场和鲜明的爱憎。

中国家庭基本藏书

金陵不怀古

金陵(今南京)为六朝古都,昔人往往多有怀古之作。傅山题为"金陵不怀古",表示面对现实进行抗争之意。

> 甚是金陵古,诗人乱有怀。自安三驾老,谁暇六朝哀。
> 曾道齐黄拙,终亏马阮才。肉髀愁不鼓,伧父过秦淮。

甚是金陵古,诗人乱有怀——金陵确实是有着悠久历史的文化名城,诗人们来到这里,忧心如焚,容易生发怀古之幽情。

自安三驾老,谁暇六朝哀——三驾:据《魏书·礼志》,皇帝外出的车驾有三种:大驾,出征或大祭时用;法驾,巡行或小祭时用;小驾,游宴或离宫时用。六朝:三国以来,吴、东晋、宋、齐、梁、陈,相继建都于金陵(或称为建康),史称六朝。这两句是说:南明皇帝朱由崧小驾游宴,沉湎于酒色,乐此不疲,希图自安以老。哪能顾得上以六朝为鉴,哀其亡而发愤图强收复失地呢?

曾道齐黄拙,终亏马阮才——齐黄:明初两位大臣齐泰、黄子澄,曾佐建文帝图谋朱棣,却因计拙归于失败。马阮:指南明大臣马士英、阮大铖。马士英(1591—1646),崇祯末任凤阳总督。明亡后,他拥立福王于南京,专国政,起用阉党阮大铖,专与东林党人相倾轧。南京陷落后,南走浙江,被清军俘杀(一说投降清军后被杀)。阮大铖(约1587—1646),明天启时依附魏忠贤,崇祯时魏忠贤倒台后被罢官。后在南明被马士英起用为兵部尚书,对东林、复社诸人立意报复。后降清,从攻仙霞岭而死。这两句是说:马士英、阮大铖拥福王朱由崧为帝,因此朱由崧感激马、阮,并时时与马、阮提防从叔潞王。潞王如立,则和明初燕王朱棣抢夺侄儿帝位的情况相同。明初齐泰、黄子澄佐建文帝图棣,却因计拙归于失败,今日多亏马、阮才高,挫败了诸大臣立叔父潞王的计策,保护了他位尊九五。这两句辛辣地讽刺南明皇帝朱由崧,侧笔贬斥马、阮。

肉髀愁不鼓,伧父过秦淮——肉髀:《三国志·蜀志·先主传》注引《九州春秋》:"备曰:'吾常身不离鞍,髀肉皆消。今不复骑,髀里肉生。日月若驰,老将至矣,而功业不建,是以悲耳!'"后常用为自慨久处安逸,壮志渐消,不能有所作为之辞。伧父:北方鄙夫,傅山自称。秦淮:秦淮河,流经南京。这两句是说:刘备以髀肉复生而悲,思图建功立业,而南明的皇帝却以髀肉不鼓为愁,日夜想着敲剥天下百姓的骨髓，满足一己之乐。面对南明志气渐消，傅山不愿再置身金陵，他渡过秦淮河，离开金陵，内心无限惆怅。

这首诗表现了作者坚强的斗争精神、清醒的头脑和正视现实的态度。他没有怀古的闲情逸致，也不暇哀悼繁华的六朝，而是面对现实，总结南明失败的教训，批判了南明皇帝昏庸荒淫、不图收复大计，谴责了马士英、阮大铖的阴险奸诡，表达了自己继续坚持反清斗争的决心。

小沟怨（二首）

本诗写贫苦思妇对丈夫的思念之情。

其 一

> 风轻河柳淡黄蛾，泪拍无声懊恼歌。
> 草绿秦淮骝紫乱，几家香阁试春罗。

风轻河柳淡黄蛾，泪拍无声懊恼歌——淡黄蛾：形容春柳的嫩叶。拍：节拍。懊恼：悔恨、烦恼。这两句是说：春风轻轻吹拂河边嫩绿色的柳枝，泪水和着无声的节拍，唱着悔恨烦恼的歌。

草绿秦淮骝紫乱，几家香阁试春罗——秦淮：秦淮河，长江支流，流经南京。骝紫：名马。春罗：丝织品作的春衫。这两句是说：秦淮河一带的春草又绿了，骑马踏青的人们来往纷纷，有多少人家的妇女在香阁中试穿春衫，准备踏青呢！

其 二

> 布裙不足倚门妆，深雪寒炉下小窗。
> 早解春风不作美，提筐抱瓮有糟糠。

布裙不足倚门妆，深雪寒炉下小窗——在一场春雪之后，布裙粗陋而单薄，不宜于靠在门口盼望丈夫归来，只能关住小窗，在炉边取暖。

早解春风不作美，提筐抱瓮有糟糠——提筐：《诗经·豳风·七月》："女执懿筐，遵彼微行，爱求柔桑。"执筐、提筐，遂谓妇女采桑择菜之类的劳动。抱瓮：指灌园之类的劳动。糟糠：酒渣糟皮。常指共患难的妻子。《后汉书·宋宏传》："臣闻贫贱之交不可忘，糟糠之妻不下堂。"这两句是说：妻子盼望丈夫春天归来，谁知春风不作美，却带来一场春雪，夫归无望；但妻子仍苦苦等待丈夫的归来，甘于从事艰苦的体力劳动，在一起过着贫贱的生活。

这两首诗，写一个贫苦思妇春日的感慨，深情动人。她对丈夫深沉的思念，急切的期盼，孤独的悲怨，在生机勃勃、万物复苏的早春季节，显得尤为强烈；"以乐景写哀情，倍增其哀"。

义 蜂

这首诗写群蜂失主后的悲愤与抗争，寄托了作者的思想感情。

　　群蜂失共主，浩荡往来飞。苦蜇撩人打，甘心得死归。
　　穿花红乍落，入树绿全腓。烧睫君臣泪，无从湿道衣。

群蜂失共主，浩荡往来飞——共主：共同的领袖，蜂王。浩荡：广阔壮大，这里用来形容群蜂乱飞的声势。这两句是说：蜂群失去了它们的蜂王，它们浩浩荡荡来回乱飞。

苦蜇撩人打，甘心得死归——蜇：蜜蜂刺人。撩：招惹。这两句是说：群蜂苦战猛攻，因蜇伤人而招人扑打，但仍不停止攻击，甘愿牺牲。

穿花红乍落，入树绿全腓——腓：草木枯萎变黄。这两句是说：愤怒的群蜂猛烈攻击，穿花而过，红花纷落；入树一飞，绿叶尽枯。

烧睫君臣泪，无从湿道衣——烧睫：怒火燃烧，眼睫灼热。这两句是说：臣民失君之后，眼里燃烧着的怒火代替了眼泪，因此也无从打湿衣衫。

这是一首托物言志诗。写群蜂失主后的悲愤与抗争。它们奋起战斗，视死如归，苦战猛攻，声势浩大，显示了坚持正义斗争的决心和力量，同时，这也是明亡后抗清义军苦战猛攻、视死如归战斗精神的象征。

自　遣

题解

　　题为"自遣"，即抒写自己的怀抱，是一首抒怀诗。诗人曾在盂县(今山西省)做客，盂县有人向右元打听傅山情况，右元以诗对傅山大加赞美一番，诗人认为此诗写得有些过分，于是和诗一首。右元，郑大元，曾同诗人一道隐居。

　　　　扬雄拟我愧非伦，况复无才撰美新。
　　　　什一懒营虚笑鬼，寻常受辱失钱神。
　　　　生憎褚彦兴齐国，喜道陶潜是晋人。
　　　　破衲黄冠犹未死，还因邻里问僧珍。

　　扬雄拟我愧非伦，况复无才撰美新——扬雄：汉代著名学者，甘于寂寞，勤于著述。扬雄的为人、为学为世人景仰，友人将傅山比作扬雄，是很高的赞许。美新：即扬雄所撰《剧秦美新》，这篇文章对王莽篡权取得的新朝有所美化，这是扬雄一生很大的过失。这两句是说：朋友将我比为扬雄，这实在是不敢当的，并且我也没有文采写出像《剧秦美新》那样趋炎附势的文章。这里傅山并没有苛责友人及扬雄之意，而是借题发挥，说自己决不是朝秦暮楚之徒。

　　什一懒营虚笑鬼，寻常受辱失钱神——什一：经商。懒：不屑于(做)。营：经营事业，谋求生计。《南史·刘粹传》载：南朝刘宋的刘伯龙生活困窘，想谋求什一之利，与手下人商量此事，而遭到鬼的讥笑。钱神：晋朝人鲁褒"伤时之贪鄙"作《钱神论》，文曰："忿争非钱不胜，幽滞非钱不拔。"这两句是说：我懒得营利，鬼不能笑话我；我甘于受辱，不跟别人打官司，钱神对我也就失去了作用。

　　生憎褚彦兴齐国，喜道陶潜是晋人——生憎：非常憎恨。褚彦：褚渊，字彦回，原为南朝宋代的辅弼大臣，后参与萧道成(即齐太祖)篡夺刘宋政权的政变，任尚书令。这里影射降清的明朝大臣。喜道：推崇之意。陶潜：东晋诗人陶渊明，忠于晋室，耻事二姓，萧统《陶渊明传》说"自以曾祖晋室宰辅，耻复屈身后代，自宋高祖王业渐隆，不复肯仕"。这两句是说：我痛恨像褚彦那样易主而事的明朝大臣，推崇像陶渊明那样耻事二姓的明朝遗民。

　　破衲黄冠犹未死，还因邻里问僧珍——破衲、黄冠：指道服。僧珍：即吕僧珍，南朝梁代人。《南史·吕僧珍传》说当时有一位官员罢官后花了一千一百万钱买一处与他为邻的房宅，僧珍觉得太贵，而那位官员却说"百万买宅，千万买邻"，意思是说僧珍是极难得的好邻居。徐珂《清稗类钞》隐逸类有言云："太原郑大元，携孙绛、段樵、傅山隐沁源山中。"可作此句注脚。这两句是说：我在明亡之后穿着僧人道士的服装，以方外人的生活方式拒绝清朝的笼络，并且庆幸有右元及其他道友与我一同过隐逸生活。

这首和诗抓住友人"拟扬雄"之说，一气写下来，有扬扬雄处，有抑扬雄处，若即若离，字里行间，作者的立身行事也就自然显现出来了。诗中使用大量典故，加大了作品的内涵和信息量，同时也增加了对诗歌阅读理解的难度，严君寿说傅山的诗"奇辟精奥"（《老生常谈》），看来也不是只从优点对其评价。

<h2 style="text-align:center">悼孙女班班</h2>

据诗意推测，班班当为傅山儿子傅眉的长女，幼年早夭。

> 弱女虽非男，慰情良胜无。阿爷徒解医，不及为尔咀。
> 遂使曾祖婆，失一娇女娱。生怕阿醴寻，妹妹来牵车。
> 微情无不到，连日废我书。极知恩爱假，真者定何如？

弱女虽非男，慰情良胜无——班班一个弱女子虽不是能顶立门户的男孩子，总比家里没有子女强，她给家人带来了安慰。

阿爷徒解医，不及为尔咀——阿爷：傅山自称。徒：空，白白。解医：懂医术。咀：即咬咀。《广韵》："咬咀，修药也。"指将草药捣碎，除去细末，为修药之法，亦可引申为治病。这两句是说：爷爷我妄称懂得医术，却没有治好你的病。

遂使曾祖婆，失一娇女娱——曾祖婆：傅山的母亲，班班的曾祖母。这两句是说：于是，曾祖母失去一个娇小可爱的孙女带来的天伦之乐。

生怕阿醴寻，妹妹来牵车——阿醴：傅山侄子傅仁的儿子。妹妹：傅山模仿阿醴的口吻。牵车：拉玩具车。这两句是说：我担心阿醴像从前那样找妹妹玩，喊着："妹妹快来拉车。"

微情无不到，连日废我书——我连日来废书不读，班班的音容笑貌以及细小的情感无处不在，让我难以释怀。

极知恩爱假，真者定何如——极知：深知。这两句是说：我深知一切恩爱都是虚空的，(但我还是为孙女的早夭而伤心悲痛)若果真如此，那么究竟什么才是人世间真实的恩爱呢？

这首悼念孙女的诗，娓娓道来，把疼爱孙女的感情和细微的心理写得真切感人。傅山作为一位懂医术的爷爷，没有为孙女治好病，感到无限的自责。接着写家里人对失去孙女的不同反应，点出了班班生前活泼可爱、讨人喜欢。最后傅山写了自己在失去班班之后悲伤痛苦的感情，他并没有说自己如何伤心，而是通过不能专心读书这一细节反衬出悲痛之深，感人肺腑，催人泪下。

李宾山松歌

李宾山，在山西盂县，详见《记李宾山》。

> 黄冠万事已如扫，忽尔入林生旧恼。
> 小松无数不成林，龙子龙孙尽麻藁。
> 蓬颓蔓委不作气，薰颣苟具培塿保。
> 保此枝条千百年，几时鳞甲摩苍天？
> 安能含吐风云作雷雨，不如藋蘼野草徒芊芊。
> 春生秋死无关系，安于蹩踏人不怜。

黄冠万事已如扫，忽尔入林生旧恼——黄冠：道士之冠。转为道士的别称。扫：扫荡一空。忽尔：忽然。这两句是说：对于我这个已经戴上黄冠的道士来说，万事都已不挂心上了；来到树林，忽然间旧日的烦恼又浮上心头。

小松无数不成林，龙子龙孙尽麻藁——龙子龙孙：这里一语双关，既指幼松，又指明王朝的宗室王族。藁：同"槁"。这两句是说：小松长得稀稀疏疏，难以成林，枯槁得像麻秆一样。

蓬颓蔓委不作气，薰颣苟具培塿保——薰颣：憔悴。培塿：指小山。《左传》："部娄无松柏。"这两句是说：小松长得蓬乱、倾颓，枝枝蔓蔓，萎靡不振，虽然它长得这样憔悴，幸而有这个小山的保护。

保此枝条千百年，几时鳞甲摩苍天——鳞甲：古人常以松树外皮的花纹比作鳞甲,龙鳞通常喻指皇帝或皇帝的威严。这两句是说:何时幼松才能长成参天大树,树皮像龙鳞一样摩挲着苍天,显得高大而威仪。

安能含吐风云作雷雨,不如藿蘼野草徒芊芊——怎么能吞云吐雾、呼风唤雨呢? 不要像藿蘼之类的野草那样生长着,显得柔弱不堪。

春生秋死无关系,安于蹙踏人不怜——即使生命短暂,一岁一枯荣也没有关系,只要活在人间就要有骨气,不能安于被人践踏,安于被人践踏的话就得不到别人的怜惜和爱护。

这是一首象征意味很浓的七言歌行体诗歌。诗中所写的小松,也即"龙子龙孙",显然是明朝宗室后裔的象征。作者用托物言志的手法,一方面哀叹他们"蓬颓蔓委不作气",另一方面又殷切地希望他们能"鳞甲摩苍天"、能"含吐风云作雷雨"。这种哀其不幸,怒其不争,而又冀其振作的心理,反映了清初遗民的普遍愿望和感情。

题自画老柏

这是一首题画诗。傅山以画中顽石及飞泉衬托老柏的"不才"和"冷劲",正是其清高冷峻、绝不卑躬屈膝之品格的象征。

老心无所住,丹青莽萧瑟。不知石苛木,不知木挈石。
石顽木不才,冷劲两相得。飞泉不誓相,凭凌故冲激。
礴砢五色溅,轮囷一蛟轶。寒光竞澎渤,转更见气力。
掷笔荡空胸,怒者不可觅。笑观身外身,消遣又几日。

老心无所住,丹青莽萧瑟——无所住:不执著之意。丹青:指绘画。莽:莽苍,苍茫。这两句是说:我的迟暮之心无所寄托,只能在苍茫萧索的绘画中打发年老的时光。

不知石苛木,不知木挈石——木:即傅山画中老柏。木、石系傅山画中的景物。苛:苛刻,即处处不放过。挈:握,执持。这两句是说:我不知道是石头紧紧夹着柏树,还是柏树紧紧抓着石头。

石顽木不才,冷劲两相得——不才:不能做栋梁之材,此处傅山以顽石及不可成材之木自喻，表明自己决不为官，即不做为统治阶级服务之"奴才"。这两句是说：石头本性顽直，老柏也不是栋梁之材，两者冷傲、劲拔，相得益彰。

飞泉不訾相，凭凌故冲激——訾相：量视也。不訾相，谓不检视其形态。凭凌：即凭陵，勇暴恣肆貌。这两句是说：飞泉不拘形态，恣肆飞扬，冲击着岩石。

礧砢五色溅，轮囷一蛟轶——礧砢(lěiluǒ)：宏伟的样子。轮囷：树木盘曲的样子。蛟：此处形容老柏枝节盘旋宛若蛟龙的形态。轶：音 yì，通"逸"，飘逸、飞动。这两句是说：画中的顽石岿然宏伟，飞泉与之相激，五色飞溅，老柏树身盘曲，像水中的蛟龙霎时腾飞。

寒光竞澎渤，转更见气力——竞：竞争，比。转更：转而，从而。这两句是说：画中的飞泉以汹涌澎湃之势与透着凛凛寒光的顽石相较量，更显示出老柏的精神和气魄。

掷笔荡空胸，怒者不可觅——当我画完这幅画把笔扔在一旁，胸中沉积的块垒好像已被扫尽，变得空空荡荡，轻松自在，怨怒之气再也找不到了。

笑观身外身，消遣又几日——身外身：身外之身。这两句是说：笑看这脆弱的身体，不再忧郁，内心充满了喜悦之情，不知不觉又消遣了几天时光。

这是傅山画完以老柏为题材的画后作的一首题画诗。诗中处处以老柏与老年傅山作比。首先，总写了暮年时以作画为自己的精神寄托，交待了作画的原因。其次，用简单的几笔勾勒出木石的形态，点出老柏"不才"、"冷劲"的特征。再次，以飞泉与顽石相冲激时产生强烈的形态、色彩等视觉冲击力衬托老柏矫若蛟龙之势，更深层地表现了老柏的气势、精神，以象征自己"不材"和"冷劲"的品格。最后，描写了自己完成创作后的心境，也是对文学作品创作论形象而生动的讲述。

题自画山水

这是一首题画诗。傅山通过对自画山水构图的描写，阐发了自己对作画的艺术主张及审美观，同时也可看出傅山对道教及佛教思想的体悟。

天下有山遁之精，不恶而严山之情。
谷口一桥摧诞岸，峰回虚亭迟朣形。
直瀑飞流鸟绝道，描眉画眼人难行。
舥舥拐拐自有性，娉娉婷婷原不能。

问此画法古谁是，投笔大笑老眼瞠。

法无法也画亦尔，了去如幻何亏成。

天下有山遁之精，不恶而严山之情——遁：六十四卦之一。《周易·遁》："象曰：天下有山，遁。"孔颖达疏："是遁避之象。"意为山的形象体现了遁卦的含义，即逃遁隐蔽之意。恶(wù)，憎恨，讨厌。严：威严，严肃。这两句是说：天下的山都体现了遁卦的精神，山不憎恶什么但却十分威严。

谷口一桥摧诞岸，峰回虚亭迟臞形——谷口：山谷口上。诞岸：险峻的河岸。虚亭：空亭。迟臞：迟，迟暮衰老；臞(qú)，瘦削；迟臞即衰老消瘦的样子。这两句是说：山谷口，险峻的河岸上架着一座破损的小桥，山回峰转之处，有一座空寂无人、衰败瘦小的亭子。

直瀑飞流鸟绝道，描眉画眼人难行——峭壁悬崖，飞瀑直下，鸟飞不到，人迹罕至的地方，我如描眉画眼般精致刻画了一位隐者在山中艰难地行走。这两句同样在描绘画中的构图。

觚觚拐拐自有性，娉娉婷婷原不能——觚(gū)：棱角。拐：拐弯，曲折。娉娉婷婷：美好的样子。这两句是说：山峰棱角分明，线条曲折，这是由于山自有其本来的个性；如果将山画得娉婷柔媚就违背了山的本性。

问此画法古谁是，投笔大笑老眼瞠——瞠：瞠目，瞪眼。这两句是说：若问此前有谁使用这种画法作画，我会瞪着老眼，掷笔大笑。

法无法也画亦尔，了去如幻何亏成——亦尔：也同样如此。了去：了结，修炼到家。幻：幻化，幻灭。亏成：亏欠和成功。这两句是说：一切事物本来没有固定不变的标准和法则，作画也是如此，当技艺成熟达到一定程度之后，就不必再讲求技艺了，一切如幻如化，哪里还有什么失败成功可论呢！

这是傅山在自己所作的山水画上题的诗。诗中表现了傅山作画的艺术主张和审美观：一是要按照山水本身的性格和"情感"去画山水。傅山论书法曰"宁拙勿巧，宁丑勿媚"，反对媚俗、矫揉造作，推崇真率、自然，这是傅山美学思想的高度概括。二是作画的构思、技法不为古法所限制束缚，不依傍模仿古人，而要在艺术实践中追求自己独特的风格和境界，他认为这是艺术修养成熟的结果和标志。傅山针对明末清初盛行的八股文、台阁体、院体画、格律诗等，提出了"法本法无法，非法非非法"的思想。他认为历史上每个朝代的文学艺术形式，在以前是不曾有过的，而是从"无法"中演绎出来的，创作技法也完全应依照自己的理解变革与创新;在变革和创新之中,对前人成果继承性地运用以更好地发展。

全诗也体现了傅山刚正不阿、桀骜不媚的处世原则。

画云兰与枫仲漫题

这是一首描写画中兰花的诗。

老来无赖笔,兰泽太颠狂。带水连云出,漫山驾岭芗。
精神全不肖,色取似非长。三盏醮新榨,回头看莽苍。

老来无赖笔,兰泽太颠狂——无赖笔:笔,指笔墨,画法。无赖,自谦之词,实指作画的奔放,不拘一格。兰泽:多兰的沼泽。《古诗十九首》:"涉江采芙蓉,兰泽多芳草。"颠狂:放荡不羁。这两句是说:我步入老年后笔法豪放,在这幅图画里,我将生长着兰花的沼泽画得豪放不羁。

带水连云出,漫山驾岭芗——驾:腾越,超越。芗(xiāng):香气。这两句是说:画面上的兰花带着水波,连着云气,从沼泽中伸展出来,满山遍野香气弥漫。

精神全不肖,色取似非长——精神:指活力、韵味、神采。不肖:不像,不佳。这两句是说:所画的兰草,神情姿态全都不像兰草;取其着色吧,也似乎并非所长。

三盏醮新榨,回头看莽苍——醮(jiào):这里指喝酒。新榨:新榨出的酒。莽苍:野色迷茫的样子,也指一碧无际的郊野。这两句是说:画完之后,喝上三杯新榨出的酒,回头再看画面,却是一碧无际,一片苍茫。

传统的"四君子"题材中,画兰主要突出其"幽"的特点,如姿态幽静,散发幽香等。由这首诗中可以看出,傅山画兰,却改变了它的特点,变为奔放恣肆,香溢山岭,而且突出了"莽苍"的意境,这是与他一生名为"隐居",实则始终坚持斗争,以及一贯欣赏刚健之美分不开的。

题自画竹与枫仲

这是一首题画诗,同时寄予了傅山的思想感情。

一心有所甘，是节都不苦。寥寥种竹人，龙孙伏何所？

一心有所甘，是节都不苦——一方面咏竹，说竹心是甜的，竹节都不苦；另一方面说自己甘心情愿讲气节，毫不感到苦。

寥寥种竹人，龙孙伏何所——龙孙：笋的别称。辛弃疾《满江红》词："春正好，见龙孙穿破，紫苔苍壁。"这两句表面上说种竹人寥寥无几，竹笋不知伏于何处，实际上以"龙孙"代表朱明之后，表现出傅山对反清复明事业的关心。

这首诗说明傅山画竹，主要是寄寓自己民族气节，并以此自励的思想感情。

题自画兰与枫仲

这是一首描写幽兰的题画诗。

幽德不修容，放意弄水石。香邻无藩篱，喜逃人采摘。

幽德不修容，放意弄水石——幽德：深远而隐秘的品德。旧称隐士为幽人，兰花为幽兰。这两句是说：幽兰正如幽德之人一样，不修边幅，不讲究外表。无拘无束地与水、石相嬉戏。

香邻无藩篱，喜逃人采摘——兰花是我的邻居，它与山石为邻，不设藩篱，如野生空谷幽兰，天然逃人采摘。

清朝为笼络汉族知识分子，曾征聘傅山应博学鸿词科，被傅山拒绝；强迫进京，傅山拒不应试；强迫授官，傅山拒不接受。而他晚年"避居僻壤，时与村农野叟，登东皋，坐树下，话桑麻"（刘绍攽撰《傅先生山传》）。这就是"香邻无隔篱，喜逃人采摘"所寄寓的思想内容。

题墨牡

这是一首题画诗。墨牡：用水墨画法画的牡丹。

何奉富贵容，得入高寒笔。君子无不可，亦四素之一。

何奉富贵容，得入高寒笔——富贵容：牡丹花俗称富贵花。这是对"墨牡"的形容。入：收入。高寒：寒微而有高致。这两句是说：这样的富贵之容，为何能够被寒微而有高趣的画笔所绘？

君子无不可，亦四素之一——素：质朴的，素雅的。"四素"疑为傅山的一组水墨花草画。这两句是说：对君子(有道德修养的人)来说，没有什么不行的事，因此牡丹这种富贵花，也可作为"四素"之一。

一般文人以传统的"四君子"为题材寄寓感情。傅山却以向来有"富贵花"之称的牡丹为题材，寄寓同样的感情。这一方面说明傅山作画不拘一格，另一方面也说明，究竟寄寓什么感情，题材并非决定因素。

盘 礴

这首诗讲述了傅山对于绘画的创作观及审美观。

盘礴横肱醉笔仙，一邱一壑画家禅。
蒲团参入王摩诘，石绿丹青总不妍。

盘礴横肱醉笔仙，一邱一壑画家禅——盘礴：箕坐。俗语谓之盘膝坐，又谓之屈膝张足而坐。横肱：横着小胳膊。手臂从肘到腕的部分为肱。醉笔仙：醉中作画，潇洒如仙。这两句是说：盘膝而坐或枕着胳膊，在醉中作画，潇洒如仙。作画时经营一邱一壑，专注静虑，深得禅意。

019

蒲团参入王摩诘,石绿丹青总不妍——蒲团:修行者所坐,指修行。这里以修行比喻学画过程。王摩诘:唐代诗人王维,字摩诘,崇信佛教,性喜山水,工书精画,擅画平远景,以"破墨"写山水松石。苏轼称赞他"诗中有画,画中有诗"。明董其昌说:"文人之画,自王右丞始。"石绿丹青:即石绿、朱丹、石青等颜料。以石绿、石青作为主色的山水画,称为青绿山水,其中大青绿多勾勒轮廓,皴笔少,着色浓重;小青绿是在水墨淡彩的基础上薄施青绿。这些都与王维的"破墨山水"风格迥异。这两句是说:学画过程中领悟了王维的境界,再看一般青绿山水,总觉得不美。

【评析】

这首诗主要反映了傅山对山水画的艺术见解。第一句说创作山水画精神要解放,要饱含激情,充满不凡的气势。第二句说关键是构思,经营一邱一壑,都要精神专注。最后两句主要是说破墨山水的表现力是最丰富的,远胜于金碧山水。

题画二首

【题解】

这两首题画诗体现了傅山对绘画艺术,特别是对人物画的一些观点。

其 一

世界犹牵补,丹青现羽毛。君臣存贵贱,朋友寄孤高。
元气其中具,天亲无始包。当知性命者,莫浪看挥毫。

【新解】

世界犹牵补,丹青现羽毛——牵补:杜甫《佳人》诗:"侍婢卖珠回,牵萝补茅屋。"后因以"牵萝补屋"形容生活拮据,勉强补苴。这里用"牵补"形容当时天下的困顿和需要补缀。羽毛:这里代指鸟类,又一语双关,也代指杰出的人物。杜甫《咏怀古迹五首》其五:"诸葛大名垂宇宙,宗臣遗像肃清高。三分割据纡筹策,万古云霄一羽毛。"这两句是说:天地间现在还是一片残破,需要补缀,因此绘画中就要画那些不平凡的鸾凤高翔,独步云霄,寄托对杰出人物的仰慕。

君臣存贵贱,朋友寄孤高——君臣存贵贱:保持着君臣之分,这主要是表达了傅山及其朋友们的民族气节,并不只是单纯的"忠君"思想。这两句是说:从画的寓意中,体现了作画者依然对君王(指明朝皇帝)保持着忠诚,向朋友们表达自己的孤介高洁。

元气其中具,天亲无始包——元气:人的精神。天亲:君王和父母。无始:无边。

这两句是说:画中具有人的一种精神,包含着对君、亲无穷的感情。

当知性命者,莫浪看挥毫——性命:《易·乾》:"乾道变化,各正性命。"傅山认同古代哲学家的解释,从自然阴阳变化之气来阐述性命。浪:随便。挥毫:运笔,作画。这两句是说:深知"性命"之理的人,休要看轻了他作画的命意。

其 二

画手看前辈,斯生近莫俦。古惟师道子,今止重章侯。
衣带折衷稳,金青仔细钩。美人若有在,笔上见风流。

画手看前辈,斯生近莫俦——俦:伴侣,同辈。这两句是说:好画家前辈中很多,现在的人却少,而这个书生近来画得很好,在同辈中简直无人可比。

古惟师道子,今止重章侯——师道子:以吴道子为师。止:只。章侯:明末画家陈洪绶,字章侯,号老莲,诸暨(今属浙江)人。擅画人物、仕女。这两句是说:自古作画皆以吴道子为师,而现今却崇尚陈洪绶的画。

衣带折衷稳,金青仔细钩——折衷:吴道子画衣褶,用状如兰叶或状如莼菜条的笔法,有飘举之势,人称"吴带当风"。陈洪绶画衣纹则细劲清圆。这里是说画衣带要折衷二者的画法。金青:色彩。中国画颜料中有泥金、石青等,多用于勾染山廓、石纹、坡脚、宫室、楼阁,晕染山水。钩:指勾勒,用笔顺势为勾,逆势为勒。指用线条勾描物象轮廓。这两句是说:画衣带要折衷于吴道子和陈洪绶之间,便能工稳,而画人物要仔细勾染背景。

美人若有在,笔上见风流——画上的美人就像真的活起来了,这就是从笔法上表现出来的风流韵致。

第一首诗体现了傅山对绘画艺术的一个很重要的观点。他认为,不能把绘画看成随随便便的爱好,真正的画家应该是懂得"性命"之理,具有哲学和政治头脑的人。这样的画家,作画时应该想到当时的现实世界还是一片残破,需要修补,应该通过自己的绘画,表现那些杰出的人物,寄托君臣之义、朋友之情。实际上,这是隐晦地说明绘画也应该表现民族气节,为反清斗争服务。

第二首诗体现了傅山对人物画技法的要求。"古惟师道子,今止重章侯",说明和傅山同时代的陈洪绶的人物画在当时影响很大。傅山认为,画人物衣褶的笔法,既要学习吴道子的画法,也要参酌陈洪绶的画法,不可偏执。他还认为,要注意传达人物的神态气韵。所谓"美人若有在,笔上见风流",即是此意。

题梁乐甫画

题解

题下原注："梁画杜诗'冻泉依细石，晴雪落长松'。"梁乐甫即梁檀。

> 冻泉依细石，晴雪落长松。仿佛素心老，微茫冷眼中。
> 伯鸾风雨臼，芦鸷水晶宫。若个琹书解，丹青乱长雄。

冻泉依细石，晴雪落长松——这两句原是杜甫诗句，这里也用以描写画面景物。这两句是说：山泉顺着山石结成了冰凌，雪后天晴，积雪从高大挺拔的松树上飘落下来。

仿佛素心老，微茫冷眼中——仿佛：这里是揣测之词。素心：本心，纯朴的心。这两句由画面进而说到作画者的立意。这两句是说：画中的景致好像是一位具有纯朴之心的智者在冷眼旁观，景物一片苍茫。

伯鸾风雨臼，芦鸷水晶宫——伯鸾：黄居采，字伯鸾，筌季子，画艺敏瞻，妙得天真，时人争购。这两句是说：在画面上这个寒冷而微茫的世界中，就是梁檀避风雨的地方，也是他躲避尘世嚣杂的水晶宫。

若个琹书解，丹青乱长雄——琹书：一般代表知识分子的生活。琹，"琴"的异体字。长雄：称雄，称霸。这两句是说：梁檀精通艺术，既解琴、书，绘画也可以在乱世中称霸。

新评

这首题画诗，由画面的冷峻体会作画者的感情，从画论角度看，仍体现了一种"物我交融"的境界。

墨　池

题解

这首诗主要讲医道与书法艺术。

> 墨池生悔客，药庋混慈悲。子敬犹今在，真人到底疑。
> 佳书须慧眼，俗病枉精思。投笔于今老，焚方亦既迟。

墨池生悔吝，药庋混慈悲——墨池：相传东汉张芝学书甚勤，"临池学书，池水尽黑"。又相传王羲之亦有墨池故迹，在临川（今属江西）城东，因以墨池代指书法。庋(guǐ)：搁置器物的木板或架子。药庋即药柜、药架，代指行医。这两句是说：我讲求书法艺术，却生起了悔意。我当医生看病，只不过混了个"慈悲济世"之名。

子敬犹今在，真人到底疑——子敬：王献之，字子敬。真人：指唐代孙思邈，大医学家，后世医家尊称其为孙真人。这两句是说：王献之的书法对后世影响很深，好像他现在还活着，但对孙思邈的医道学问，我至今仍有疑问。

佳书须慧眼，俗病枉精思——优秀的书法，需要聪慧的眼光去鉴赏；患了世俗之病，即便再用心去疗治，也是枉然。

投笔于今老，焚方亦既迟——方：药方。这两句是说：我如今已经老了，投笔放弃书法艺术、焚方不再行医，都已经迟了。

书法和医道，两者都是傅山的绝艺，应视为快事。然而在这首诗里，却充满了愤世嫉俗之感，甚至有"悔不当初"之意。这首五言律诗，主要内容有二：一是说在当时的社会里奴人、胡涂一流深信庸医邪道，像傅山这样的妙手医家自然会遇到俗流的异议，这暗含自己在抗清斗争接连失利、日渐消沉的情况下，壮志未酬、此身已老的感慨，但写得比较隐晦。这从"药庋混慈悲"、"投笔于今老"等字句中，联系他的生平、思想，可以体味到。二是坚持书法艺术的高尚情调，不赞成王献之的"媚趣"。他想投笔不书，焚方不医，而已年届桑榆晚景，为时已晚，这愤懑的语言，表达了内心的真情实感。

丝　素

丝素：丝织的白色生绢。

> 丝素怜光净，初秋见白云。聊为回雁阵，岂复计鹅群。
> 字证辟支果，书空烦恼军。陰糜华几筄，屋漏满氤氲。

丝素怜光净，初秋见白云——我喜爱这白色丝绢的光泽，看起来匀净洁白，就如初秋时节在万里碧空中见到一片白云。

聊为回雁阵，岂复计鹅群——雁阵：雁行，大雁群飞时排列的队形。王羲之谈到自己的书法时，曾说："吾书比之钟(繇)、张(芝)：钟当抗行，或谓过之。张草犹当雁行……"以"雁行"比喻两者不相上下。鹅群：指王羲之书成换白鹅的故事。这两句是说：我姑且在这丝绢上挥写一番，就像在白云中画上南飞的雁阵；并不计较这书法是否能像王羲之那样换来鹅群。

字证辟支果，书空烦恼军——证：验证。辟支：梵语，独觉之义，指并无师承、独自悟道。这两句是说：尽管我的书法已经到了具有独创风格的境界，然而只不过给我增添麻烦、烦恼罢了。

隃麋华几笏，屋漏满氤氲——隃麋：本为地名，在今陕西汧阳县东，其地产墨，汉时尚书令仆丞郎，月赐隃麋墨二枚，故或称墨为"隃麋"。华：增添光彩。笏：一名手板，大臣朝见时所执，有事则书于上，以备遗忘。屋漏：古人形容书法老劲为"屋漏痕"。本诗用"屋漏"，语义双关，既指自己的书法而言，又指自己居处简陋而言。这两句是说：用墨随便涂抹的字曾使多少官场人物的手板生彩，然而我仍然写着这苍老的字体，住着到处可以透进光线的漏屋。

这首诗开始说丝素"光净"的美感，也暗示自己清高的品质；诗的结尾说自己"屋漏满氤氲"，这说明他宁可贫苦、烦恼，也决不以书法取媚于清朝的民族气节。同时也看到傅山在书法创作中坚持自己的独特风格。

点污八首（选二）

题目的意思实际是对社会黑暗的揭露。

其 七

蒿艾丛生涸杀鱼，蕨藜随长不胜锄。
道人卖雨无符咒，浓蘸隃麋画墨猪。

蒿艾丛生涸杀鱼，蕨藜随长不胜锄——这两句极言旱象严重，也显示了当时战乱之后社会环境的险恶。这两句是说：旱象严重，水塘干涸，鱼也干死了，只有蒿艾等杂草丛生。田间苗稀草生，蕨藜锄不胜锄。

道人卖雨无符咒，浓蘸隃糜画墨猪——道人：傅山自称。符咒："符"是符篆（中国古代巫士、方士、道教徒臆造的笔画屈曲、似字非字的图形），"咒"是咒语（如急急如律令之类），道家声称可用以祭祷、治病、驱使鬼神。傅山说自己"无符咒"，正说明他不是真正的道士，而是借道士身份作掩护，从事反清活动。隃糜：墨。墨猪：喻书法之肥蠢。传卫夫人《笔阵图》：多肉微骨者，谓之墨猪。这两句是说：我想为人们乞雨，但并不懂乞雨的符咒，只能蘸着浓墨写一些像墨猪一样肥蠢的字。这也说明傅山十分同情民生疾苦。

其 八

瘦硬通神且莫提，柔毫点黜任东西。
凭谁卦面秋风刮，榤上家鸡未下栖。

瘦硬通神且莫提，柔毫点黜任东西——通神：出神入化，指精妙。杜甫有"书贵瘦硬方通神"的诗句。黜：书法的一种笔势。这里泛指用笔。任东西：这里指作字结构任其自然，不着意经营。这两句是说：且不要说我的字瘦硬通神，我只不过用柔毫信笔写去，结构也任其自然。

凭谁卦面秋风刮，榤上家鸡未下栖——卦面：为人相面。榤（jié）上：鸡架上。家鸡：晋庾翼以家鸡自喻其书（详见《村居杂诗十首》其八、九注）。这两句是说：在这秋风之中，我的困境可知，还靠谁去相面呢？我的书法作品也从未偏离我的审美理想。

这两首诗可能是傅山在明亡之后流寓中所作。诗中反映了他对社会动乱的不满和对民生疾苦的关心。第一首写他在大旱之年，虽然是道士身份，但并不以符咒乞雨，而是通过写字表达他同情人民和盼望旱象解除的心意。第二首写他自己流亡的境况和一切事情（包括书法）都不肯苟且的决心。

村居杂诗十首（选三）

这三首诗讲述了傅山对书法的见解，反映了他独特的审美情趣。

其 八

饕餮蚩尤婉转歌，颠三倒四眼横波。

中国家庭基本藏书

025

儿童不解霜翁语，书到先秦吊诡多。

饕餮蚩尤婉转歌，颠三倒四眼横波——饕餮(tāotiè)：传说中一种贪食的恶兽，古代钟鼎彝器上多刻其头部形状作为装饰。蚩尤：神话传说中东方九黎族的领袖，相传他铜头铁额，头上长角，有八条胳膊，八条腿，甚为凶猛。婉转：委婉缠绵。颠三倒四：形容没有一定的顺序和规则。眼横波：形容眼神流动。这两句是说：饕餮、蚩尤，形象凶猛丑恶，歌声却很婉转。先秦书法虽无一定规则，看似形态丑拙、颠三倒四，但却很妩媚。

儿童不解霜翁语，书到先秦吊诡多——霜翁：白头老翁，这是傅山的自称。吊诡：怪异，奇特。这两句是说：儿童们不懂老翁的话，不信就上溯到先秦时代，那时的书法大多奇特怪异。

其 九

从来老笔不降钱，不信于今会点铅。

提礶礶提纷众妙，休教野鹜入云烟。

从来老笔不降钱，不信于今会点铅——点铅：指点铅成金，这里语义双关，既指不会生财降钱，也指写字未必能脱胎换骨，取媚于人。这两句是说：像我这种老拙的笔墨，从来都不会生财，我不相信它现在能够点铅成金。

提礶礶提纷众妙，休教野鹜入云烟——提礶(guàn)：未详其义。众妙：各种微妙的变化。野鹜：野鸭子。这里用来比喻妩媚的书法。苏轼《跋庾征西帖》："庾征西初不服逸少，有家鸡野鹜之诮。"王羲之书法风格有俊逸妩媚的一面。云烟：云气和烟雾，比喻书法的飞动之势。杜甫《饮中八仙歌》："张旭三杯草圣传，脱帽露顶王公前，挥毫落纸如云烟。"这两句是说：关于书法，各家各派观点不同，众说纷纭，书法有各种微妙的变化，但决不能让妩媚的风格混入自己具有飞动之势的书法中。

其 十

无端笔砚业缘多，不敢胡涂说换鹅。

只为世情难决绝，鹜书终日替奔波。

无端笔砚业缘多，不敢胡涂说换鹅——无端：这里含有无缘无故、没有尽头二义。业缘：犹言俗缘，麻烦事儿。换鹅：传说王羲之爱鹅，曾有"书成换白鹅"的故事。这两句是说：无缘无故而来的"笔砚"应酬，没有尽头，不敢糊里糊涂说我这就是王羲之的"换鹅书"。

只为世情难决绝，鸳书终日替奔波——只因为人情世故难以断绝，所以终日作这种"鸳书"，替别人奔忙。

秦始皇统一中国前，由远古文字产生起于"依类象形"，到商周战国时代的甲骨文、金文、石鼓文，时有象形的表现，结构错综复杂，字形大小不一，分行排列也不规则，各地文字又不统一。傅山能够高度概括这种情况——"书到先秦吊诡多"（尽管傅山那个时代甲骨文还没有出土）。更为重要的是，他对这些吊诡神秘的文字美学特征有着深刻、准确的认识。所谓"饕餮蚩尤"、"颠三倒四"，是说它粗糙野蛮、笨拙生硬、神秘狞厉的风格，而从中又体现了一种不可复现和不可企及的童年气派的美，原始的、天真的、拙朴的美，甚至有某种妩媚的东西，这就是所谓"婉转歌"、"眼横波"。傅山这三首诗虽然短小，但见解深刻，概括力强，说明他的书学渊博，书识很高。

关于王羲之的书法艺术，历来传为美谈的有两个典故：一是"书成换白鹅"。梁虞苏《论书表》云："山阴昙酿村养鹅道士谓羲之曰：久欲写河上公老子，缣素早办，而无人能书；府君若能自屈，书《道德经》两章，便合群以奉。羲之便停半日，为写毕，携鹅去。"一是"家鸡"、"野鹜"之诮。《太平御览》引《晋书》(庾翼)在荆都下人书云："小儿辈贱家鸡，爱野雉，皆学逸少书。"苏轼《跋庾征西帖》："庾征西初不服逸少，有家鸡野鹜之诮。"傅山论书诗篇中，多次用到这两个典故。傅山一方面对王羲之的书法的确很钦佩，他自己也下过苦功学习。但另一方面，他又对王羲之书法不满，甚至认为自己写王羲之风格的字是迎合世俗，替人奔波。为什么傅山会有这种看法和感情呢？这是因为处在明末清初动乱时代的傅山，具有民族气节。在诗文书画等艺术领域要求反映民族兴亡和民生疾苦，不但他自己心气不能那样平和飘逸，而且也必然反对以那种貌似平和飘逸，实则软媚浅俗的东西去迎合清朝统治者，麻醉自己和别人。因此，尽管他对汉代书法雄放硬拙的风格、晋代书法平和含蓄的风格和唐代书法刚劲雄健的风格，都给以高度的评价，但三者相比，却更加欣赏汉、唐风格，而对晋代风格不无微词。

索居无笔，偶折柳枝作书辄成奇字率意二首

【题解】

　　这两首七律作于崇祯十七年(1644)傅山寓居盂县时，收入傅山的《甲申集》。索居：孤独地生活。辄：即，就。率意：随意。

其 一

方外中书不屑描，楼前高柳茂垂条。
折来菀菀秋风叶，削去亭亭冷玉苕。
世俗文书难点黵，轩辕道士可云霄。
若逢圯上黄翁帙，鸟篆虫雕试一标。

　　方外中书不屑描，楼前高柳茂垂条——方外：世外。傅山在明亡后出家为道士，故以方外之人自居。中书：中书君，指毛笔。韩愈《毛颖传》："累拜中书令，与上益狎，上尝呼为中书君。""方外中书"即方外之笔。这两句是说：世外之人，写字不屑于描画。楼前高大的柳树垂下茂密的枝条。

　　折来菀菀秋风叶，削去亭亭冷玉苕——菀菀(wǎnwǎn)：茂盛貌。秋风叶：指秋天带叶的柳枝。玉苕：指柳枝细弱部分。"苕"本指苇花，可作苕帚。"玉"形容其洁净有光泽。这里借来形容柳枝的梢头。这两句是说：折来柳枝，削去其柔枝部分。

　　世俗文书难点黵，轩辕道士可云霄——点黵(niǎn)：草书笔势。这里指书写。轩辕：传说中中原各族共同的祖先，姬姓，号轩辕氏、有熊氏，一般多用以象征华夏民族。这两句是说：我是一位忠于华夏民族的道士，正气可冲云霄，难以书写那些世俗文书。

　　若逢圯上黄翁帙，鸟篆虫雕试一标——圯(yí)上黄翁：指"圯上老人"，又称"黄石翁"。传说张良刺秦始皇失败后，逃亡下邳，遇老人于圯(桥)上，授以《太公兵法》，张良遂以此辅汉高祖灭秦夺天下。帙：指卷帙，书籍。鸟篆虫雕：指鸟虫书，篆书的变体，因其像虫鸟之形，故名。王莽"六书"中有鸟虫书，施用于旗帜和符信。这两句是说：如果我像张良那样遇到圯上的黄石翁传授我兵书，我就会用鸟虫书标示战斗的旗帜和符信。这是傅山抒发抗清的抱负。

其 二

腕拙临池不曾柔，锋枝秃硬独相求。

公权骨力生来足，张绪风流老渐收。
隶饿严家却萧散，树枯冬月突颠由。
插花舞女当嫌丑，乞米颜公青许留。

腕拙临池不曾柔，锋枝秃硬独相求——锋：指笔锋。这两句是说：我手腕拙硬，在学习书法中不曾练得柔软，独有这种手腕，偏去寻求这种硬枝秃锋的柳枝作书写的工具。

公权骨力生来足，张绪风流老渐收——张绪：南齐吴郡人，字思曼。为人清简寡欲，风姿清雅，口不言利，官至国子祭酒。齐武帝曾植蜀柳于灵和殿前，说："此柳风流可爱，似张绪当年。"这两句诗以柳自喻，又巧妙地用了"柳公权"（姓柳）和"此柳风流可爱"两个有关"柳"的典故以自况。这两句是说：我书写的字骨力像柳公权那样，生来具足；但年龄渐老，像张绪那样风流倜傥的气概渐渐消失了。

隶饿严家却萧散，树枯冬月突颠由——"饿隶""枯树"本是唐太宗批评王献之字的用语。唐太宗评王献之书法，云："献之虽有父风，殊非新巧。观其字势，疏瘦如隆冬之枯树；览其笔踪，拘束若严家之饿隶。其枯树也，虽槎丫无屈伸；其饿隶也，则羁羸而不放纵。兼斯二者，固翰墨之病欤！"颠由：树木枯死或被砍伐后重生新芽。《尚书·盘庚上》："若颠木之有由蘖。"这两句是说：以柳枝写出来的字，虽然像严厉的世家中的奴隶那样瘦，但风格却很萧散；又像冬天的枯木，突然生出了新芽。

插花舞女当嫌丑，乞米颜公青许留——插花舞女：指东晋女书法家卫夫人（272—349）的书法，南朝袁昂评其书"如插花舞女，低昂美容"。乞米颜公：指颜真卿，有《乞米帖》。王禹偁有"学写颜公乞米书"的诗句。青：青眼，晋阮籍能为青白眼，常以青眼对所器重喜爱的人。这两句是说：我这种字，用卫夫人的眼光看（或与卫夫人的字比起来），应当嫌其丑陋。颜真卿也许对我青眼相待，赞赏我这种字。

这两首诗作，是傅山极力刻画自己书法的奇异高古，讽刺世俗文书的不足道，反映出其愤世嫉俗的性格。

第一首，首句"方外中书不屑描"，表明自己的身份、立场。傅山不甘心于清朝的统治，远离人间世俗。明亡以后，穿起道袍，又治佛学，萧然物外，好像不问政治，其实不然。"中书"，是康熙皇帝授予他的官职，他却自称"方外中书"。"世俗文书难点黪，轩辕道士可云霄"，点黪，形容纵横牵制、钩环盘纡的草书笔势。"轩辕道士"是傅山自比，正合乎其"方外中书"的身份，与"世俗文书"对称。这首诗在讲述折柳写书的同时也表现了傅山的民族气节，表明了他在政治上对自己书法的要

中国家庭基本藏书

求：为反清斗争服务。他要做正气冲天的"轩辕道士"，不做清朝顺民；他希望像张良那样碰到黄石翁，得到兵法的传授，组织抗清的武装斗争，以"鸟篆虫雕"来标示旗帜、符信，而不愿去描画那些"世俗文书"。

第二首的基调是老来手腕拙硬，不能用长锋羊毫了。所需要的倒正是这支秃笔。因而想到柳公权素以骨力见称，当年有如弱柳般的张绪，到了老年的时候，也渐渐挺拔起来了。我这笔势，既如隶饿般萧散，又像隆冬秃顶的枯树。虽说不会得到卫夫人那样的人的欣赏，嫌它拙丑，但也还会博得写《乞米帖》的鲁公的青睐吧。这首诗在艺术上对书法的要求：不要那种张绪式的风流可爱，不要那种"插花舞女"式的妍媚，而要有柳公权的骨力，有颜真卿的刚健、硬拙。这种风格，正是适应他那种沉痛悲愤、坚韧不屈的思想和性格的，适应他书法内容的需要。

甲申初秋，当时不但清朝已入主中原，而且已攻占太原，傅山也已出家为道士。他的诗和"奇字"所寄托的正是亡国之痛和自己反抗清朝的战斗决心。"偶折柳枝作书"，是因为"索居无笔"。傅山借题发挥，抒发了自己的真实感情。诗中用了几个关于"柳"的典故，也很贴切。

作字示儿孙

这首诗选自《霜红龛集》卷四。此诗是傅山写给他的儿孙后辈们看的，希望后辈能继承先人志节，永振家风。诗后附文，诗文同旨。

> 作字先作人，人奇字自古。纲常叛周孔，笔墨不可补。
> 诚悬有至论，笔力不专主。一臂加五指，乾卦六爻睹。
> 谁为用九者，心与挈是取。永真溯羲文，不易柳公语。
> 未习鲁公书，先观鲁公诂。平原气在中，毛颖足吞虏。

贫道二十岁左右，于先世所传晋、唐楷书法，无所不临，而不能略肖。偶得赵子昂《香光诗墨迹》，爱其圆转流丽，遂临之，不数过，而遂欲乱真。此无他，即如人学正人君子，只觉觚棱难近，降而与匪人游，神情不觉其日亲日密，而无尔我者然也。行大薄其为人，痛恶其书浅俗，如徐偃王之无骨。始复宗先人四五世所学之鲁公，而若为之，然腕杂矣，不能劲瘦挺拗如先人矣！比之匪人，不亦伤乎？不知董太史何所见，而遂称孟頫为五百年中所无。贫道乃今大解，乃今大不解。写此诗仍用赵态，令儿孙辈知之，勿复犯此，是作人一著。然又须知赵却是用心于王右军者，只缘学问不正，遂流软美一途，心手之不可欺也如此。危哉！危哉！尔辈慎之，毫厘千里，何莫非然。宁拙勿巧，宁丑勿媚，宁支离勿轻滑，宁直率勿安排。足以回临池既倒之狂澜矣。

作字先作人，人奇字自古——要想写好字，必须先学会做人；只有高风亮节的人才能创作出遒丽雄健的杰作，人书俱传，千古不朽。

纲常叛周孔，笔墨不可补——纲常：指三纲五常。三纲指君为臣纲，父为子纲，夫为妇纲，是封建社会的三种主要的道德关系。五常是仁、义、礼、智、信，儒家用以配合三纲，作为维护封建等级制度的道德教条。这两句是说：人的行为，如果违背了周公、孔子所倡导的纲常伦理，就会被看作乱臣贼子，忤逆不孝，再好的笔墨也赎不回来。这两句是说明怎样才能做个奇人的道理。

诚悬有至论，笔力不专主——诚悬：柳公权(778—865)，唐书法家，字诚悬，陕西耀县人。书法得力于颜真卿、欧阳询，骨力遒劲，对后世影响很大，与颜真卿并称"颜柳"。碑石以《玄秘塔碑》《金刚经》《神策军碑》等最为著名。笔力：用笔的力量。不专主：即不可专务一家。这两句是说：柳公权的名言"笔力不专主"，说的是要面向自然，因物附形，涵盖万类，乃得真笔。

一臂加五指，乾卦六爻睹——一臂：指写字时抬肘、悬臂，也就是悬腕。五指：即通常所说的五字执笔法——按、压、钩、格、抵。乾卦六爻：自然界一切物象和它的发生变化。乾卦是《周易》中的第一卦，叫六爻。爻，仿效万物的形象，又有变化的意思。这两句是说：写字的时候肘使腕，腕使指，指摄笔，三者结成一体，才能创出佳作；书法具有变化不拘的活泼精神，这是书法能成为最高艺术的根本法则。

谁为用九者，心与腕是取——用九：运用乾卦的道理来推究事物的发展变化，这里指用书法的法则来作字的道理。九，《周易》中阳爻又称"九"，九是书的尽头。这两句是说：用书法的法则来写字的道理就是手不厌熟，熟能生巧；心不厌精，思则得之。

永真溯羲文，不易柳公语——永真：即唐代书法家虞世南(官至秘书监，封永兴县子，故世称"虞永兴")与颜真卿。羲文：伏羲氏和周文王。这两句是说：从唐代书法家虞世南、颜真卿一直上溯到传说画八卦的伏羲氏和演八卦的周文王，都印证了柳公权所说的"笔力不专主"是一句至理名言。

未习鲁公书，先观鲁公诂——鲁公：颜真卿(707—785)，唐书法家，西安人。任殿中侍御史，受杨国忠排挤，出为平原(治今山东陵县)太守，历官至吏部尚书、太子太师，封鲁郡公。后为李希烈迫害。书法端庄雄伟，大气磅礴，世称"颜体"。碑刻有《麻姑仙坛记》《宋开府碑》《东方说画赞》等名品。诂：训诂，注疏书中难懂或容易误解的字、词、句，使人明白了解。这两句是说：在学习颜真卿的书法之前，

中国家庭基本藏书

先要读好他的文章著作，了解他的生平事迹、思想、抱负和书法理论等，这样就能更容易地体会他的书法了。

平原气在中，毛颖足吞虏——平原：即颜真卿。毛颖：即毛笔，韩愈《毛颖传》以笔拟人，为笔作传，后来遂以毛颖为笔的代称。这两句是说：把颜真卿那种大节不夺之气融化在自己的精神之中，就可以纵横如意，写出具有足能歼灭强虏之势的名品。

诗后所附附记，进一步阐述诗意。赵子昂：赵孟頫（1254—1322），字子昂，号松雪道人，吴郡人。本宋之宗室，降于元朝，官翰林学士承旨，故又称赵承旨。宗二王，见习褚、米，工行书，善山水，为画家南宗。徐偃王之无骨：彭城古郡为古时之徐国。传说，徐君宫人曾生一卵，弃之荒野中，被一犬衔去。卵破，有筋无骨。后来立为徐君，号称偃王。董太史：即董其昌（1555—1636），明书画家，华亭人，字玄宰，号香光。累官南京礼部尚书，故有太史之称，谥文敏。书法自成一家，潇洒生动，为明末之冠。王右军：即王羲之（321—379 或 303—361），东晋书法家，字逸少，山东临沂人，官至右将军，故人称"王右军"。早年学卫夫人，草书学张芝，正书学钟繇，推陈出新，创出妍美流变的新体，为历代书法家所崇尚。所书《兰亭集序》《黄庭经》《乐毅论》等。种种真行、小楷，皆唐人双钩填补，真迹已不复见。宁拙勿巧：傅山《字训》中说："写字无奇巧，只有正拙，正极奇生，归于大巧若拙已矣。"宁丑勿媚：傅山认为那种丑怪书法，更能深刻地表现生命的力量、人生艰险，表现郁勃不平的浩然正气。丑并不是不美，媚也不是真美，而是软美媚俗。宁支离勿轻滑，宁真率勿安排：指在书法的间架结构、笔法和全篇布局上，"有意结构配合，心手离而字真遁矣"（傅山《字训》）。作字之前，不求成竹在胸，但求潇洒疏落。在书法作品的谋篇中讲求随性而生，用笔不可轻浮油滑，笔笔彰显功夫，如刻意安排则显雕琢。

这首诗是傅山写给他的子孙后代看的。全诗从做人写起，讲到了人和书法的关系，执笔、运腕等书法原理，以及选帖等问题，最后以书法的作用作结，可以算是一首关于书法的纲领性的诗篇，中间特意提出久为先人所仰慕的鲁公及其书法，告诫后辈，寄意遥深。

诗后附文，更加深入地发挥了诗歌的主旨，通过叙述其学书的经过，告诫儿孙应以鲁公为师，能像先人写得那样劲瘦挺拗才是正道。为了扭转当时赵体流行的颓风，提出"四宁"、"四勿"的主张，体现了傅山崇尚自然的创作风格及不屈不挠的浩然正气。

五台八首（选二）

《五台八首》收在戴廷栻《霜红龛诗略》和各本《霜红龛集》中。五台，五台山，我国佛教四大名山之一，在山西省五台县境内。

中 台

中台五六月，积雪在经厨。阒梵木鱼瘦，斋钟麦燕腴。

雾云堆冷絮，花草荐寒毹。信是清凉地，中烦独不除！

中台五六月，积雪在经厨——中台：五台山由东、西、南、北、中五峰组成，中台是五峰之一，又名翠岩峰，海拔2894米。经厨：犹言经室，藏经阁。《大方广佛华严经疏》云：五台山"岁积坚冰，夏仍飞雪，曾无炎暑"。故五台山被称为清凉胜地。这两句是说：在农历五六月的炎夏季节，中台峰的藏经阁依然可见陈年的积雪。

阒梵木鱼瘦，斋钟麦燕腴——阒梵：指寺院。阒，音qù，寂静。梵，古印度文音译"梵摩"的省略，意为寂静、清静。木鱼：佛教法器。佛家谓鱼昼夜不合眼，故刻木像鱼形，击之以警戒僧众昼夜修道。斋钟：佛教报斋时需击钟三十六下，故曰斋钟。麦燕：春燕。麦苗返青时燕子由南而归，故称为"麦燕"。这两句是说：寂静的佛寺内只听见僧人念经时敲木鱼的声音，寺僧信仰非常虔诚；僧人用斋时舍饭饲燕，使得春燕也体格健硕。

雾云堆冷絮，花草荐寒毹——荐："垫"的意思。毹："氍毹"（qúshū）的省称，指毛或毛麻混织的毛布、地毯之类。前一句从山间云雾的形态，后一句从山上花草的色泽及质地这两个角度描写山上寒冷的气候。这两句是说：山间厚重的云雾像堆叠着的雪花；生在高寒之地的花草好像为大地垫上了御寒的毛毯。

信是清凉地，中烦独不除——信：确实。这两句是说：虽然到了能断除烦恼的清凉胜境，然而心中的烦恼还是不能断除。婉转地表达了他在甲申明亡后苦闷悲愤的心绪。

这首诗描绘了五台山翠岩峰的景色并抒发了自己的苦闷情绪，前三联写景，尾联抒情。一、二句从季节与天气的反差总写中台"清凉"的气候特征；三、四句写在寂静的寺院中，寺僧虔诚地修行并以慈悲之心普度众生；五、六句描写山间的自然景物及地貌，进一步写中台之"清凉"。前三联层层递进，为最后两句出其不意的抒情打下基础。七、八句说即使到了"清凉地"，也不能断除内心的烦恼，其中，"清凉地"为本诗的诗眼，起到了点题的作用。

清凉石

疏磬可林冷，云根一片秋。无情熏不热，有骨踏难柔。

眼孔齐芥子，肘弓量石头。坚贞见龙象，施利颔吾游。

清凉石：在五台清凉谷岭畔，厚六尺五寸，围四丈七尺，面方平正，自然文藻。传说古代曾有"头陀(俗称行脚乞食的僧人为头陀，亦称行者)趺坐其上，为众说法，梵音琅琅，异状围绕，望之悚怖，近之即失，后人目其所坐之石，曰曼殊(文殊师利菩萨)床"。

疏磬可林冷，云根一片秋——疏磬：轻清、疏落的磬音。磬，石制乐器。寺院所击之磬，铜制，钵盂形，声音似钟。可：相宜、相合。云根：这里把清凉石比作五台山之根。这两句是说：磬声疏落而山林冷寂，清凉石透出了一片凉爽的秋意。

无情熏不热，有骨踏难柔——无情：指没有情识活动之物，这里指清凉石。有骨：有骨气，指代那些有坚贞的民族气节之人。这两句是说：清凉石冰清玉洁，火烤不热；它骨头硬朗，脚踏不软。这两句是说：像傅山一样有气节的明朝遗民，富贵不淫，贫贱不移，威武不屈，是真正的大丈夫！

眼孔齐芥子，肘弓量石头——芥子：比喻极微小。《维摩经·不思议品》中认为，芥子中也能容得下须弥山，称之为"芥子纳须弥"。这两句的引申义是：要具有包容之心，做事要亲自躬行。

坚贞见龙象，施利颔吾游——见：即现，显现。龙象：佛教称诸阿罗汉中，修行勇猛有最大力者为龙象。水行龙力最大，陆行象力最大，故以龙象为喻。施利：指佛教中的文殊菩萨。佛经中称其为施愿金刚，又称之为文殊势师利，故傅山称其为"施利"。颔，点头，意为赞许。这两句是说：只要有坚贞的民族气节，就能表现出龙象一样的猛力；因此，文殊菩萨对我游览他的道场表示认同。

这首诗细致地描绘了五台山清凉石的特点，寄予了"无情熏不热，有骨踏难柔"的志节。诗中多用佛教语，包蕴了广阔的意境和深远的意义。最后一句"施利颔吾游"以奇特的想象表达了自己坚贞的民族气节。

与邯郸任尹四首(选三)

题解

傅山于康熙十三年(1674)游山东,登泰山。此诗应作于是年。任尹,傅山友。

其 一

今日任公子,沧浪罢钓竿。闲关留七尺,寤寐考三槃。

念彼幽冥友,言曾慷慨欢。洪波亭上酒,一滴酹栏杆。

今日任公子,沧浪罢钓竿——这两句引自李白《金陵望汉江》。沧浪:比喻超脱世俗名利的清高意境。这两句是说:我的朋友任尹在清幽宁静的环境中过着闲云野鹤般的隐居生活。

闲关留七尺,寤寐考三槃——闲关:道路崎岖难行。寤寐考三槃:《诗经·卫风·考槃》:"考槃在涧,硕人之宽。独寐寤言,永矢弗谖。"寤寐,醒时与睡时,日夜。考槃:指避世隐居。这两句是说:任公子的隐居之地与尘世相隔很近,却很难被世俗熏染;他在幽雅的环境中自得其乐,舒畅自由。

念彼幽冥友,言曾慷慨欢——幽冥:暗昧。这两句是说:我想起这位内敛的老朋友,从前他的言辞多么慷慨豪放。

洪波亭上酒,一滴酹栏杆——洪波亭:洪波台是战国时赵国观兵操练演习之处。该台背依赵长城,曾与位于邯郸市内的赵丛台齐名。李白曾登洪波台游览,并做《登邯郸洪波台置酒观发兵》诗。酹:把酒洒在地上表示祭奠。这两句是说:他曾经把酒洒在洪波台上以祭奠古时的英勇志士,表明复国的决心。

其 二

自信无仙骨,黄粱梦懒寻。一拳擎默默,连扦老嶟嶟。

岂遇闻鸡侣,其如运蹇勤。丛台荒朔漠,戎服久缠身。

自信无仙骨,黄粱梦懒寻——仙骨:仙风道骨,形容人的风度神采不同凡俗。黄粱梦:唐·沈既济《枕中记》载:"庐生于邯郸客店中遇道者吕翁。生自叹穷困,翁乃授之枕,使入梦。生梦中历尽富贵荣华。及醒,主人炊黄粱尚未熟。"这两句是说:我虽然身在道门中,心却在尘世间,对于修真得道而成仙之事也懒得去做。

一拳擎默默，连抃老嶟嶟——拳擎：《庄子·人间世》："擎跽曲拳，人臣之礼也。"表示谦卑恭敬的态度。连抃(biàn)：婉转貌。嶟嶟(zūnzūn)：耸立貌。这两句是说：我给别人留下的印象是恭敬谦卑、默默无闻，和蔼温和、伟岸高尚。

岂遇闻鸡侣，其如运甓勤——岂：如何。闻鸡侣：用晋代祖逖"闻鸡起舞"的典故，比喻奋发有为的仁人志士。运甓(pì)：《晋书·陶侃传》："侃在(荆)州无事，辄朝运百甓于斋外，暮运于斋内。人问其故，答曰：'吾方致力中原，过尔优逸，恐不堪事。'"这两句紧承上联：其实我心里渴盼遇到像祖逖和陶侃那样奋发有为的志士。

丛台荒朔漠，戎服久缠身——丛台：赵武灵王为了观看歌舞和军事操演，于邯郸建丛台，亦名"武灵丛台"。戎服：军服。这两句是说：丛台仍旧矗立于北国大漠，展示着昔日赵国强大的军事力量；我也一直未忘痛失家国之耻，一心要光复故国。

其 四

老泥廉公语，终思用赵人。邯郸好都会，厮养亦精神。
却喜游山左，还要过海滨。岱宗愁一览，花眼决东秦。

老泥廉公语，终思用赵人——廉公：战国时赵国名将廉颇，屡立战功，后受同僚忌恨，不得已出亡到魏国。后赵数困于秦兵，赵王欲复用廉颇，廉颇亦思赵，又被人诋毁，未果。这两句是说：我虽然老了，却仍想为国出力。

邯郸好都会，厮养亦精神——厮养：即厮役。后泛指为人驱使的奴仆。这两句是说：邯郸真是个好地方，到处洋溢着尚武精神和战斗士气。

却喜游山左，还要过海滨——山：太行山。这两句是说：我越过太行山，游历赵鲁之地，直至海滨。

岱宗愁一览，花眼决东秦——岱宗：即泰山。决：离开。东秦：秦以东。古时齐鲁之地有"东国"之称。这两句是说：我作为前朝的遗民，游览依旧崔嵬雄伟的泰山，满腹愁肠，只能泪眼朦胧地离开这里。

傅山以年近七十游鲁登岱，途经邯郸，写此诗赠友。第一首诗用对比手法描写朋友在改朝换代之后，性格上的巨大变化和前后迥异的生活状况。第二首诗是傅山的自况：虽然身着道袍，却始终充满斗志，希图光复祖国。最后一首诗表明自己对国家的忠心，但此时清王朝已牢固地掌握政权，很难再恢复明王朝的统治。面对着昔日大明的江山，傅山不得不留下悲痛的泪水。此诗多处运用典故，巧妙地将邯郸名胜贯穿始终，托物言志，情真意切。

喜雪峰开士住双塔寺(二首)

双塔寺在太原市东南,本名永祚寺。双塔为明万历年间佛灯和尚所建。雪峰和尚是傅山的好友,尝从傅山学诗。

其 一

可怜双塔寺,破坏欲神丛。小劫随阳厄,中兴得雪峰。
慈悲到草木,风韵考圆通。树下如来意,崖边护小松。

可怜双塔寺,破坏欲神丛——丛:丛祠,荒祠。这两句是说:可爱的双塔寺被破坏得快要成了荒祠了。

小劫随阳厄,中兴得雪峰——小劫:人寿由最初的八万四千岁起,每过一百年减一岁,减至十岁止,再由十岁起每过一百年增一岁,增至原来的八万四千岁止,这样一减一增,为一小劫。阳厄:世言死者之事多为阴,称生者之事多为阳,故阳厄指人世间的灾难。厄,困厄,灾祸。中兴:这里指重新修建、装饰双塔寺。这两句是说:随着人间的灾祸,神祠也遭受了劫难。及至雪峰和尚主持双塔寺,寺庙方得以中兴。

慈悲到草木,风韵考圆通——慈悲:慈与悲。愿给一切众生安乐叫作慈;愿拔一切众生痛苦叫作悲。风韵:形容其人丰神俊朗。考:成,达到。圆通:智慧神通,圆融无碍,称为"圆通"。这两句是说:他以慈悲为怀,恩泽惠及草木。他本来就丰神俊朗,由于修行虔诚更达到了圆通的境界。

树下如来意,崖边护小松——雪峰和尚就像岸边的大树,用如来的心肠护持着树下小松的成长。(比喻雪峰和尚维护后继者,使佛教得以延续发展。)

其 二

有约携尊过,长登园焅楼。主宾删接待,钟磬隔墙幽。
想起一茶送,闲心半句酬。酒人应得度,渣面是津舟。

有约携尊过,长登园焅楼——尊:古代酒器,如犀尊,象尊,此处指酒。长:常,经常。园焅楼:双塔寺中雪峰和尚住处。这两句是说:我和雪峰和尚有约,经常带着酒来双塔寺与他欢聚。

主宾删接待,钟磬隔墙幽——删:免除。幽:隐,微。这两句是说:我们宾主间免除那种世俗接待应酬的客套礼节,钟磬之声隔着院墙隐隐约约地传来。

想起一茶送,闲心半句酬——酬:相互作诗酬唱赠答。这两句是说:他从不特意操心招待我,偶尔想起来送给我一碗茶;我间或有闲心与他酬唱作诗。

酒人应得度,渣面是津舟——酒人:饮酒的人。度:超度,意为成仙成佛。渣:鼻发红斑,俗称酒糟鼻。渣面:指酒酣耳热,鼻子额面都发红了。津舟:渡船。这两句是说:像雪峰和尚和我这样的饮者应当得到超度,这因喝酒而发红的额面、鼻子就是超度我们的渡船。

这两首诗写了傅山与方外好友雪峰和尚的友谊。第一首诗描写了清兵入关后佛寺遭受"劫难"破败不堪,雪峰和尚中兴双塔寺重新修建的功德;第二首写出了傅山和这位法师的亲密交往和他们之间超脱世俗繁文缛节的纯朴友谊。最后"酒人应得度,渣面是津舟"二句乃戏谑之辞,表明他们的放诞不羁是对政治的变相抗议。

红叶楼

红叶楼,傅山书斋名,位于其隐居处霜红龛。这首诗表明其勤奋好学、胸怀大志,却难以抚平国破家亡带来的痛楚。

古人学富在三冬,懒病难将药物攻。

江泌惜阴乘月白,傅山彻夜醉霜红。

古人学富在三冬,懒病难将药物攻——学富:学识渊博。三冬:孟冬、仲冬、季冬,即阴历十月、十一月、十二月。懒病:对学习倦怠的态度。这两句是说:古人常在最艰苦的冬季苦读,故有渊博的学识。对待学习的懒惰则难以药治。

江泌惜阴乘月白,傅山彻夜醉霜红——江泌:南齐考城(今河南兰考县)人,字士清。他年轻时很穷,夜间无油点灯,就在月光下读书,月亮西沉,他就爬到房顶上去,有时太疲倦睡着了,从房上掉下来,他就再爬上去接着读书。惜阴:珍惜光阴。乘月白:借月亮的光明。彻夜:通宵。霜红:即霜红龛,傅山隐居处。这两句是说:古时的江泌清贫而勤奋,逐月光而苦读;我傅山则整夜兴奋,难以入睡(傅山中年时掏土窑为青羊庵,后改不夜庵,诗中提及"彻夜醉霜红"即此意也)。

新评

　　这首诗赞赏了古人爱惜光阴、刻苦读书的精神,实际为了突出自己整夜兴奋难以入睡,"懒病难将药物攻"只是自勉之词而已。在明清交替、改朝换代之际,傅山秘密地组织反清活动,"傅山彻夜醉霜红"并非彻夜饮酒大醉,应与抗清斗争有关。

虹巢(二首)

题解

　　虹巢,傅山书斋名。巢,指茅庐。省:指山西行省首府太原。裂石:紧邻兰村,汾河出山口。"裂石寒泉"旧为太原八景之一。附近有窦大夫祠,为纪念春秋时晋大夫窦犨而建,称裂石庙。戴廷栻《半可集·不旨轩记》:"先生少年读书烈日,经始半橡,一栏如虹,谓之虹巢。"傅山少年时在此屋内闭关读书一年,这两首五言律诗即作于此期,诗中描写了悠闲自在的隐居生活以及淡泊守志的高逸之情。

　　老杏一株如虹,作书斋。在省西北四十里兰村裂石庙前右侧,汾河出峡之口。

其　一

　　虹巢不盈丈,卧看西山村。云起雨随响,松停涛细闻。
　　书尘一再拂,情到偶成文。开士多征字,新茶能见分。

新解

　　虹巢不盈丈,卧看西山村——盈:足。这两句是说:我的书斋是个不足丈馀的斗室,躺在里面就能看见我的家——西村。
　　云起雨随响,松停涛细闻——浓云才聚起而雨随之即来,风已停而松涛仍响。
　　书尘一再拂,情到偶成文——自己懒于读书,书上的尘土落下又拂去,拂去又落下;偶然有感情的时候也能一气呵成地写出文章来。
　　开士多征字,新茶能见分——开士:对僧人的尊称。征字:请求写字。这两句是说:裂石庙的和尚常来求我写字,并将他们采到的新茶分给我作为回报。

其　二

　　汾水初出峡,远心为小栏。山花春暮艳,柳雪夏初寒。
　　细盏对僧尽,孤云旋自观。饥来催晚食,苦菜绿堆盘。

汾水初出峡，远心为小栏——远心：由陶渊明《饮酒》诗"心远地自偏"一句化出，指远离尘世的纯净之心。这两句是说：我的书斋在刚出峡口的汾水边，我远离喧嚣尘世的心是把书斋和扰攘人世隔开的栅栏。

山花春暮艳，柳雪夏初寒——暮春时节，山中野花次第盛开，缤纷艳丽；初夏时节，柳絮纷飞，仿佛寒冬的飞雪。

细盏对僧尽，孤云旋自观——细盏：小茶碗。这两句是说：到附近的裂石庙与寺僧品茶，对着天上浮云神情俱远。

饥来催晚食，苦菜绿堆盘——苦菜：野菜。堆盘：满盘。这两句是说：直到傍晚才吃饭，只有满盘新鲜的野菜充饥。

傅山于崇祯八年(1635)率领山西生员赴京为袁继咸讼冤并获得成功，之后的一年内在"虹巢"书斋隐居读书，这两首诗细致地描绘了当地的风景物候，自己隐逸山中的闲适心情，以及与方外之士的亲密交往。傅山虽隐于山中却依旧对生活充满热爱之情，也表达了他热爱家乡河山的感情。

这两首诗读来清新自然，如临其境，仿佛山花惹眼，松风拂面，有陶潜遗风。其中"云起雨随响，松停涛细闻"两句动静交错，意境悠远，可谓佳句。

甲午狱祠除夜同难诸子有诗览之作此

甲午：清顺治十一年(1654)，南明总兵宋谦在晋豫边界组织起义，事败被捕，傅山受牵连以"叛逆钦犯"在这年秋季入狱，次年方得出狱。详见《狱祠树》注。除夜：这里指顺治十一年除夕之夜。同难诸子：同时遇难的各位同仁。现已知有傅山好友忻州张天宿同在狱中；并有太原、徐沟等地张锜、朱振宇、萧善友等因宋谦案牵连入狱。

薪胆看寒尽，篇章动岁馀。梅花南国远，松漠北风殊。
东汉今何夕，西洋历正除。兽樽谁殿上，犴穴独天隅。
栈阁柑仍到，屠酥酒谩酿。联吟无榫械，相示有璠玙。
共逐骚人鹿，还招放士鶋。河中原釽镂，雪窖不籧篨。
海上羝难牧，云中雁绝殊。皈依知凯叔，萨埵得公于。

上顿酬胡毋，天台欲遂初。笔锋羞结侣，簟戟老堪舆。
屑屑雕虫懒，眈眈绣虎瞿。私推卫许气，岂作圈生嘘。
口不倾三峡，胸能党八厨。兄弟言既好，生死复何如。
舟舟悲将老，沾沾恨昨迂。温峤真孝子，徐庶竟名儒。
玉米孤臣泣，金兰异国唔。乌巾自小草，蚓窍亦连茹。
未解风云壮，谁能月露姝。篝灯聊共汝，爆竹不关渠。
写罢投华笔，吟馀附燧珠。坐谈原没用，楼赋又何须。
诗即传于世，人当安所胪。中州金字贵，况不肯轻予。

新解

　　薪胆看寒尽，篇章动岁馀——薪胆：卧薪尝胆，指在狱中的艰苦生活。寒尽：寒冬将尽。篇章：这里指诗篇。岁馀：岁末，年底。这两句是说：我们过着卧薪尝胆的生活，眼看寒冬将尽；在年底的时候，同难的各位朋友们都写出了诗篇。

　　梅花南国远，松漠北风殊——漠：沙漠。殊：不同。这两句写当时的季节、气候，衬托自己的处境。这两句是说：凌寒怒放的梅花远在南国。这里只有刺骨的北风吹着沙漠中的松树，别是一番滋味。

　　东汉今何夕，西洋历正除——东汉：指阴历，阴历干支纪年法兴起于东汉。西洋历：指阳历。这两句是说：按照干支纪年法，今夜不知是甲午年的哪一天了；按照阳历，今晚正当除夕。

　　兽樽谁殿上，犴穴独天隅——兽樽：装饰有兽纹的酒器。殿上：殿堂之上，这里指狱祠的大殿上。犴穴：古代牢狱的代称。犴，音àn，古代北方的一种野狗。这两句是说：除夕之夜，自己在天之一隅坐牢，不知是谁在庙殿上饮酒。

　　栈阁柑仍到，屠酥酒谩醵——栈阁：险阻山路上以栈木为栈道。栈阁柑：指川广一带通过栈道运往北方的柑桔水果。屠酥酒：古俗，阴历正月初一，家人先幼后长，饮屠酥酒。醵：音jù，凑钱。这两句是说：尽管在狱中，仍然有人送来水果，大家还凑钱买酒以度除夕之夜。（傅山秋季入狱，经严厉审讯，至年底，由于他巧妙机智的应对，案情已经得到缓解，儿子傅眉已暂获释，故已可容亲友探望。）

　　联吟无梏械，相示有璠玙——联吟：联诗。梏械：指桎梏，引申为拘束不得自由。梏(guàn)，灌木。璠玙：指两种美玉。这两句是说：尽管被监禁在狱中得不到自由，但精神上仍然不受拘束，我们在一起联诗，彼此以美玉般的诗篇互示。

　　共逐骚人鹿，还招放士鴸——骚人：诗人。因屈原的《离骚》得名。逐鹿：借用"逐鹿中原"的典故，这里指决出写诗的优胜者。放士：流放之士。鴸鸟：音zhū，鸟名。《山海经》："柜山有鸟，其状如鸱而人手，其音如痹，名曰鴸。"这两句是说：我们共同"争夺"写诗的"天下"，比试高低，又为古代被流放的人招魂。

河中原鈒镂，雪窖不籧篨——鈒镂：本指用金银在器物上嵌饰花纹，这里指装饰着花纹的小舟，鈒，音sà。籧篨：用苇或竹编的粗席。这两句描写狱中艰难的处境。这两句是说：河流里本来就有人泛舟嬉游，而雪窖里却从来连粗席也不铺一张。

海上羝难牧，云中雁绝殊——海上羝：《汉书·苏武传》："乃徙武北海上无人处，使牧羝，羝乳乃得归。"颜师古注："羝，牡羊也；羝不当产乳，故设此言，示绝其事。"云中雁：《汉书·苏武传》记载，匈奴诡言苏武已死，僧人常惠给汉朝使者出谋，使者对匈奴单于说："天子射上林中，得雁，足有系帛书，言武等在某泽中。"匈奴只好放归苏武。这里用"云中雁"的典故，既指传送信息，也暗指生还的希望。这两句是说：我们像苏武那样被异族拘禁，同外界断绝了音信，放归的希望非常渺茫。

皈依知凯叔，萨埵得公于——皈依：皈向、依靠。萨埵：梵语音译，指一切有情识的众生。

上顿酣胡毋，天台欲遂初——上顿：指晋王忱嗜酒事。《世说新语·任诞》刘孝标注引宋明帝《文章志》："忱嗜酒，醉辄经日，自号上顿。"上顿，谓嗜酒，开怀畅饮。胡毋：复姓，胡毋谦之，晋人，《晋书》说其傲纵好饮酒。天台：山名。遂初：赋名。晋孙绰作。《晋书·孙绰传》云：绰有高尚之志，居会稽游牧山水十馀年，乃作《遂初赋》，以明其志。遂初，遂指隐退，谓遂其隐居之初衷。这两句是说：希望自己能如王忱一样开怀痛饮，欲隐居于佛教圣地天台山。

笔锋羞结倔，髯戟老堪舆——结倔：枯涩生硬。髯戟：形容胡须长密而纠结为戟。堪舆：堪舆先生，即风水先生，为人相宅相墓者。这两句是说：入狱后，自己既不写字，也不修面，现在写字笔锋硬涩；同难诸子中有胡须长长的老风水先生。

屑屑雕虫懒，眈眈绣虎瞿——屑屑：细小、琐碎。眈眈：垂目注视的样子。绣虎：虎的毛色花纹如绣，故云绣虎。这两句是说：懒于从事那些琐碎的雕虫小技，因为清朝官员正在虎视眈眈地监视着我们。

私推卫许气，岂作圈生嘘——私推：内心暗自推崇。卫许气：卫、许皆春秋时的小国。《诗经·鄘风·载驰》篇，相传为许穆夫人所作。她原是卫国人，卫国亡，许国力小不能救，许穆夫人归唁卫侯，勇于赴难。卫许气，即指许穆夫人这种勇敢的气节和气概。圈生：圈（juàn），畜栏。圈生，指圈中的牲畜。嘘：呼气。这两句是说：我内心佩服许穆夫人的气节，岂能贪生怕死像畜牲那样低声下气地活着。

口不倾三峡，胸能党八厨——八厨：《后汉书》卷六十七《党锢传·序》："度尚、张邈、王考、刘儒、胡母班、秦周、蕃响、王章为'八厨'。"厨，指他们能散财救人危急。这两句是说：我虽然口里不能倾吐滔滔不绝的三峡水，但宽阔的胸怀却可以抵得上救人之难的"八厨"。

兄弟言既好,生死复何如——既然我们约定好像兄弟一样,那么不管是生是死,也决不改变誓言。

冉冉悲将老,沾沾恨昨迂——冉冉:慢慢地。《离骚》:"老冉冉其将至兮。"沾沾:"沾沾自喜"的缩写。昨:从前。迂:迂腐。这两句是说:我们因为渐渐地衰老而悲伤,又因从前那种沾沾自喜式的迂腐而悔恨。

温峤真孝子,徐庶竟名儒——温峤:东晋太原祁(今属山西)人。初在并州从刘琨为司马,抵抗刘聪、石勒,后南下任中书令等官,在晋明帝、成帝时有重大功绩。徐庶:三国时人,事母至孝,被曹操以母命相要挟骗出为谋士,闻母死,终身不筹划一策。这两句是说:像温峤那样忠于国家的人,才是真正的孝子,而像徐庶那样在曹操的名下为官,竟然还算名儒?

玉米孤臣泣,金兰异国喁——玉米:玉珠。形容眼泪。孤臣:遗臣、遗民。金兰:古时指友情真挚,情谊契合。语出《易·系辞上》:"二人同心,其利断金;同心之言,其臭如兰。"喁(yú),低声应和。这两句是说:我这前朝的孤臣无声地哭泣,眼泪如玉珠一般;朋友们在异族政权的统治下,喁喁相应,相互支持。

乌巾自小草,蚓窍亦连茹——乌巾:乌角巾或乌帽,隐者之冠,这里代指隐者。蚓窍:《荀子·劝学》:"蚓无爪牙之利,筋骨之强,上食埃土,下饮黄泉,用心一也。"连茹:植物根部相连。《易》:"拔茅连茹。"这两句是说:隐者本来无足轻重,无以自卫,有如小草一般;但即便是蚯蚓,其心窍还连着根呢,何况隐者,岂能不念根本!

未解风云壮,谁能月露姝——姝:美好。这两句是说:不懂得欣赏风云的壮美,就不能理解月露的优美。

篝灯聊共汝,爆竹不关渠——篝灯:把烛火放在灯笼中,避免风吹。聊:姑且。不关渠:与你我无关的事,可以不去理它。这两句是说:我们姑且围着篝灯聊天,不必理会监狱外面轰鸣的爆竹声。

写罢投华笔,吟馀附燧珠——燧珠:火球。这两句是说:写完这首诗后,我把笔扔在一边,这诗篇吟成之后即可付之一炬。

坐谈原没用,楼赋又何须——楼赋:王粲有《登楼赋》。这两句是说:坐下空谈原本无用,登楼作赋又有何必要?

诗即传于世,人当安所胪——安所:何所,何处。胪(lú):陈列,放置。这两句是说:诗作即使能传于后世,然而人又应当以何处为家呢?

中州金字贵,况不肯轻予——中州:中原。金字:金书,金言。这两句是说:在整个中原,珍贵的话语本来就很少,何况又不肯随便对人说呢?

这是傅山在狱中写的一首抒情长诗。由于处在清朝狱中，又是"叛逆钦犯"，所以此诗写得晦涩艰深。前人读此诗时，即有"都不可解"之叹。其实整首诗的思想意义仍然是十分清楚和鲜明的。全诗大体上可分为五段。从"薪胆看寒尽"至"还招放士鹄"十四句，写狱中难友除夕赋诗，环境虽然艰险，但精神健旺振奋，毫不气馁，经受住了考验。第二段从"河中原钣镂"到"天台欲遂初"八句，写自己在狱中，处境如同汉代身陷异域的苏武。第三段从"笔锋羞结倔"，至"生死复何如"十句，主要抒写自己既不屑于雕虫小技，也不愿过行尸走肉般的生活，表明了不顾生死、身赴国难的决心；第四段从"冉冉悲将老"至"谁能月露姝"十句，写自己思念故国、思念老母的心情和处理"忠"、"孝"二者之间矛盾的问题，即以尽忠报国为孝；第五段从"篝灯聊共汝"到"况不肯轻予"十句，抒发出了空谈无用、悲叹无益，写诗亦无济于事的感慨，暗含只有继续坚持斗争，才是唯一出路之意。

狱祠树

清顺治十一年(1654)，南明总兵宋谦在晋豫边境准备举行反清起义，事泄被捕，牵连傅山，父子被捕。傅山拘太原府监狱，其子傅眉拘阳曲县监狱，傅山受刑不屈，绝食九日。因宋谦已被杀害，死无对证，傅山于此年得释。此即"朱衣道人案"。这首诗就写于狱中。狱祠：通常指五狱神祠。傅山被捕，据记载系羁太原府狱，或暂囚"狱祠"中，尚难断定。

　　　　狱中无乐意，鸟雀难一来。即此老椿树，亦如生铁材。
　　　　高枝丽云日，瘦干能风霾。深夜鸣金石，坚贞似有侪。

狱中无乐意，鸟雀难一来——狱祠里没有使人惬意的氛围，连鸟雀都不常飞来。

即此老椿树，亦如生铁材——就连狱祠前这株老椿树，也像生铁铸就的那样冷酷坚毅。

高枝丽云日，瘦干能风霾——高大的树枝上拂天日，瘦硬的树干能经得起狂风暴雨。

深夜鸣金石，坚贞似有侪——深夜里椿树发出了金石掷地般的声音；现实中有许多人和它具有相同的坚贞品格，好像是它的同道一样，互相呼应。

此诗为傅山因反清之案牵连下狱时所作,虽然他在狱中曾备受苦刑,但其志节却丝毫不为屈挠,反而愈磨愈坚;诗歌赞美老椿树,事实上正是其自身的写照,寄寓自己与清朝统治者抗争到底、毫不妥协的反抗精神和坚贞气节。

迎春花

题下原注:"壬戌立春作。"壬戌:清康熙二十一年(1682),傅山七十七岁。立春:农历二十四节气之一,我国习惯将之作为春季的开始。

> 仆皮迎春不作拿,长年谁复哥谷他。
> 严寒落寞白雪里,稀疏开似黄梅花。
> 主人春盘无彩胜,插向盘中春满钉。
> 影映村酒鹅儿茸,朵零水饼鹇嗓冰。
> 凡花浅心向人输,此花之心深更无。
> 不向丽人云鬓戴,不期墨客吟咏污。
> 坚贞有恒正在此,命寒情热亦奈死。
> 不厕繁华娇养群,独得我贵知音稀。

仆皮迎春不作拿,长年谁复哥谷他——仆皮:山西方言,略同"泼皮",有健壮结实之意。作拿:山西方言,故作姿态,矫揉造作之意,也含有"摆架子"、"要挟"之意。复:又,还。哥谷:略同于"该管"、"管顾",注意管理和照顾、爱护之意。他:同"它",指迎春花。这两句是说:迎春花朴实健壮,不故作媚态;一年到头又有谁去照顾它呢?

严寒落寞白雪里,稀疏开似黄梅花——落寞:孤单寂寞。这两句是说:严寒的冬天,皑皑白雪,孤寂的迎春花稀稀疏疏地开着,像黄色的梅花。

主人春盘无彩胜,插向盘中春满钉——春盘:古俗于立春日,取生菜、果品、饼、糖等,置于盘中为食,取迎新之意,并相互馈赠亲朋,称为春盘。彩胜:精彩取胜之物。钉(dìng):古时指堆叠蔬果于盘,一般供陈设。这两句是说:主人家的春盘没有出彩之处,把迎春花插在盘中就显得春意盎然了。

影映村酒鹅儿茸,朵零水饼鹇嗓冰——鹅儿茸:鹅的茸毛,柔软色黄。朵:迎春花瓣。零：落下。噤：闭口不言。这两句是说：春盘中迎春花的倩影，为酒映出如同鹅绒一样嫩黄的颜色；迎春花的花瓣落在水饼上，善于鸣叫的黄鹂鸟慑于冬季的严寒，噤口不鸣。

凡花浅心向人输，此花之心深更无——凡花：一般的花。输：诉说。这两句是说：那些普通的花总是把浅陋的心情向人诉说，博得人们的赏识，而迎春花却将心事深深藏于心中，含蓄内敛。

不向丽人云鬟戴，不期墨客吟咏污——不期：不期望。墨客：文人。这两句是说：迎春花为免遭玷污，既不会戴在妆容浓丽女子的发髻，也不期待文人骚客来歌咏吟唱。

坚贞有恒正在此，命寒情热亦奈死——奈死：不易凋零。奈，通"耐"。这两句是说：迎春花坚贞恒定的性格正在于深藏不露、不求闻达，因此它的命运寒苦而感情炽烈，生命力强而不易凋零。

不厕繁华娇养群，独得我贵知音稀——不厕：不侧身于。厕，通"侧"。娇养群：那些娇生惯养的花，比喻柔弱之人。这两句是说：迎春花不侧身于繁华世界，不与娇媚的群花为伍，只受我一人的敬重，它的知音真是太少了。

这是一首托物言志的七言古诗，诗中描写迎春花健壮耐寒、傲雪报春，甘于寂寞、不邀俗赏，蕴藉内敛、坚贞恒定的品格，婉曲地表明了傅山在异族的统治下依然保持民族气节，不求功名利禄，坚贞有恒的高尚人格。傅山抓住迎春花的特征，在字里行间寄寓了自己高洁的志向，写得生动鲜明，意蕴深远。文辞中多用山西土语，读来亲切自然。

雪夜同文伯、子坚、木公、伯浑驴背偶成

文伯：薛宗周，字文伯，汾阳人。曾参加顺治六年(1646)的反清起义，在晋祠战役中牺牲。子坚：王如金，字子坚，汾阳人，傅山曾为他与薛宗周作传，见本书《汾二子传》。伯浑：朱氏皇裔，汾阳人。木公：名不详，一说姓贾，汾阳人。以上四人均为傅山好友，其中薛、王为傅山在三立书院时的同学，均持反清立场。

一段寒山梦，濛淞拨不开。树魂皴淡黑，天影鞞清霾。
酒倦烟扶起，钟来雪舞回。暗香花未远，冰友韵如梅。

一段寒山梦,濛淞拨不开——寒山:冷落寂静的山。濛淞(méngsōng):本指微雨或雾气凝结的微小水滴,这里指雪花落到脸上化成的水汽。这两句是说:我们在寒冷寂静的山中走着,雪花落在脸上化成水汽,仿佛身处梦境。

树魂皴淡黑,天影亸清霾——皴(cūn):国画的一种绘法。先勾出山石树木的轮廓,用侧笔蘸水墨染擦,以显脉络文理及凹凸向背。亸(duǒ):垂下貌。霾(mái):大风杂尘土而下,阴沉。这两句是说:树木被皴染成淡淡的黑色,若隐若现,仿佛一个个阴魂站在我们面前;天空垂下清淡的云雾,好像投射下自己的影子。

酒倦烟扶起,钟来雪舞回——酒后困倦,就吸烟振作精神;钟声伴着飘舞的雪花从远处传来。

暗香花未远,冰友韵如梅——暗香:清幽的香气。冰友:高洁的朋友。这两句是说:我嗅到一股清幽的香气,知道梅花离我并不远;我身边这些朋友们高洁的风韵,正像傲雪怒放的寒梅!

这首诗描写了傅山与诸位朋友在雪夜同行时的情景。前两联仿佛为读者描绘了一幅雪夜水墨画:从远处雾蒙蒙的寒山,到近处黑黝黝的树影,再到阴霾的天空,无不使人感受到当时奇寒无比、阴森怪诞的氛围。三、四联笔锋一转,把气韵高洁的朋友比作暗香四溢、傲雪而开的梅花,赞美了朋友从容不迫的气度,同时也给读者以鼓舞。

为袁生小陆作

题后原注:"阳曲人,国甥。"袁小陆为明宗室外甥。

米方南社许,衣又北风掀。饮酒谁兄弟,朝阳共祖孙。
面难生客挂,心向故人言。小雪天将雪,人堪再姓袁。

米方南社许,衣又北风掀——方:方才,刚刚。南社:村名。许:许下,给予。这两句是说:袁小陆刚从南社弄来了一些米,北风又掀起了他单薄的衣裳。

饮酒谁兄弟,朝阳共祖孙——朝阳:指傅山和袁小陆的心都向着明朝。这两句是说：虽然常聚在一起借酒消愁，谁又是袁小陆的兄弟呢？我与他都思念着明朝，就好像同宗共祖的亲人。

面难生客挂，心向故人言——他不愿意面见生疏的客人，自己的心事只向老朋友倾诉。

小雪天将雪，人堪再姓袁——正逢今天是小雪节气，天阴沉沉的将要下雪。袁生怎能忍受再姓袁的痛苦呢？这句是说明朝已经灭亡，袁小陆为朱明宗室外甥，姓袁就很容易想到明朝，不免痛苦一生。

这首诗写了明朝灭亡之后，宗室后裔窘困的生活及愁苦的心情。表达了傅山对袁小陆的同情及对明朝深深的怀念。

即事口占为友人劝酒

清政府对明遗老采取怀柔政策，特别是对像傅山这样有影响的人，更是通过委以名高权轻的官职，以之为代表，拉拢文化人，当时许多文人落入圈套中。而当傅山被强征入京时，他竟以死相抗，不受委任。这首诗就表明了傅山的这种反抗态度。

文章无实用，世界忌名高。守辱看苍发，摊书把浊醪。
琴心弹不得，剑气拟谁曹。打点东篱菊，餐英对楚骚。

文章无实用，世界忌名高——写文章没有什么实际的用途，世界忌讳那些有名气的高士。

守辱看苍发，摊书把浊醪——苍发：白发。浊醪(láo)：浊酒。这两句是说：想在屈辱的环境中保持名节，心里愁闷，头发都变白了，只有摊开书本，喝着浊酒，消愁解闷。

琴心弹不得，剑气拟谁曹——琴心：寄心思于琴声。剑气：宝剑的光芒，后常用以比喻人的声望或才华。拟：比拟，仿效。谁曹：何人。这两句是说：我内心的柔情难以表达，骨子里的侠肝义胆又能效法谁呢？

打点东篱菊，餐英对楚骚——东篱菊：东晋陶渊明《饮酒》："采菊东篱下，悠然见南山。"表达了诗人怡然自得、超脱飘逸的心态。餐英：屈原《离骚》："夕餐秋菊之落英。"以花瓣为食，表现了诗人不与世俗之人同流合污的高洁志向。楚骚：

即屈原的《离骚》。这两句是说：我只有像陶渊明那样出世隐居，品读屈原的《离骚》，才能在这个异族统治的浊世里保持自己高尚的节操。

这首诗表达了作者因壮志难酬、虚度年华而产生的感慨，写了自己在清朝统治下百无聊赖的生活状态和悲愤愁苦的心理活动，发泄了对清朝统治的强烈不满。最后两句"打点东篱菊，餐英对楚骚"，并非颓废避世，而是学习陶渊明和屈原在乱世中"明哲保身"以保持自己高洁的品格，这仍然是对清朝的一种消极的反抗。

见内子静君所绣大士经

此诗作于乙酉年（1645）。内子：妻子。静君：傅山亡妻，姓张，为忻州人张光禄之女。大士经：佛经，静君所绣大约是佛经的图案。

> 断爱十四年，一身颇潇洒。岂见绣陀罗，悲怀略牵惹。
> 即使绣花鸟，木人情已寡。况为普门经，同作佛事者。
> 佛恩亦何在？在尔早死也。留我唯一心，从母逃穷野。
> 不然尔尚存，患难未能舍。人生爱妻真，爱亲往往假。
> 焉知不分神，劳尔尽狗马。使我免此嫌，偷生慈膝下。
> 绀绵传清凉，菩萨德难写。

断爱十四年，一身颇潇洒——断爱：失去妻子的爱情。十四年：傅山妻张氏于崇祯五年（1632）卒，至作此诗时已经十四年。潇洒：了无牵挂。这两句是说：妻子去世已经十四年了，我孑然一身，了无牵挂。

岂见绣陀罗，悲怀略牵惹——陀罗：山名，即双持山，语出佛经。绣陀罗，绣有陀罗山图案的刺绣物。疑为"大士经"装帧之图案。悲怀：悲伤的情怀。这两句是说：见到妻子刺绣的陀罗山，悲哀的情绪油然而生，惹得我内心伤痛。

即使绣花鸟，木人情已寡——木人：木偶，比喻呆笨、愚钝之人，此处作者自谓为麻木寡情之人。这两句是说：即使绣绢上绣着精致美丽的花鸟图案，我也没有心情去欣赏，因为我已经麻木无情了。

况为普门经，同作佛事者——普门经：普门品，观世音菩萨普门品之略名，为《法华经》中第二十五品。这两句是说：何况你绣的是佛门大士经，而且你我又曾同是奉佛之人。

佛恩亦何在? 在尔早死也——然而佛祖的恩情又体现在哪里呢? 对你来说就是你很早就离开了人世吧!

留我唯一心,从母逃穷野——只留下我活在人间,但我心中坚定了一个信念——反清复明。在甲申之变后,我带着母亲到处逃难,在贫困中流亡。

不然尔尚存,患难未能舍——如果你还活着,在患难之中,我要奉母而逃,你也要跟我一同患难了。

人生爱妻真,爱亲往往假——爱亲:爱双亲。人对妻子的爱情是真心实意的,这往往比爱自己的父母还要深切。

焉知不分神,劳尔尽狗马——怎能知道对你的爱恋能不使我分心而专心孝敬母亲呢? 而且也得劳累你侍奉老人,尽犬马之劳。

使我免此嫌,偷生慈膝下——你的离去使我免除了不孝之嫌,今天才得以偷生于慈母膝下。

绀绵传清凉,菩萨德难写——绀(gàn):天青色。写:描画。这两句是说:这天青色的绵布给我清凉之感,菩萨的功德实在是难以描画的啊。

傅山的妻子张静君在儿子傅眉五岁时病故。当时,傅山二十七岁,旁无妾媵,誓不复娶,直至终老。这首悼亡诗所反映的正是这种真挚的伉俪情。作者睹物思人,内心无限伤痛,却故作旷达之言,实际上蕴含着对亡妻绵长的怀念和深切的哀伤。傅山在诗中说道:"人生爱妻真,爱亲往往假。"他坦率直白地宣告了他对妻子真挚的爱以及妻子早逝给他心灵上带来的痛苦,也流露出长期独居的孤寂之感。

诗中又对动乱的社会发出感叹:"留我唯一心,从母逃穷野。不然尔尚存,患难未能舍。"表面似为妻子早离人世未受磨难而庆幸,实际是对无情现实的诅咒。

枣园头阻雨泥十里不得至晋祠见所期

枣园头:村名,在太原晋祠南十馀里处。晋祠:在太原市西南悬瓮山麓,为周初唐叔虞始封地。原有祠,祀叔虞,正殿之右有泉,为晋水发源地。题目意为:我因枣园头村雨后路泥被阻,不能到十里地之外的晋祠会见已经约定好的朋友。

烂泥春雨顿成秋,十里间关不可谋。
惟把仁颜勤杖挂,遂能义色尽灯篝。

数声非恶农夫起，一枕偷安客子羞。

何处不堪当赤阁，老人今夜枣园头。

烂泥春雨顿成秋，十里间关不可谋——间关：崎岖。这两句是说：大雨倾盆，淤泥满地，本应春光明媚的春季也变得像秋天般阴雨连绵；再别想走十里崎岖泥泞的路去晋祠了。

惟把仁颜勤杖挂，遂能义色尽灯籋——仁颜：仁慈和善的面容。义色：义形于色。尽：穷尽。灯籋：灯火。这两句是说：在枣园头村，只有一直保持着和颜悦色，我们才能够义形于色，秉烛夜谈，直到灯火燃尽。

数声非恶农夫起，一枕偷安客子羞——数声非恶：几声鸡鸣声。《晋书·祖逖传》："(祖逖)与司空刘琨俱为司州主簿，情好绸缪，共被同寝。中夜闻荒鸡鸣，蹴琨觉曰：'此非恶声也。'因起舞。"指志士仁人及时奋发之典。客子：客人，这里是傅山自指。这两句是说：农夫听见鸡鸣声就起来，开始一天的辛勤劳作，而我仍贪图安逸的睡眠，感到羞愧。

何处不堪当赤阁，老人今夜枣园头——赤阁：当指霜红龛。这两句是说：何处不可作为我自己的书斋呢？我今天就夜宿于枣园头村。

这首诗一、二句交待了夜宿枣园头村的原因——遇天大雨，道路阻隔。三、四句写了他与农民的亲密关系，以及与当地的仁人志士畅谈国是的情景。五、六句写农夫勤劳惜时，不敢一枕偷安，反衬了傅山的惭愧心理。最后两句写自己入乡随俗，随遇而安。

意中人行

这是一首闺怨诗。乐府和古诗的一种题材称为"行"。

玉莲冠子渲云层，雪裳霞裙兰气生。

浅黛晕曈颦不语，海棠花底弄哀筝。

玉莲冠子渲云层，雪裳霞裙兰气生——玉莲：莲叶碧绿，仿佛翠绿的玉石。冠子：帽子。渲：渲染。雪裳：雪白的上衣。霞裙：红色的裙子。兰气：幽兰的香气。这两句是说：一位女子头戴碧绿的莲冠，那青碧的颜色把空中的云层都渲染成了青色；她穿着雪白的上衣，云霞般飘逸的红裙子，散发着幽兰的清香。

浅黛晕曦颦不语，海棠花底弄哀筝——浅黛：眉色描得很浅。晕曦：眩晕的目光。颦(pín)：微微地皱眉头。弄：弹。哀：指声音悲伤。这两句是说：这位女子懒得画眉，目光眩晕，皱着眉头，默默无语；在海棠花下弹筝，声音凄凉悲伤。

这首诗描写了一位美丽高雅的弹筝女子思念意中人的忧伤之情。一、二句写了她素淡纯洁的外表，表现了她超凡脱俗的高贵气质；三、四句写她忧愁郁闷的神情以及哀伤的琴声，表现了她与心上人分居两地、不得相见的痛苦心情，只能寄情于琴声，抒发她内心的隐痛。

怨诗行

这首诗描写思妇思念丈夫的离愁别绪，是一首闺怨诗。

> 春云薄薄雨丝丝，偎着炉香想别离。
> 奁镜铺排怕梳洗，低低啸学四声儿。

春云薄薄雨丝丝，偎着炉香想别离——春天云层很薄，雨丝沾衣欲湿，一位年轻的少妇靠着香炉，眼前烟雾缭绕，不由得想起了远方的丈夫。

奁镜铺排怕梳洗，低低啸学四声儿——奁镜：古代妇女梳妆用的镜匣。铺排：铺开。怕梳洗：懒得梳洗打扮。四声：汉语字音的四种声调。唐以后用诗赋取士，官定韵书通行，四声遂得到广泛运用。这两句是说：她把镜匣打开却懒得梳洗，因为她的丈夫不在身边，纵然打扮得美丽动人也无人欣赏，她只好学吟四声，学着作诗遣怀。

这首诗写女子在思念远方丈夫时表现出的情态，生动传神。一、二句描写的环境与李清照"乍暖还寒时候，最难将息"表现出来的意境有异曲同工之妙。三、四句写"弄妆梳洗迟"，吟诗遣怀，把女性的思念之情描写得细致到位。

新 月

这首诗由新月起兴,描写了感伤落寞的情怀。

> 晚临银汉为谁颦,金缕迢迢度结璘。
> 料得别来三五日,瑶台新有画眉人。

晚临银汉为谁颦,金缕迢迢度结璘——银汉:银河。颦:皱眉。金缕:金缕衣,曲调名。唐代杜秋娘诗:"劝君莫惜金缕衣,劝君惜取少年时。花开堪折直须折,莫待无花空折枝。"度:越过。结璘:奔月之仙,即嫦娥的别称。这两句是说:夜里面对银河,为谁皱起了眉头? 这使人联想到了嫦娥奔月的故事。

料得别来三五日,瑶台新有画眉人——三五日:按诗意,应是月望而别,现在又生新月,三五日当为十五天。瑶台:指月宫,是嫦娥所住的地方。画眉人:《汉书·张敞传》:"敞为京兆……为妇画眉,长安中传张京兆眉怃。有司以奏敞,上问之,对曰:'臣闻闺房之内,夫妇之私,有过于画眉者。'"画眉人,指丈夫。这两句是说:想来嫦娥到了月宫时间不长,又有了新的丈夫。

这是一首怨诗,描写一位情感丰富的男子晚间面对新月繁星,低唱金缕曲,叹息青春易逝,悲叹爱人可能重结新欢的抑郁情绪。

口号十一首(选四)

口号即随口吟成的诗。根据傅山《叙枫林一枝》,此诗作于清顺治七年庚寅(1650),系于祁县戴枫仲丹枫阁题壁。在十一首《口号》中,表现了他诗词理论的基本观点。

其 一

江南江北乱诗人,六朝花柳不精神。
盘龙父子无月露,萦搅万众亦风云。

江南江北乱诗人，六朝花柳不精神——六朝花柳：指六朝靡艳的诗风。这两句是说：江南江北的诗人很多，诗风纷繁杂乱，然而六朝靡艳的诗风下唯写性情花草的诗显得毫无生机。

盘龙父子无月露，萦搅万众亦风云——盘龙父子：指南齐周盘龙及其子周奉叔。周盘龙胆气过人，武艺精良，官居右将军，曾与其子周奉叔奋击陷阵，大破魏军。其子周奉叔勇力绝人，从小就随父作战，后任东宫直阁将军，常佩单刀二十口，出入宫禁，并常说："周郎刀，不识君。"这两句是说：周盘龙与周奉叔勇力过人，从未温文尔雅，但人们还是要称赞其豪放旷达。

其 三

六朝人物景宗豪，竞病诗惊瘦沈腰。

口角若无曹植气，笔端争似吕虔刀。

六朝人物景宗豪，竞病诗惊瘦沈腰——景宗(457—508)：南朝梁将领。姓曹，字子震，新野(今属河南)人。出身将家，善骑射，曾助梁武帝萧衍夺取政权，又与韦叡救钟离，破魏军。后官侍中、领军将军，生活奢侈，有妓妾数百。沈：指沈约(441—513)，南朝梁文学家，字休文，吴兴武康(今浙江德清武康镇)人，历仕宋、齐二代，后助梁武帝登位，官至尚书令。其诗浮靡，着意雕饰。创"永明体"，有"四声八病"之说，提出了诗歌声律上的许多禁忌，其中有一"病"为"蜂腰"。这两句是说：六朝的曹景宗堪称豪爽，沈约在诗歌理论中提出了"蜂腰"的禁忌。

口角若无曹植气，笔端争似吕虔刀——曹植(192—232)，字子建，曹操第三子。钟嵘《诗品》谓其诗"骨气奇高，辞采华茂，情兼雅怨，体被文质。粲溢今古，卓尔不群"。吕虔刀：见《晋书》，谓：吕虔有佩刀，工相之，以为必登三公，可服此刀。这两句是说：如果没有曹植的才华与气质，又怎能笔下生花，字字珠玑呢？

其 六

太原人作太原侨，名士风流太寂寥。

榆次颇谙有孙盛，昭馀不信产温峤。

太原人作太原侨，名士风流太寂寥——由于清兵入关，满人定鼎中原之后，我这个土生土长的太原人，成为侨居在太原的侨民；士人才子的风流韵致与才华、气质也趋于暗淡消沉。

榆次颇谙有孙盛，昭馀不信产温峤——榆次：地名，在今太原东南六十里，古时曾属太原府(郡)辖。谙：熟知。孙盛：晋朝中都(在今晋中市)人，其祖父孙楚很有才华，曾任冯翊太守。孙盛字安国，博学，善言名理，曾在荆州帮助晋朝陶侃、庾亮、桓温参赞军事，累迁秘书监。笃于学，自少到老，手不释卷，著《魏氏春秋》等，世称良史。昭馀：池名。在祁县东南，时涸时溢。这里用来指代祁县。温峤：东晋太原祁县人。字太真，初在并州从刘琨为司马，后南下，任中书令等官。王敦专擅朝政，温峤为晋明帝筹划攻灭王敦。后出任江州刺史镇武昌，与陶侃等出兵平息苏峻、祖约之乱，事平还镇，不久病亡。这两句是说：明亡后，太原人也不过是侨居而已。像晋时孙盛、温峤那样真正有骨气的名士太少了。

其 七

庄生原不是荒唐，只为天才莫敢当。
匠石有斤须得质，五车惠子亦多方。

庄生原不是荒唐，只为天才莫敢当——庄生：指庄子。荒唐：荒诞不经。这说的是庄子的行文天马行空，想象奇特。莫敢当：无人敢敌。这两句是说：庄子的作品本来并非荒诞不经，只是才疏学浅的人不能与之媲美，才如此诋毁它。

匠石有斤须得质，五车惠子亦多方——匠石有斤须得质：这句用《庄子·徐无鬼》"运斤成风"的典故。楚人刷墙时，有小点白土溅落在鼻尖上，像苍蝇翅膀一样薄。匠石(一位名石的匠人)挥动斧子，带出一股风来，漫不经心地把白土削尽，而楚人的鼻子却没有受伤，楚人也面不改色。宋元公召来这个匠人，要他表演这个技术，匠人却谢绝说："臣虽然还能砍它，但臣之'质'(我的对象)却死了很长时间了。"斤，斧子。质，对象。惠子：惠施，宋人。曾为梁惠王相，是庄子的朋友。庄子曾说：自惠子死后，"吾无以为质矣！我无与言之矣！"五车：形容其读书著述之富。多方：学识广博而驳杂。《庄子·天下》："惠施多方，其书五车。"这两句是说：匠石必须有对象才能运斤成风；惠施博览群书，学问广博是我谈话的对象啊。

《口号》组诗共十一首，傅山在诗中阐发了他的诗歌理论。其一讲他不赞成明前后七子在诗词创作上的复古主张，同时也反对竟陵、公安派逃避现实、脱离社会的所谓"独抒性灵"、"幽情单绪"。那种唯写性情花草的诗是没有精神的。其三讲作诗需要有豪情和才气。其六、其七感慨人才稀少，知音难遇。

中国家庭基本藏书

虎　窝

傅山作为明代遗民，不甘于清朝统治，积极从事反清复明的事业。当他屡遭挫折、大事难图时，便浪迹于山水间，曾在平定一带过着隐逸生活。《虎窝》一诗，就是傅山流寓平定时所作。虎窝在药岭寺西南二里许，由几块巨石围拱而成，其外险峻，其内空旷，石壁上刻有"虎窝"、"威而不猛"等字。

愁心无那款寅堂，一纳冰凉也溃泷。
啸黑从教千石铁，风红早与半林霜。
撩须见避客题凤，防怒谁能学鹙鸯。
小备斋粮终佛事，残躯草昧久遗忘。

愁心无那款寅堂，一纳冰凉也溃泷——愁肠百结，惴惴不安，揣着一颗无可奈何的心情来这个虎窝散步。这个地方，能够容得下凄凉，容得下威武，也能容得下愤慨满腔。

啸黑从教千石铁，风红早与半林霜——那只虎曾经在黑暗中长啸，使数不清的石块变得像铁一样坚硬；威猛的动作挟风而起，使遍山林木为之变红，如今只剩下这半林晨霜。

撩须见避客题凤，防怒谁能学鹙鸯——现在的老虎变得很乖，你撩它的胡须它不但没有发怒，反而躲避一旁，容忍那个游人在自己的虎堂上题龙写凤，甚至允许在石缝间鹙养起小鸟来了。

小备斋粮终佛事，残躯草昧久遗忘——准备食物行囊，把学佛的事继续下去，而残躯就隐没在荒草丛中，时间一长，那些荣辱自然就会忘光。

诗人采用了化虚为实的艺术手法，借题发挥，从窝说虎，由虎及己，通过写虎窝而把自己壮志难酬的满腔真情抒写出来，托物言志。

七　夕

七夕：农历七月初七之夜，传说为牛郎、织女在天河相会之期。

怅望天青汉水光，云鬟风袖动微凉。

要知无限相思意，不是人间空断肠。

怅望天青汉水光，云鬟风袖动微凉——汉水：银河。曹操《观沧海》："日月之行，若出其中。星汉灿烂，若出其里。"这两句是说：我惆怅地观望深蓝色的天空，只有天上的银河闪现着若有若无的微光，天上的浓云像织女美丽的云鬟，清风好似吹动着她的长袖，让我感到一丝凉意。

要知无限相思意，不是人间空断肠——天上人间远离难会，这才是无尽的相思之意，人间由悲欢离合而生的悲痛之情不能与之相比。

此诗借七夕牛郎、织女天河相会的传说，表达出难以与归天之人相聚的怅然悲情，感情真挚，催人泪下，当是怀念亲人的一首抒情小诗。

月　画

这首小诗描写了傅山生活中的一个小场景，想象奇特，描写细腻，抒写了自己的傲骨与隐逸生活的情调。

月画槐枝作老梅，离奇一笔拂窗开。

解衣画史三更醒，梦自罗浮香里来。

月画槐枝作老梅，离奇一笔拂窗开——月：月光，月色。离奇：木根盘曲貌。这两句是说：清朗的月色斜照着窗外的槐树枝丫，在窗纸上映出苍老瘦劲的影子，好像是一位大师画出一枝枝丫盘虬、拂窗盛开的梅花。

解衣画史三更醒，梦自罗浮香里来——解衣画史：《庄子·天子方》说宋元君要画图，各个画师都来到。有一位画师后来，安闲的样子并不急于挤上去，他受命拜揖却不站立，随即返回住所。国君派人去看，见他解衣露身交叉着脚坐着。国君说："行呀，他才是真正的画师。"这里是作者自喻。罗浮：山名，在今广州增城区东，山口有梅花村，村人多以艺梅为生。这两句是说：傅山徜徉于繁花万点的梅林里,三更梦醒,夜阑人静,恍惚还感觉阵阵幽香袭来。

古代咏梅诗多从梅花本身着墨,赞颂梅花冰清玉洁的品格,借以表达对坚贞高洁之人格的赞美和追求。本诗作者却别出机杼,从独特的角度,表达了爱梅之情。前两句写幻觉,并点了题,写得出神入化,妙得天趣。"画"、"作"二字,是有意将月拟人。后两句写梦境。"解衣画史"是傅山自道,也是巧用典故,表现了诗人超脱于世俗观念的审美心胸。诗人梦见自己身处罗浮山麓,神与物游。

诗人爱的是梅花,却借槐树的影子表现出来,而读者明知道这是错觉,反而更体味出诗人的真情并为之感动。

小瓶杏花

作者于春日折杏花枝,插瓶以供观赏。此诗作于作者晚年。

泛滥瑜伽半卷阑,一枝红雪能春寒。
老夫好色怜迟暮,摘向军持闭眼看。

泛滥瑜伽半卷阑,一枝红雪能春寒——泛滥:形容心潮翻涌。阑:门遮,与"帘"意近。红雪:泛指红色的花,这里指杏花。能:能够(经受起),耐。这两句是说:半卷着门帘,静坐冥想,思绪联翩。看见帘外有一枝红杏在寒风中怒放。

老夫好色怜迟暮,摘向军持闭眼看——好色:喜爱人间的春色。迟暮:比喻人到晚年体弱色衰。屈原《离骚》:"惟草木之零落兮,恐美人之迟暮。"军持:佛教千手观音所持之瓶,亦指僧人的舀水器。这里指花瓶。这两句是说:我喜爱春日美好的景色,怜惜将来她会衰老,摘下一枝杏花插在花瓶里,闭目想象、品味,把那无边的春色都印入心里,永不磨灭。

这首诗写傅山于初春折杏花插瓶的一件小事,诗中使用了不少佛教语言,却不失生动自然。诗中那枝娇艳欲滴的春杏是美好青春年华的象征,也表现了作者对大自然的热爱和对美好事物的追求,体现了他闲适的生活、高雅的品味和细腻的情思。

梅　房

【题解】

这首诗描写梅房的雅致宜人。

碎屑沉香不惹尘，水帘冰簟切相亲。
平分一榻罗浮梦，鞲扇摇来都是春。

【新解】

　　碎屑沉香不惹尘，水帘冰簟切相亲——碎屑沉香：用沉香木的碎末制成的香。
水帘：竹帘透明如水。冰簟(diàn)：凉席。这两句是说：梅房内熏着沉香，竹帘透亮，
竹席凉爽，使人感到舒适。

　　平分一榻罗浮梦，鞲扇摇来都是春——罗浮：山名，以梅花著称。罗浮梦，用
赵师雄憩息罗浮梅花树下梦与花神相会之典。鞲(gōu)：即皮扇。这两句是说：梅
房之梅真可与罗浮山之梅相媲美，轻轻摇动我的皮扇，梅房里处处都是生机。

【新评】

　　这首诗一、二句通过嗅觉及触觉写了梅房清爽雅致的陈设；三、四句以一个美
丽动人的典故写梅房中梅花的芳香和美丽，散发着勃勃生机。沈寿榕在《检诸家
诗集信笔各题短句》中这样评价："《霜红龛集》气如霜，绕指先为百炼钢。忽作
曼声儿女态，小沟艳曲按梅房。"（见《万首论诗绝句》第1218页）

游　燕

【题解】

　　游燕，游玩宴乐。《古诗十九首》中有"驱车策驽马，游戏宛与洛"、"极宴娱心
意，戚戚何所迫"句，当与本诗意旨相近。

残雪照高树，夹道寒丫杈。星月带夜色，冻洛开朝花。
母念游子寒，应计衣未加。儿身寒有时，母心寒无涯。

名家选集卷

　　残雪照高树，夹道寒丫杈——照：映照。夹道：形容道路两旁树木茂密。丫杈：形容树枝横直交叉。这两句是说：冬日里，残留的积雪映照着高大的树木，夹道树木的枝杈横直交叉，桀骜冷峻，这情景让人不寒而栗。

　　星月带夜色，冻洛开朝花——冻洛：结冰的洛河，洛河在今河南省。朝花：早晨开的花。这两句是说：夜晚，深邃的天空中，月亮和群星闪着幽暗的光；早晨，洛水河面冻结着，朝花冲寒而开。

　　母念游子寒，应计衣未加——念：惦念。应计：应该在盘算。这两句是说：在寒冷的日子里，母亲惦记游子身上寒冷，心里盘算他还没有穿上厚厚的冬衣。

　　儿身寒有时，母心寒无涯——有时：有一定时间限制。无涯：没有尽头。这两句是说：儿子身上的寒冷只是暂时的，而母亲心里的凄凉却没有尽头。

　　这是一首描写慈母游子的诗。首联描写了一片冰天雪地的景象，颔联进一步描写冬日寒冷的景象，颈联描写母亲惦念游子的心理活动，尾联直抒胸臆，表达慈母之心的深远。这首诗以"寒"字贯穿首尾，层层递进，最终诗意落在"母心寒无涯"上，这也与诗题"游燕"形成对比，并遥相呼应。

河边二首（选一）

题解

　　这首诗以河边起兴，写傅山在隐居生活中的心境。

　　　　　河边不算是幽栖，一杖林峦日夕携。
　　　　　甚悔去人难得远，此心笃信未尝迷。
　　　　　月从微雨来烟外，云逐春风过雁西。
　　　　　寄兴深微原有在，缘情吟咏不堪提。

　　河边不算是幽栖，一杖林峦日夕携——林峦：山林。这两句是说：河边算不上幽静的隐居之地；在山林中早晚都要拿着手杖。

　　甚悔去人难得远，此心笃信未尝迷——我后悔离开世俗人群不远；深信自己这颗心没有迷失方向。

月从微雨来烟外，云逐春风过雁西——微雨中，月色透过云烟照射过来；春风里，流云追逐着大雁飞到西边去。

寄兴深微原在，缘情吟咏不堪提——深远微妙的寄托本来是有的，但现在只能凭一时情绪作诗，这种寄托不堪提起。

这首诗写傅山在隐逸生活中的心境。作者时而描写山中景致，时而发表议论，将叙述、描写、议论融为一炉，使诗歌洗炼简洁，而又富于形象思维的特点和意境，增加了诗歌的抒情性和论辩的色彩。"此心笃信未尝迷"、"寄兴深微原有在"，说明作者在复杂艰难的反清斗争中始终保持着坚定的信念和清醒的意识。

八满诗

这首诗中一共出现了八个"满"字，故称"八满诗"。

> 满洲衣冠满洲头，满面春风满面羞。
> 满眼河山满眼泪，满腹心事满腹愁。

满洲衣冠满洲头，满面春风满面羞——（昔日的大明王朝被清朝政权取代）人们都改穿满洲服装，像满族人那样蓄发、剃头；那些统治者和新贵兴高采烈，得意洋洋，而有民族气节的人都是愁肠百结，满面羞耻。

满眼河山满眼泪，满腹心事满腹愁——昔日的大明江山，如今成为满人的天下，前朝的遗民们不禁流下悲痛的泪水，内心百感交集，满腹哀伤郁愁。

这是一首斥责傅山曾经的好友叛明降满的诗。诗歌用八个"满"字贯穿全诗，一气呵成：第一句写政权更迭后社会发生的巨大变化；第二句用对比的手法写了江山易主后两种人的不同的心理活动；第三、四句写以傅山为代表的明遗民的悲痛心情，深情绵邈，寄托遥深。

顾子宁人赠诗，随复报之如韵

傅山集·诗

顾子宁人，顾炎武(1613—1682)，字宁人，江苏昆山亭林镇人，明清之际思想家、学者。少年时参加复社反宦官权贵斗争。清兵南下，又参加昆山、嘉定一带人民抗清起义，失败后，十谒明陵，遍游华北。晚岁卜居华阴，来往于陕西、山西、河北、山东之间，殁于山西曲沃。清康熙二年(1663)初访傅山于太原松庄，此后二人交谊甚笃。顾炎武在首次访问傅山时，赠诗一首，题为《赠傅处士山》："为问明王梦，何时到傅岩。临风吹短笛，剚雪荷长镵。老去肱频折，愁深口自缄。相逢江上客，有泪湿青衫。"(见《亭林诗集》卷四)傅山随即以此诗相和。复报，赠答。如韵，用顾炎武赠诗之韵。

好音无一字，文彩会贲岩。正选高松座，谁能小草镵。

天涯之子遇，真气不吾缄。秘读《朝陵记》，臣躬汗浃衫。

好音无一字，文彩会贲岩——好音：指反清复明的胜利消息。贲岩：《周易·贲卦》："山下有火之象。"取"以察时变"之意。这两句是说：连一个胜利的好消息也没有；君子以文采相会，逢时变则可恢复故国。

正选高松座，谁能小草镵——高松：《史记·秦始皇本纪》："二十八年，始皇东行郡县……乃遂上泰山，立石，封祠祀。下，风雨暴至，休于树下，因封其树为五大夫。"后来就以"五大夫"为松的别名。"高松"状山之高，又取在暴风雨中护卫朝廷之高风亮节。座：通"坐"。谁：应解为副词"岂"。小草：比喻小人。这两句是说：选择了高风亮节的人生道路，然而怎能除尽奴颜事敌的小人呢？

天涯之子遇，真气不吾缄——真气：本中医学名，亦名"元气"。这里指发自内心、不能抑制的真心话。这两句是说：我与你这位远自天涯而来的客人相遇了，你把内心的肺腑之言都对我讲了，一点都没有缄口保留。

秘读《朝陵记》，臣躬汗浃衫——《朝陵记》：顾炎武数次拜谒北京昌平明十三陵和南京明孝陵后所写的诗文，含有强烈的反清复明思想。臣躬：作者自称，是对明朝皇帝而言。浃：浸透。这两句是说：我秘密地拜读了你的《朝陵记》，兴奋之情难以言表，汗水把我的衣衫都浸湿了。

这是顾炎武来山西拜访傅山时，傅山写的一首赠答诗。诗的前四句在对顾炎武的来访而感到欣喜的心情中，蕴含着对时局的无限感慨和反清复明的坚强意志。后四句紧扣顾诗，写二人共同的志向和真挚、坦诚的友谊，在夜半灯下，共话亡国"深愁"，同谋复国决策，一个说"有泪湿青衫"，一个说"臣躬汗浃衫"，写出了顾炎武高松般的节操，以及他们两位爱国志士希望恢复故国的远大志向。

程生二首

这两首诗通过低沉幽怨的箫声，寓景于情，反映郁结于心的沉郁哀伤的心情。程生，未详。与傅山相交往的人中，有程伯醇、程示周，均为太原人，此或其一。

其 一

华发程生吹洞箫，一声两声不肯高。
生怕陌头好杨柳，明春三月懒抽条。

华发程生吹洞箫，一声两声不肯高——华发：白发。这两句是说：满头银发的程生吹着洞箫，时而吹出一两声低沉的箫声。

生怕陌头好杨柳，明春三月懒抽条——陌头：田间小路。抽条：长出新枝。这两句是说：生怕洞箫的幽怨之声，使田边的杨柳明春不再抽条。这两句化用唐人"羌笛何须怨杨柳，春风不度玉门关"的典故。

其 二

月中流韵过南村，定有莲花卷叶闻。
应念龙钟老箫史，吹来孤雁落行云。

月中流韵过南村，定有莲花卷叶闻——流韵：流驰的洞箫声韵。莲花卷叶：莲花，佛经中的《妙法莲华经》，简称为《法华经》，也称为《莲经》。经中宣扬三乘归一之旨，自以其法微妙，如莲花居尘不染，故名。卷叶，经卷书册中的一页。这两句是说：夜晚洞箫的声韵传到南村，可以听见诵经的声音。

应念龙钟老箫史，吹来孤雁落行云——箫史：传说为春秋时人。善吹箫，作凤鸣。秦穆公以女弄玉妻之，为作凤台以居。一夕吹箫引凤，与弄玉共升天成仙。龙钟：行动不灵活，形容老态。落行云：从行云中落下来。这两句是说：当年吹箫引凤的萧史也应是老态龙钟的老者了，现在他的箫声仍然能使孤单的大雁从行云中落下。

第一首诗描写了程生的吹箫艺术。他的箫声迂曲而又低沉，表达了幽怨、凄凉、孤寂的感情，这正是亡明遗民的心声。诗歌以拙见巧，淡中出厚。诗人并未明言洞箫中吹出何调，只说"不肯高"，高了明春柳不发。但正从"生怕"二句中可以感受到一种肃杀、霜苦之气。第二首诗写在青灯古佛旁，莲花贝叶经下伤痛的心，并化用箫史吹箫引凤的典故，从侧面描写箫声的凄凉与惨淡，体现了傅山"老"、"淡"的诗歌风格。

庚午闻撤，有怀卷自缢于奎光楼者，诗以吊之

庚午：明思宗崇祯三年(1630)。闱：考场。按诗意，这次考试是"秋闱"，即乡试。明代每三年一次在各省省城举行乡试，考期在八月，分三场，考中者称为举人。撤：放，这里指放榜。怀卷：怀中揣着试卷或书卷。自缢：上吊自杀。奎光楼：俗称"魁星楼"或"文昌楼"。"奎"为二十八宿之一，古代认为奎星主文运，故建庙以祠之。吊：凭吊，悼念。

　　生平羞堕泪，为尔不禁流。白眼甘长夜，青蝇吊暮秋。
　　悬梁生有志，怀璧死难休。魂冷栏杆里，依希王粲楼。

生平羞堕泪，为尔不禁流——尔：你。这两句是说：我生平羞于流泪，然而你的死却让我泪流满面。

白眼甘长夜，青蝇吊暮秋——白眼：晋阮籍能为青白眼，以青眼看所器重的人，以白眼对所鄙薄的人。后因以"白眼"表示对人或世间的鄙薄，此处用白眼描写书生自缢后的情景，又兼寓鄙薄黑暗政治之意。长夜：比喻人死后如处暗夜中。这里隐喻当时社会和科场的黑暗。青蝇：《三国志·吴书·虞翻传》裴注引《翻别传》："生无可与语，死以青蝇为吊客。"谓死后无人闻问，只有青蝇来附其尸，因有"青蝇吊客"之称。这两句是说：这位书生死后甘于以白眼对着漫漫长夜，而无人收敛他的尸体。

悬梁生有志，怀璧死难休——悬梁：比喻苦读。《太平御览》卷三百六十三引《汉书》："孙敬字文宝，好学，晨夕不休。及至眠睡疲寝，以绳系头，悬屋梁。"怀璧死难休：相传，春秋时人卞和发现了一块玉璞，先后献给楚国的厉王和武王，都被

认为欺诈，被砍去双脚。等到楚文王即位，卞和又抱璞哭于荆山下，楚王使人剖璞加工，果得宝玉，称为和氏璧。这两句是说：这位书生在世时寒窗苦读，乃有志之士；如今怀才不遇，含冤而死，其恨难休。

魂冷栏杆里，依希王粲楼——依希：仿佛。王粲楼：汉末王粲，因西京(长安)战乱，去依荆州刘表，不为表所重视，偶登当阳县城楼，作《登楼赋》，感慨政局混乱，"纷浊未已"，自己离乡日久，怀才不遇，功业不就，情辞激愤而伤感。这两句是说：在这奎光楼的栏杆里，他的灵魂是多么冷清寂寞。这和王粲登楼的伤痛有某种相似之处。

这首诗凭吊一位怀才不遇而自缢而死的青年书生。诗中赞扬这位书生有志有才、愤世嫉俗，对他的死寄予极大的同情；同时揭露了当时政局的混乱和科场的黑暗。通过这位书生的死，我们既可以看到明末社会政治的黑暗，也可以看到封建社会科举制度的腐朽和危害。

方 心

这首诗记述北京方姓女子的内心活动，详见诗前长序。这是作者自度的乐府歌辞。浅显之句，不再详解。

《方心》，记燕方姬之心也。姬坛酒家，不垆。太原张生，相而美之，请聘许之。父母爱姬重离，约生官而后出燕，请馆生如赘。生审得之，曰："何澹清静其惜嬗也。"馆再月，生归。姬装中黫不失仪，生微之，如恐父母笑己之难婿去也。生益阴敬之，曰："是所谓性沉详而不烦者矣。"生归一年，始再至馆。姬又中喜不失仪，如恐父母之笑己之狂婿来也。迎之待之，饮食之，既娩婉而幽静，如人非燕女，居非燕市。生日益得之敬之，曰："嗟佳人之信修，羌习礼而明诗者邪！"馆几月，生又归。几月，又来。装之，迎之，待之如初而日加练。生日图载姬归，姬于是含然诺其不分，喟扬音而哀叹。盖姬亦知父母之重离姬，而又不好雅授生以计，力困其父母而俱。姬于是乎奈何其为心也。生约归构装来载姬。既期而愆之，于是乎姬病。书告生，延医请治婢。生为报书，先以资往，期某日至，而又愆之。邮书者，旧游一迁先生也，误溢言。姬家疑生，而迁先生日至姬家责报书。姬家所亲一少年，闽然而红鞋。迁先生曰："是矣！是矣！"盖迁先生不信姬之不生心于生之一年馀不来也，且燕之姬也。而迁日甚，言日益繁。姬颇闻之，病于是乎加剧，请死诸迁先生。然中不无疑生其有言于迁先生也。不然，何其期之屡愆？而迁先生又生之好友，而托之财者也，而何其甚也！会生力至，又得书曰：三月某日发，某日当至。力既发而生适又以他事发迟十日。至某日，姬力疾为容，备待生至如初，而生不至。姬父曰："生不来矣！"姬心曰："其来！"母曰："其不来邪？"姬心曰："其来！"兄弟曰："不来矣！"姬心曰："其不来邪？"姬不合睫三日夜而革，请移床日，嘱其父兄接生卢沟桥。父夕归曰："不见也。"兄夕归曰："不见也。"其母怜姬之必不能生而徒自苦也，曰："看渠真负汝不来矣，何不引绝自方便也。"姬于是闭目，喉间微句句而死。死再日而生至。于是乎悼良会之永绝，哀一逝而异乡。生当奈何其为方之为心也。先是，邦之人群噪生曰："是不可已乎？何好色也！"道人曰："生恶能好色？好色者，古人一苟奉倩而！所谓'诚其意者，如好好色'，色何容易好也！"及闻姬死，而又群然庆曰："生之幸也！"道人曰："老生之常谈也！何幸？古人云：'死生亦大哉！'而况乎待人为苦乐之死生也！"呜呼悲哉！生但好色，不再无色。方负生邪？生负方邪？既为之记而三复，"君思我兮然疑作"。他人有心，予忖度之，系之以《方心》一篇。

　　方心方心，然疑沉吟，沉吟然疑，方心奈何。一解

　　奈何奈何，南山暮雨，北山朝霞。错骂老荡，老荡恋家。错怨爱侬，爱侬天涯。二解

　　郎担名，妾饮恨。一恨爷娘拗，不许女随倩。二恨爷娘穷，无钱买妾命。三解

　　说起三恨来，有泪无处洒，有口没处写。那里不生长，生长北京家，教人当瘦马。四解

　　前日寄书人，是郎好朋友。为郎惜财帛，为郎惜名头。五解

　　郎底名头善，郎底财帛攒。侬魂上泰山，也为郎知感。六解

　　今日来呀，烧香煮茶。茶老香灺，风吹落花。明日来哩，强起梳洗。梳洗不办，傀儡不起。七解

　　郎好逍遥，有甚迟早。侬气一丝，床上悄悄。八解

　　自古皆有死，也了红颜事。九解

　　只是涵胡绝，不得分明诀。十解

　　郎若真有情，妾甘红尾生。十一解

郎若真相弃，妾作黛柱厉。十二解

弃我不弃我，死得胡涂杀。谢爷谢娘闭两眼，传语女儿莫远嫁。十三解

嫁近休嫌贫，嫁远休嫁山西人。山西之人，不知无心，不知有心？有心无术，要心何益？千恨万恨，难向人说。妾是郎底，要谁撺掇。十四解

方心死，方心生。奈何方心，歌作新声。新声新声，死于张生。有话告郎，郎不来听。妾命短促，郎不手戮。既被郎误，岂非郎毒？忆郎姓张，恨郎如谷。十五解

黄泉有酒妾当垆，还待郎来作相如，妾得自由好奔汝。十六解

方心方心，然疑沉吟，沉吟然疑，方心奈何——低声念叨，一会儿觉得方生是爱自己、思念自己的，一会儿又产生疑虑。沉吟，低声吟诵或自言自语。

奈何奈何，南山暮雨，北山朝霞——这两句一语双关，既指方姬与张生分离之远，又化用刘禹锡《竹枝词》"东边日出西边雨，道是无晴却有晴"句，写方姬考虑张生对自己究竟"有情"还是"无情"的问题。

错骂老荡，老荡恋家——错：更迭交错。老荡：老荡子，浪荡鬼。这两句是说：方姬一次又一次地骂张生，骂他如此恋家，置自己于不顾。

错怨爱侬，爱侬天涯——方姬一次又一次埋怨他，既然爱我却又远在天涯。

郎担名，妾饮恨——你担了"好色"之名，我却抱恨而无处倾诉。

一恨爷娘拗，不许女随倩——拗：固执。倩：本为男子美称，此处指张生。

二恨爷娘穷，无钱买妾命——可恨爹娘贫穷，没有钱赎买我的生命。

说起三恨来，有泪无处洒，有口没处写。那里不生长，生长北京家，教人当瘦马——教人当瘦马：指被张生抛弃。

前日寄书人，是郎好朋友。为郎惜财帛，为郎惜名头——名头：名誉。

郎底名头善，郎底财帛攒——攒：积累。

侬魂上泰山，也为郎知感——我死后灵魂上了泰山，也还是你的知音。

今日来呀，烧香煮茶。茶老香炧，风吹落花——炧(xiè)：熄灭。

明日来哩，强起梳洗。梳洗不办，傀儡不起——梳洗之后也没有办接待之事。像个木偶人那样卧床不起。

郎好逍遥，有甚迟早。侬气一丝，床上悄悄——甚：什么。

自古皆有死，也了红颜事——了：了却。红颜：这里指年轻女子，方姬的自称。事：一辈子的大事。

只是涵胡绝，不得分明诀——自己心中引为遗憾的是不明不白、含含糊糊就死去了，不能明白清楚地诀别。涵胡，含胡。绝，死去。诀，诀别。

郎若真有情，妾甘红尾生——尾生：指古代讲信用的人。《庄子》中说尾生曾与女子相约于桥下，女子不来，而河水突涨，尾生最终抱柱而死。"红尾生"即像尾生那样痴情的女子。

郎若真相弃，妾作黛柱厉——黛柱厉：在黑色的柱子上碰死后化作厉鬼。

弃我不弃我，死得胡涂杀——胡涂杀：糊涂之极。

谢爷谢娘闭两眼，传语女儿莫远嫁——委托父母把话传给女儿，长大后不要远嫁。据下节诗意推测，方姬似与张生生有幼女。

山西之人，不知无心，不知有心——不知究竟是有心还是无心。心，思想感情。

有心无术，要心何益——假如有心，只是徒有其心，而无其术，不能共同生活，要心又有什么用呢？术，方法，办法。

妾是郎底，要谁撺掇——撺掇：劝诱，帮助。

方心死，方心生——方姬虽然死了，但她的感情还活着，那份真情还留在人间。

妾命短促，郎不手戮。既被郎误，岂非郎毒——我的生命很短促，虽然不是你亲手将我杀死，但我却是被你耽误，这难道不是因为你太狠毒了么？

忆郎姓张，恨郎如谷——我恨你的感情像山谷一样深，让我摸不着边际。谷，深穴。

黄泉有酒妾当垆，还待郎来作相如，妾得自由好奔汝——阴间如果也有酒的话，我愿意像卓文君那样"当垆"卖酒，等待你来作司马相如，与我生生世世在一起。这几句用《汉书》所记司马相如、卓文君的爱情故事。司马相知为西汉辞赋家，蜀郡成都人。相传他到卓王孙家饮酒，爱上了卓王孙新寡的女儿卓文君，便通过弹琴传达情意。后来文君与司马相如私奔，二人开了一家小酒店度日，文君亲自"当垆"卖酒。

这首诗描写了一位贫家女子方姬的悲剧命运。傅山以极其深切的同情，蘸着泪与血铸就了这首诗篇。诗的序言生动细腻地描写了方姬与张生的爱情故事以及方姬的悲剧命运；诗本身则注重抒情，表现方姬临终前复杂、强烈的感情和心理活动。序言和诗本身具有同样重要的地位，二者组成了一个不可分割的完整的艺术品。

序言大致可分为三个层次。第一层叙述张生与方姬的结合过程和婚后生活，着重刻画方姬的思想、感情、性格，写她不但外貌美，而且心灵更美。她幽静、纯洁、重情。第二层写方姬相思成疾，直到病重，饮恨而终，生动地表现了她对爱情的执着追求和忠贞不渝，细腻地描写了她临终前的言行和心理活动。第三层写当时"邦之人"的世俗观点和"老生常谈"，以及作者针对这种观点所发表的见解：支持真挚的爱情，阐发了方姬悲剧命运的社会意义。

诗本身共"十六解"。每一解，就是音乐的一个段落，也就是诗的一个小节。一解总写方姬"然疑沉吟"的心理活动情况。二解写其对张生忽"骂"忽"怨"，实际都从"爱"字而来。三、四两解写其"三恨"，实际是对当时社会的控诉。五、六、七、八解写其临终前盼郎不至的痛苦心情。九、十、十一、十二解以短促有力的节奏和韵律，写其饮恨而死和至死都在判断张生是否有真实感情的心境。十三、十四、十五解写方姬的悔恨和遗憾心情，包含着对张生的责备。第十六解写其临终时的愿望：死后在阴间也要像卓文君与司马相如那样，与爱人自由地结合。只有到阴间，才能"妾得自由好奔汝"，这正是对人间"不自由"社会的控诉。全诗写得凄切深沉、缠绵婉转，极为真实地表现了方姬的心理活动。作者对方姬寄予极大的同情。

这首诗在剪裁上，舍去曲折的故事情节，把笔墨集中用到方姬临终前的心理活动上，选择了最能打动读者心灵、引起共鸣的内容；在结构上，婉转曲折，回旋反复，一唱三叹，充分表现了方姬的心理变化；在语言上，多吸收民间俚语俗谚，语言通俗精炼，并善于模拟人物的口吻，使读者"闻其声如见其人"，使方姬的形象跃然纸上。

哭子诗（选四）

傅山之子傅眉死于清康熙二十三年(1684)，傅山恸哭悲痛，写成《哭子诗》十四首。傅眉，字寿毛，号麋道人，生于明崇祯元年(1628)，有"青云之士"的美称，有诗集《我诗集》行世。

哭文章

法本法无法，吾家文所来。法家谓之野，不野胡为哉？
相禅不同形，惟其情与才。尔每论天机，不知所自偕。
《平准》《货殖传》，举笔即蒙回。不韩亦不柳，连拆而安排。
沉著武侯书，质实《大诰》该。明白中原檄，琐屑金华哈。
一扫书袋陋，大刀阔斧裁。号令自我发，文章自我开。
岂有王霸业，润色于舆台。珥笔多长离，能当此气催！

此气顿已矣,奴撰仍尘埃。中原卷天风,一烬祖龙灰。

法本法无法,吾家文所来——文章的作法是没有一定的规则的,那种繁复的规则和固定的格式往往限制思维和表达,这就是所谓的"作文之法"。我们家世代写文章,都按照这个原则。

法家谓之野,不野胡为哉——那些写文章讲究"成法"的人说我们的文章不符合文章的传统,然而文章没有创造性又该怎么样呢?

相禅不同形,惟其情与才——相禅:向下延续,继承先辈的精神。这两句是说:我们家的文章世代相承,虽然形式不尽相同,但是投入在文章中的感情和才学是一样饱满的。

尔每论天机,不知所自偕——你经常谈论人的灵性,不知自己的灵性从哪里就一下子来了。

《平准》、《货殖传》,举笔即萦回——平准:古代官府转输物资、平抑物价的措施。货殖:经商。利用货物的生产与交换,进行商业活动,从中生财求利。《史记》、《汉书》中分别有《货殖列传》、《货殖传》。《平准书》、《货殖列传》是司马迁《史记》中反映社会经济生活的两篇文章。这两句是说:傅眉举笔作文,即有司马迁《史记》中《平准书》、《货殖列传》这类经世致用的文章萦回于脑际。

不韩亦不柳,连抃而安排——韩:指韩愈。柳:指柳宗元。韩愈和柳宗元是唐代"古文运动"的倡导者,"唐宋八大家"中的两位唐代文学家,提倡"文以载道"。连抃(biàn):婉转的样子。这两句是说:傅眉写出来的文章既不像韩愈的风格,也不像柳宗元的风格。他文笔婉转,安排布局曲折有致。

沉著武侯书,质实《大诰》该——武侯:即诸葛亮,刘禅继位后他被奉为武乡侯。《大诰》:《尚书》中的一篇。这两句是说:傅眉的文章既具有诸葛亮文章的那种沉着稳健的特点,又有《大诰》那种朴实无华的风格。

明白中原檄,琐屑金华咍——中原檄:宋李纲以中原与东南及西北并论,专指黄河下游。金华:金华子,书名,五代南唐刘崇远撰。二卷。崇远自号金华子,因以名书。原本久佚,今本从《永乐大典》录出,共六十馀条,所述皆唐代大中年以后朝野之佚事。咍(hāi):快乐,欢笑。这两句是说:傅眉的文章晓畅明白,犹如北宋李纲发自中原主张抗辽的檄文;他的文章写得细致而有情趣,有如《金华子》中的佚事。

一扫书袋陋,大刀阔斧裁——他的文章完全没有掉书袋、卖弄典故的陋习,他总是大刀阔斧地剪裁安排文章。

号令自我发,文章自我开——诗歌要有"孤行独诣,无所依傍"的创造精神。

岂有王霸业，润色于舆台——舆台：地位卑贱的奴役。这两句是说：哪里有建立霸业的君王求助于他的奴仆的呢？

　　珥笔多长离，能当此气催——珥笔：古代史官、谏官入朝，或近臣侍从，把笔插在帽子上，以便随时记录、撰述。长离：道教传说中居住魅惑妖精的仙山。这两句是说：朝中的史官多为被魅惑的人，他们哪能抵挡得了这种气势的力量呢？

　　此气顿已矣，奴撰仍尘埃——这种气势一旦消失，那些"奴书生"的文章仍然像尘埃一样弥漫在天空。

　　中原卷天风，一烬祖龙灰——祖龙：指秦始皇。这两句是说：中原已卷起了天风，焚书坑儒的秦始皇也像灰烬一样被吹得烟消云散了。

　　这首诗强调了傅眉的文章具有创造性，这也是傅山所一贯倡导的。傅山认为，一切诗文的精妙奥旨在于能够舍弃旧法，舍弃陈旧的艺术教条，进行大胆的变革与创新。

哭 诗

十岁读《左传》，兼抄十五《风》。咏史日一题，小纸雅雏丛。
庶其得五字，无乃愧父功。世交摩顶叫，"惊人哉此童！"
戏命为《采莲》，丽如《子夜》秾。"红裙爱颜色"，笑倒旷林翁。
不图遭国变，挟策竭转蓬。顿失韶秀色，膈臆苍莽汹。
江山略奇气，疏爽不事工。贼多身始轻，自拟周盘龙。
中年渐冷淡，馀波绮丽从。笔性不枯槁，花月捎其秾。
竹木一弄间，忽见红芙蓉。高情随所寄，道心多在中。
本不用小技，与人争长雄。渠伊有好胜，屑屑声名封。
或于柴棘篇，讥骂快临冲。见之但大笑，彼其买卖佣。
曾见出纳时，十指颤如疯。疼杀一蝇血，不值四字铜。
吾诗如吾财，信手随西东。兴尽甋之堕，流水拳之空。
今日一篇雨，明日一篇风。拨置不复理，缄縢不济穷。
刺讥徒劳心，何有于之虫？老子味此言，信尔好心胸。
偶得一半句，尔耳独圆通。尔为吾惠施，吾以为庄蒙；
一朝失所质，邱盖归深松。绝命饮乳篇，读之不能终。
老泪落篇上，非血而焦红。

十岁读《左传》,兼抄十五《风》——《风》:指《诗经》中的《国风》,共一百六十篇,是东周十五个国家和地区的民间歌诗,各以其所在国家或地区而得名,称十五国风。这两句是说:傅眉十岁起就开始读《左传》,并且抄写学习《诗经》中的《国风》。

咏史日一题,小纸雅雏丛——雅:通"鸦"。雏:小鸟,此处指幼儿。这两句是说:每天作一首不同题材的咏史诗,在小纸片上信笔涂鸦,密密麻麻地写满了稚嫩的字迹。

庶其得五字,无乃愧父功——五字:指五言诗。这两句是说:他大体上能作好五言诗,看来还没有辜负我对他的教导。

世交摩顶叫,"惊人哉此童!"——世交:指郭九子。傅山好友。这两句是说:我的好友郭九子慈爱地抚摩着傅眉的头情不自禁地惊呼:"这个孩子真不得了!"

戏命为《采莲》,丽如《子夜》稚——《采莲》:南朝有《采莲曲》。《子夜》:《子夜歌》,南北朝时民歌。原诗有傅山的自注:"郭九子见笑曰:'何径似采莲子夜曲也!'"这两句是说:我们试着让他以采莲为题作一首诗,他写得如《子夜歌》一样稚丽。

"红裙爱颜色",笑倒旷林翁——红裙:红色的裙子,这里指代女子。旷林翁:郭九子,名新,即旷林翁。这两句是说:傅眉的诗中写道:"妇女们喜爱艳丽的颜色。"郭九子看到这句后捧腹大笑。

不图遭国变,挟策朅转蓬——不图:没有料到。国变:指甲申之变,清兵入关的事变。朅(qiè):离去。这里是来来往往之意。这两句是说:不料甲申国变,清军入关,我们带着书策来来往往像蓬草一样随风四处漂泊。

顿失韶秀色,膈臆苍莽汹——膈臆:内心的胸怀和气魄。这两句是说:傅眉的诗顿时失去了明朗娟秀的风格,他的胸襟变得粗犷宏阔,有如苍莽的群山耸立,有如奔腾的江河汹涌。

江山略奇气,疏爽不事工——漂泊于大江高山中,他获得了江山的奇气,作诗的风格也变得疏阔爽朗,不刻意求工。

贼多身始轻,自拟周盘龙——周盘龙:南齐北兰陵人,胆识过人,为右将军,建元间与其子周奉叔奋勇抗敌,大败魏军。这两句是说:傅眉因坏人太多而练习武艺,因习武而身益轻捷,自比为勇猛的周盘龙。

中年渐冷淡,馀波绮丽从——傅眉中年以后的诗风变得淡泊沉静,但仍不乏绮丽的色彩。

笔性不枯槁,花月捎其稚——他文思泉涌,笔下生花,吟花咏月仍显示出他稚丽的文采。

竹木一弄间,忽见红芙蓉——傅眉的诗如种满了翠竹树木的院落,还点缀着娇红欲滴的芙蓉花。

高情随所寄,道心多在中——高尚的感情随处都可以寄托,而道心往往体现在自然之中。

本不用小技,与人争长雄——小技:雕虫小技,指吟诗作文。长雄:高下。这两句是说:傅眉本来不屑于靠吟诗作文这种雕虫小技与人一争高下。

渠伊有好胜,屑屑声名封——渠伊:"他"的复指,指多数(人)。这两句是说:然而别的人却有好胜之心,他们的视野被琐屑的声名封闭。

或于柴棘篇,讥骂快临冲——柴棘:柴门棘院,简朴之居。柴棘篇:指傅眉的文章,与官方的御用文人所作的"庙堂篇"相对而言。冲:通行的大道。这两句是说:那些追求声名的人,有的对傅眉"不登大雅之堂"的文章加以讥讽攻击,就像临街叫骂一样。

见之但大笑,彼其买卖佣——傅眉对此只是开怀大笑,毫不放在心上。他还是坚持自己的理想,认为那些人的文章就像小贩一样庸劣。

曾见出纳时,十指颤如疯——出纳:本指掏腰包,出钱。这里指把自己的想法写出来。这两句是说:曾经见那些人写文章的情景,他们文思枯槁,写不出东西而十指狂颤。

疼杀一蝇血,不值四字铜——一蝇血:苍蝇身上的血只有一点点,这里指极微少的字。四字铜:一个铜钱上有四个字。这两句是说:这种人写出一点文字都十分心疼,其实他写的东西连一个铜钱也不值。

吾诗如吾财,信手随西东——傅眉自称:"我的诗就像我的钱财,要多少有多少,写完之后就随手扔在一边。"

兴尽甑之堕,流水拳之空——甑(zèng):食器。这两句是说:兴尽之后就停笔,不再流连,就像甑堕不再顾视一样。文章写好之后,又像手握着的流水一样任其流散。形容对自己作品毫不自恋,不加保存。

今日一篇雨,明日一篇风——傅眉诗作的题材非常广泛,风风雨雨皆入吟咏。

拨置不复理,缄縢不济穷——缄縢:封缄。这两句是说:写好的文章就搁置一边,不再理会它。就算封存起来也无济于改变贫穷的状况。

刺讥徒劳心,何有于之虫——那些嘲讽傅眉诗文的人真是徒劳、白费心思,对于他们这种钻故纸堆的蛀书虫来说又能获得什么呢?

老子味此言,信尔好心胸——老子:作者自谓。味:回味,咀嚼。这两句是说:我总是不断地回味你的话,觉得你的心胸真是宽广。

偶得一半句,尔耳独圆通——我偶尔写下只言片语,只有你能圆满地解释它,理解它的意思。

尔为吾惠施,吾以为庄蒙——惠施:战国时宋人,庄子之友。名家代表人物之一。庄蒙：庄周，即庄子，战国时蒙人，尝与惠施游濠梁之上。常相辩谈，互为知音。这两句是说：你与我虽为父子，但我们两个人的感情就像庄周与惠施之间的情谊一样。

一朝失所质，邱盖归深松——质：本指箭靶，转义为事物的对象。典出《庄子·徐无鬼》。这里以"质"比喻傅眉。邱：坟墓。这两句是说：我失去你之后，你的坟冢隐匿在浓密的松林之中。

绝命饮乳篇，读之不能终——饮乳篇：傅眉的绝命之作。这两句是说：我读你的绝命之作，又想起了你，内心无限地悲痛，实在不能再读下去了。

老泪落篇上，非血而焦红——我的泪水落在你的文章上，虽然这不是血，却像血一样鲜红。

这首诗在沉痛怀念故去爱子的同时，从纵剖面的角度写出傅眉诗歌创作的发展历程和他诗风的变化。傅眉从小聪颖过人，十岁即能作诗，他早期的诗具有《子夜歌》那样秾丽的色调。"甲申之变"以后，他的诗随着环境和心情的变化，失去了"韶秀"的色彩，变成了"苍莽"的格调。而中年以后，随着他皈依佛老，心情日渐冷淡，他的诗也趋于宁静淡泊，但仍不失早年的秾丽。并且，随着他对生活的观察日益深刻，愤世嫉俗的感情日益强烈，他写了不少诗讥骂那些被铜臭污染了灵魂的人，实际是嘲讽那些追名逐利的官场蛀虫。

哭 字

似与不似间，即离三十年。青天万里鹄，独尔心手传。
章草自隶化，亦得张索源。玺法寄八分，汉碑斤戏研。
小篆初茂美，嫌其太熟圆。石鼓及《峄山》，领略丑中研。
追忆童稚时，即缩《岣嵝》镌。黝黯日会通，卒成此技焉。
伤哉畴昔劳，聊代老夫权。云不能执笔，疾革一日前。
此笔真绝矣，砚池墨泪涟。

似与不似间，即离三十年——这三十年间，我们父子的书法风格在相似与不似之间，有同有异。

青天万里鹄，独尔心手传——鹄，天鹅。这两句是说：我的书法像万里青天上的天鹅一样任意飞动，我的子孙之中只有你继承我的这一风格。

章草自隶化，亦得张索源——张索：指东汉书法家张芝和西晋书法家索靖。

张芝(?—约192),字伯英,敦煌渊泉(今甘肃酒泉)人,善章草,后脱去旧习,省减章草点划波磔,创为"今草"。索靖(239—303),字幼安,敦煌人,张芝姊之孙。擅章草,传张芝草法而变其形迹,骨势峻迈,富有笔力。这两句说:章草书法是从汉隶演化而来,也继承了张芝、索靖的书法传统。

玺法寄八分,汉碑斤戏研——玺法:镌刻印章。寄:寄托,用。八分:汉字书体名,即八分书,也称分书。字体似隶而体势多波磔。相传为秦时上谷人王次仲所造。关于八分,历来有很多不同的解释:或以为其二分似隶八分似篆,故称八分;或以为似汉隶的波磔,向左右分开,像八字分背,故称八分。近人以为八分非定名,汉隶为小篆的八分,小篆为大篆的八分,今隶为汉隶的八分。宋代刘克庄《阿买》诗:"如何万金产,只解八分书。"汉碑:汉代的碑刻,尤以隶书著称。斤戏:运斤(斧)之戏(游戏),指镌刻石碑。研:研究揣摩。这句是说:镌刻印章用八分书,镌刻石碑主要揣摩汉碑的字体。

小篆初茂美,嫌其太熟圆——傅眉书写的小篆初步达到茂美的境界,只是嫌其过于熟圆。

石鼓及《峄山》,领略丑中研——石鼓:石鼓文,中国现存最早的石刻文字,在十块鼓形的石上,各刻四言诗一首,内容歌颂秦国君游猎情况。所刻书体为籀文(属于大篆),历来对其书法评价很高。原石现藏北京故宫博物馆。《峄山》:指峄山刻石,是秦始皇统一全国后出巡途中登邹峄山所立的石刻,颂扬其废分封、立郡县的功绩,字体为小篆。原石已佚,宋、元都有人据摹本重刻。研:通"妍",美。这两句是说:对石鼓文和峄山刻石,也能领略其丑拙的美感。

追忆童稚时,即缩《岣嵝》镌——岣嵝(gǒulǒu):指岣嵝碑;因后人附会乃夏禹治水时所刻,又称禹碑。凡七十七字,像缪篆,又像符箓。碑在湖南衡山云密峰。昆明、成都、西安碑林等处,皆有摹刻。这两句是说:追忆傅眉的儿童时代,就已开始缩刻《岣嵝碑》。

趫黗日会通,卒成此技焉——趫黗(zhìzhù):本指草书的笔势。《卫常书势》:"趫黗点黵。"《梁武帝书评》:"趫黗点黵,言状如连珠,绝而不离。"这里泛指书法的笔势。这两句是说:傅眉对书法的笔法、笔势日益融会贯通,终于学成了这一技艺。

伤哉畴昔劳,聊代老夫权——畴昔:往昔;日前。畴,音chóu。权:权宜,临时之计。这两句说:伤心啊,你往昔辛苦劳碌,代我书写应酬。

云不能执笔,疾革一日前——疾革:指病重。这两句是说:你直到病重前才不能执笔写字。

此笔真绝矣,砚池墨泪涟——你的这支笔真是绝断了,连砚池也为你悲伤,墨泪涟涟。

这首五言古诗,以沉痛的心情伤悼儿子傅眉的去世,评论和赞扬了傅眉对书法艺术的追求。

傅眉在儿童时代,即学书法篆刻,直到病重前,才说"不能执笔"了,确是勤奋的一生。

傅眉嫌小篆"太熟圆"而从石鼓文及《峄山刻石》中领略"丑中研",艺术趣味亦同乃父。唯书善章草,玺法善八分,则是其独到之处。

哭　画

磊砢不胜描,花鸟时一旦。老胸之邱壑,偏得尔笔写。

危峰闪浓云,风涛半天洒。土塔墙上松,艾纳枟櫑扯。

气势不可当,直欲透梁瓦。狮子一丈大,哮槛飞笔下。

雄风震佛座,不吼百兽哑。总肖尔之诗,不顾人骇傻。

挥霍所未快,丰棱所未泻。精神抱丹青,寥天乘尻马。

经营几大画,惨淡还大冶。粉本应真图,寂寞神州也。

磊砢不胜描,花鸟时一旦——磊砢:山石众多,也兼有胸怀抱负之意。描:勾描,指作画。一旦:一日,偶尔。这两句是说:傅眉常画山水画,偶尔也作花鸟画。

老胸之邱壑,偏得尔笔写——老胸:我(傅山自指)胸中。邱壑:山水幽深处,比喻深远的意境。这两句是说:我心中对作画的构思都是通过你的画笔画出来的。

危峰闪浓云,风涛半天洒——画面上,高耸的山峰上浓云密布,疾风吹着天上的云涛洒向空中。

土塔墙上松,艾纳枟櫑撺——艾纳:松树皮上的绿衣。枟櫑(yùnléi):指树木的纹理。扯:这里指画松时有力的笔势。这两句是说:在土塔旁、院墙边画有许多松树,树皮上布满绿衣,纹理交错,仿佛布满龙鳞。

气势不可当,直欲透梁瓦——透:穿透。梁瓦:房屋的大梁和屋瓦。这两句是说:画面上松树的气势雄壮,好像穿透了房梁与屋瓦。

狮子一丈大,哮槛飞笔下——哮槛:在笼中咆哮。形容狮子的勇猛。槛,关野兽的笼子。这两句是说:傅眉画的狮子硕大矫健,可以从画中看到狮子在笼中咆哮的威猛气势。

雄风震佛座,不吼百兽哑——这狮子的雄风使佛祖的威严震慑人心,它不吼叫也令百兽畏其威风而哑口无言。

总肖尔之诗，不顾人骇傻——你的画归根结底像你的诗，发人所不敢发，也不顾忌把别人吓傻。

挥霍所未快，丰棱所未泻。精神抱丹青，寥天乘尻马——挥霍：挥洒。丰棱：风骨。寥天：长天。尻马：《庄子·大宗师》："化予之尻以为轮，以神为马，予因以乘之，岂更驾哉！"这四句是说：写诗未能完全表达思想感情，精神寄托于丹青，身体归之于幻化。

经营几大画，惨淡还大冶——大冶：创造万物的自然。《庄子·大宗师》："今一以天地为大炉，以造化为大冶。"这两句是说：傅眉匠心独运，惨淡经营了几幅大画。然而现在你复归于大自然，离我而去。

粉本应真图，寂寞神州也——粉本：古代中国画施粉上样的稿本。后也指一般画稿。应真图：指一种佛教题材的画，如十六罗汉之类。这两句是说：你去世前留下的"应真图"画稿还未着色，我感到神州真是一片寂寞呀！

傅眉多才多艺，善诗文，兼工书画。傅山这篇《哭子诗·哭画》介绍和评价了傅眉的画，虽有所偏爱，但是总的来看，还是抓住了傅眉画的特点。诗中明确表示"老胸之邱壑，偏得尔笔写"，因此也代表了傅山的艺术倾向。傅眉笔下的形象，是浓云中闪现出来的危峰，是翻滚滔天、喷薄四溅的风涛，是耸立高处、气势非凡的古松，是雄风凛凛、咆哮怒吼的狮子。这些题材和构思已基本决定了傅眉绘画雄奇、豪迈、气势逼人、锋芒毕露的风格。这种风格，是傅山胸中的丘壑，或傅山绘画风格的一个方面。

◎文　赋

秋海棠赋

这篇小赋作于明天启七年(1627)，傅山当时二十二岁。赋后曾有跋曰："此廿年前笔，已久不复记忆矣。丁亥夏过晋祠，示周出稿命书之。回视少时信笔游戏，不无轻跳。今年四十馀，半老夫矣。岁月尔尔，念之生慨。"丁亥，清顺治四年(1647)。示周，即程示周，傅山好友。轻跳，意为轻佻。

爰有秋荣，临池眩瞳[1]。影涵镜碧，漪蓘云红[2]。细风答艳，凉月赠浓[3]。蕤赫蹄之金菱[4]，羞飞燕于珠宫[5]。

有娇者姊，同称异志[6]。虑迟暮之无知，竞芳容于桃李[7]。遗妹妹兮不来，枕簟凉兮自矢[8]。霜欲下兮强妍，雁南声兮泪紫[9]。

雌霓写带兮，遥霞缀裳[10]。藉翠叶之肯来兮，娟慵卧于玉床[11]。寒生晕兮猜醉，妮怜艳兮疑香[12]。不堪见老菊兮，右篱苍苍[13]。感时顾景兮，增好色之愁肠[14]。

〔1〕爰(yuán)：乃，于是。语首助词，无实在意义。　秋荣：秋天盛开的花，这里指秋海棠。荣，草本植物花，也作花的通称。　眩瞳：光彩耀眼。这两句是说秋海棠花盛开了，她的倩影映照在池水中，光彩夺目。

〔2〕涵：包容，包含。这两句是说海棠花的影子倒映在如镜的碧波之中，泛起层层涟漪，好像荡漾着一片红云。

〔3〕答：与之呼应，这里指轻声絮语。　赠：赠与，这里指好像有意增添。这两句是说习习微风摇曳着她艳丽的花冠，像与她轻轻絮语；清冷月色更增添了她浓艳的颜色。

〔4〕蕤(ruí)：草木花下垂貌。　赫蹄(hètí)：西汉末年流行的一种小幅薄纸，最易扎花。　金菱：指菱花镜，古铜镜中，六角形的或镜背刻有菱花的叫菱花镜。后来诗文中常以菱花为镜的代称。"金菱"是菱花镜的美称。这句是说：秋海棠微微下垂，像赫蹄扎成的纸花映照在菱花镜里。

〔5〕飞燕：汉成帝宫人，成阳侯赵临之女。初学歌舞，以体轻号曰飞燕。　珠宫：极言赵飞燕所居宫殿的奢华。这句承接上句，意思是说秋海棠的美丽使住在华丽宫殿里的赵飞燕都羞于媲美。这两句极言秋海棠之美。

〔6〕这两句是说：有一种娇艳的海棠是秋海棠的姐姐，虽然和她同名，却具有不同的品质和命运。

〔7〕这两句是说：娇艳的海棠担心自己凋零的时候无人知晓，便与春日盛开的娇桃艳李竞芳斗妍。　迟暮：屈原《离骚》："日月忽其不淹兮，春与秋其代序。惟草木之零落兮，恐美人之迟暮。"意思是说：太阳与

月亮不停运行忙忙碌碌,春天秋天循环往复互相替代,想到草木也有凋零之时,便担心美人年老色衰。

〔8〕遗(wèi):致,送的意思。 姝(shū)妹:指秋海棠。姝,美好。 簟(diàn):供坐卧的竹席。 矢:通"誓"。这两句是说:娇艳的海棠花给秋海棠去信邀请她快来,而秋海棠不来,她枕着凉爽的竹席独自纳凉,发誓不与桃李竞芳。

〔9〕这两句是说:当秋天的寒霜降临,娇艳的海棠花仍旧强颜逞妍,当南飞的大雁嗖鸣,她不禁掉下了紫色的泪珠,因为它的生命即将完结。

〔10〕雌霓:即霓,主虹为虹,副虹为霓,霓位于主虹外侧,虹霓每出现于雨后。这两句是说:雨过天晴,霓虹的光影洒在她的罗带上;夕阳西下,天边的彩霞点缀她的衣裳。

〔11〕藉:坐卧其上。 胥:通"须",等待。 娟:美好、秀丽的样子。 慵:慵懒,倦慵。这两句是说:秋海棠花坐卧在翠叶之上等待着观赏她的人,好像秀丽的姑娘倦慵地半卧在玉床之上。

〔12〕猜:疑,好像。 怜:怜爱,爱惜。这两句是说:寒冷的空气使她的脸颊泛起红晕,好像酒后的醉颜;欣赏她的人爱怜她的美丽,更沉醉于她若有若无的香气。

〔13〕这两句是说:在万物凋零的寒秋,面对着艳丽的秋海棠,古篱中苍凉老迈的菊花便不堪一看了。陶渊明《饮酒》:"采菊东篱下,悠然见南山。"

〔14〕这两句是说:感叹时间飞逝,看见景色的变幻,不由得增添了追求美好事物的愁思。

这篇写景状物的小赋,文笔华美,色彩浓丽,为傅山青年时代的作品。作者运用拟人的修辞手法,把秋海棠之美艳和清高,以及娇艳海棠花的娇媚和市侩习气,描写得栩栩如生、淋漓尽致。通篇采用对比手法,生动地描绘出"姝妹"秋海棠与"同称异志"的"娇姊"两种截然相反的形象和命运,告诫人们不可趋炎附势,"竞芳容于桃李",而应当有操守,惟其如此,在霜降雁嗖之时,方能保持"影涵镜碧,漪惹云红"的光彩和魅力;在文章的最后,作者用古篱中苍凉的老菊来衬托秋海棠的光鲜美丽,更加深了作者向往和追求美好事物的思想主题。

燕巢琴赋

这篇韵文是傅山诗文的代表作之一,是一篇触景生情、有感而发的抒情小赋。作者紧紧抓住"燕子结巢壁上之琴"这一富有诗意的意象,展开广阔而丰富的联想和想象,含蓄而隽永地赞美了梁檀先生洁身自好、不慕荣利、安贫乐道的高洁情操,表现了作者的思想倾向与审美理想。

夏日,过不蘧先生书斋[1],见燕子结巢壁上之琴。归而感梁子之所与友者,如此而已,因为赋之。

伊余读《南史》马枢之传曰[2]:有双燕分庭栖。时往来于几案,信高

中国家庭基本藏书

士之无机[3]。感仁人之难遇[4]，滋万物兮怀疑[5]。不谓德辉之靡远兮[6]，在芦鸶之清溪[7]；有孤琴之悬壁[8]，来燕子兮衔泥。信庄生之旷论[9]，鸟莫智于鹢鸸[10]。

夫岂无兮芳尘之楼[11]，与夫芸晖之墙[12]；恐主人之未信[13]，将贻笑于处堂[14]。乃回翔而后集[15]，见伊人兮水方[16]。彼则高山兮流水[17]，我其凤览而鸥忘[18]。羽差池兮喻高渐之鸿仪[19]；音上下兮调无弦之宫商[20]。遂卜居于焦桐之尾[21]，益长谢乎文杏之梁[22]。

吁嗟燕兮！尔其乐梁生之贫兮[23]？梁生贫无以为粮；抑爱梁生之清兮[24]？彼复清冷而无裳；尔其取梁生悠远之韵兮[25]？惟在芦渚水湄，月夜龙吟[26]，一鼓之琳琅[27]。尔乃移家其上，使先生金玉其音兮，徒效子桑趋举而旁皇[28]。然而人多不顾，尔独来翔。其庶几乎梁生锺牙之辈，足慰知希者于寂寞之乡[29]。尔能不为世人之凉薄兮[30]，每秋去而春来；我亦请与尔主人申盟兮[31]，终不改弦而更张[32]。

注释

〔1〕不廛先生：梁檀，字不廛（《清画家诗史》作大廛），一字乐甫，号曰天外野人、芦鸶居、蒹葭主人、石崖居士。山西太原诸生，其先为回族，奉其教躭虔。与傅青主相友善。聪慧过人，工绘事。年三十许，前后殚精临摹古人山水、人物、花鸟、虫鱼，无所不工。书法孤洁秀峻，自标一格。家贫，小斋傍水，古书桐琴，宴如也。遭乱后，避居西山，有即事诗画手卷。诗极清新。见《太原三先生传》。序言意为：夏天的时候，我到梁檀先生的书斋拜访他。梁先生书斋的墙壁上挂着一张琴，燕子在琴上筑巢。我拜别了梁先生，感叹先生和与其相来往的朋友之间，正像这燕子与素琴的关系。因此我写了这篇赋。

〔2〕伊：语首助词，同"维"，无意义。　马枢：字要理，扶风郿人，南朝时隐士。"博极经史，尤善佛经……于竹林间自营茅茨而居……有白燕一双，巢其庭树……时至几案，春来秋去，几三十年。"（见《南史》卷七十六）

〔3〕高士：谓志行高尚之士，旧多指隐士。　无机：机，机心，机巧的心思。

〔4〕仁人：旧时称好心肠的正派人。

〔5〕滋：增加。这句是说，由于深感仁人君子的难遇，从而增加了对万物的怀疑。

〔6〕靡：无，无穷。这句是说，没想到道德的光辉是无穷的远啊。

〔7〕芦鸶：《太原三先生传》云梁檀"旧居南关，小斋傍水，号芦鸶居"。

〔8〕悬：挂。

〔9〕庄生：庄周，战国时道家学派的代表人物，著有《庄子》。　旷论：旷达之论。

〔10〕鹢鸸：亦作"意而"、"意怠"，即燕子。《庄子·山木》："鸟莫知于鹢鸸。"知，音智，聪明。

〔11〕夫：句首发语词，无意义。　芳尘：相传晋末后赵石虎于太极殿前起楼，高四十丈，春杂宝异香为屑，使数百人于楼上吹散之，名曰芳尘。见旧题东晋王嘉《拾遗记》卷九。此处指富豪宅第。

〔12〕芸晖：香草名。相传其有香味，洁白如玉，入土不朽烂。唐元载造堂于私第，春之为屑以涂其壁，号芸晖堂。"芸晖之墙"指富家宅第。

〔13〕未信：未可凭信。

〔14〕将贻笑于处堂:(燕子)将被所筑巢的堂屋所讪笑。

〔15〕这句是说:于是燕子向别的方向飞去,最后栖止在梁先生的书斋。 集,本义为群鸟栖息于树上,这里取本义。

〔16〕见伊人兮水方:语自《诗经·秦风·蒹葭》:"所谓伊人,在水一方。"此处意为燕子不肯在富贵之家筑巢安家,经过一番飞寻,终于在"芦鸶之清溪"对岸找到了值得信托之人。

〔17〕高山兮流水:《列子·汤问》:"伯牙善鼓琴,锺子期善听。伯牙鼓琴,志在高山。锺子期曰:'善哉,峨峨兮若泰山!'志在流水,锺子期曰:'善哉,洋洋兮若江河!'伯牙所念,锺子期必得之。"后以"高山流水"比喻知音难求或乐曲的高妙。这里是说琴是燕的知音。

〔18〕凤:喻德才高超之人。鸥忘:即"鸥鹭忘机"。古时海上有好鸥者,每日从鸥鸟游,鸥鸟至者以百数。其父说:"吾闻鸥鸟皆从汝游,汝取来吾玩之。"次日至海上,鸥鸟舞而不下。见《列子·黄帝》。旧谓人无机心,则异类亦与之相亲。"凤览"、"鸥忘",喻燕子有如德才高超、无世俗机巧之心的高人逸士。

〔19〕差池:参差不齐。《诗经·邶风·燕燕》:"燕燕于飞,差池其羽。" 高渐之鸿仪:《易·渐》:"鸿渐于陆,其羽可用为仪,吉。"孔颖达疏:"处高而能不以位自累,则其羽可用为物之仪表,可贵可法也。"按,陆当作"陂",形近而误。后以"鸿渐之仪"比喻居高位而有才德,被人尊重或堪为楷模。这句是说,燕羽参差,燕子具有高洁的风采和仪表。

〔20〕无弦:《晋书·陶潜传》:"(陶潜)性不解音,而蓄素琴一张,弦徽不具,每朋酒之会,则抚而和之,曰:'但识琴中趣,何劳弦上声。'"后指用以表示高情雅趣的象征性的琴。 宫商:我国古代五声音阶的第一、第二音阶。古乐五声音阶的五个阶名分别是宫、商、角、徵、羽。这句是说,燕鸣声高低合调,犹如无弦之琴的奏鸣。

〔21〕卜居:用占卜选择定居之地。 焦桐之尾:《后汉书·蔡邕传》:"吴人有烧桐以爨者,邕闻火烈之声,知其良木,因请而裁为琴,果有美音,而其尾犹焦,故时人名曰'焦尾琴'焉。"后因以"焦尾琴"为琴的美称。这里比喻梁檀之琴的名贵。

〔22〕谢:辞却,告辞。 文杏之梁:文,通"纹",雕刻花纹。用镂刻有花纹的杏木为屋梁,比喻富贵之家。

〔23〕这句是说:难道你喜爱梁先生的贫穷吗?乐,喜爱。《论语·雍也》:"仁者乐山,智者乐水。"

〔24〕这句是说:或是你倾慕梁先生的清高吗?抑,抑或是,还是。

〔25〕这句是说:是因为你陶醉于梁先生意境悠远的琴曲雅韵吗?

〔26〕龙吟:琴曲名。《北齐书·郑述祖传》:"述祖能鼓琴,自造《龙吟》十弄,云尝梦人弹琴,寤而写得,当时以为绝妙。"后用以形容琴声之美妙。

〔27〕鼓:鼓琴,即弹琴。 琳琅:玉石声。楚辞《九歌·东皇太一》:"抚长剑兮玉珥,璆锵鸣兮琳琅。"形容琴音的美好。

〔28〕这三句是说:于是你把家安在梁先生的琴上,假如先生的琴音如金玉之声一般铿锵促节,也仅仅是仿效子桑诗句那种急促、不成调以及郁结烦闷、游移不定的心绪。使:假如。子桑:《庄子·大宗师》:"子舆与子桑友,而霖雨十日。子舆曰:'子桑殆病矣!'裹饭而往食之。至子桑之门,则若歌若哭,鼓琴曰:'父邪!母邪!天乎!人乎!'有不任其声而趋举其诗焉。"不任其声,不任,不堪,不胜,形容心力疲惫,发出的歌声极其微弱。趋举其诗:趋,通"促",诗句急促不成调子。形容生活贫寒窘困。

〔29〕知希:希,同"稀"。意为稀有的知音。这两句是说,这样也就差不多能使梁先生在寂寞之乡得到慰藉,如同伯牙遇到知音锺子期。

〔30〕这句是说:你能够不像世人那样薄待、冷落贫寒之士。

〔31〕申盟:申,表达。盟,盟誓。表示对友情的忠贞不渝。

〔32〕改弦而更张:《汉书·董仲舒传》:"窃譬之琴瑟不调,甚者必解而更张之,乃可鼓也。"张,给乐器上弦。此句意为,我与梁檀为友终生不渝。

081

中国家庭基本藏书

《燕巢琴赋》是一篇独具特色的作品。傅山抓住"燕子结巢壁上之琴"这一典型的意象，进行多方面的观照和深入的开掘，琴是高雅的，燕是脱俗的，燕巢于琴乃高雅与脱俗的融合与结缘，这正是梁檀和傅山交往的恰当的象征。《燕巢琴赋》通篇运用象征手法，写琴咏燕都是作者人格的表露、内心的展现和情愫的抒发，"盖咏物之意皆在咏己而已"。

《燕巢琴赋》在行文章法上也有明显的创新。第一层"人"是叙述的主体，燕是被叙述的对象；第二层描述的角度发生了置换，即以"物"为叙述的主体，以燕的口吻加以倾诉；第三层"我"成为叙述主体，无论问燕、叹燕、赞燕都浸透着抒情主人公浓厚的感情色彩。这种书写角度的不断变化，观察点的不断转移，"人"、"物"、"我"之间位置的轮流更迭，在赋的发展上具有一定的创新意义。

《燕巢琴赋》在语言的变化革新方面有明显的发展。汉赋中的句式大抵是四六句的对应与交错，而这篇赋文虽然基本以六字句为主，但变化的样式与幅度相当宽泛：第一句"伊余读《南史》马枢之传曰"即用了十个字，而且迥异于赋的开头。在"吁嗟燕兮"一段，句式的变化更为参差不齐，这种变化非但不影响赋的特色，反而更使其音韵节奏跳跃活泼、抑扬顿挫。

《燕巢琴赋》继承了汉赋"体物写志"的传统，而又扬弃了其"铺陈过繁"的弊病，改变了自明代以来诗赋"专尚摹拟，鲜能自立"的状况。它文采斐然、简洁凝炼而又寓意深沉，可谓文情并茂，辞质相彰。

朝沐赋

这篇赋写于清顺治十六年(1659)傅山南渡江淮之时。

朝沐兮无言，无言兮抚盘[1]。不由兮终古，知不由兮何苦[2]。梦跃立兮悇悇，孰申申兮督余[3]。蹇浮淮兮渡江，奈曾忧兮不忘[4]。揽河入海兮遗忧，雷电冥冥兮临郁州[5]。郁州兮拳石，怆臣心兮五百田客[6]。

五加兮采采，藤夜交兮可喜，薜荔兮蔰蔰，不遑衣之兮臣母老矣[7]！谂甲申以来兮，何生人之乐致[8]。堪包羞被耻兮，重之以甲午之情事[9]。忆使九日不食兮，溢此微气[10]。老母之哭臣兮，至今亦既[11]。期颐菽水兮，岂不有弟焉任之[12]？

贲志长逝兮，如有觌之栖栖[13]。栖栖兮何为？臣志兮独知[14]。独知兮良难，筮草昧兮遇盘桓[15]。盘桓兮倏逾大土，豫度遭之兮复多龃龉[16]。颠种种兮上怒，不可已兮心腐[17]。

晞发兮河渚，浩歌兮顾汝[18]。顾汝兮方将，思有戟兮须黄[19]。聊隐忍兮文章，物玩之久兮虞沦降[20]。道师友兮以明，哀此非兮用匡[21]。

〔1〕这两句是说：早晨我默默地沐浴，沐浴后我又默默地抚掌徘徊。抚盘，抚掌而徘徊。

〔2〕这两句是说：我不由得想到了古往今来之事，然而我的智慧又不足以解释这一切，因而心中非常苦恼。终古，往昔，自古以来。

〔3〕这两句是说：在梦中我跃立于马上而心中怀着忧愁，不知是谁在不停地责骂着我。悇悇(tútú)，忧苦悲伤的样子。孰，谁。申申，重复。屈原《离骚》："女媭之婵媛兮，申申其詈余。"詈，音lì，骂人。督，责备。

〔4〕这两句是说：于是我游过淮河，渡过长江，怎奈我曾经的忧愁，到了江南仍不能忘记。蹇，通"謇"，发语词。

〔5〕这两句是说：我顺着河水进入海州，希望把忧愁丢掉，这时，雷电正从冥冥的乌云间降临到郁州。海，海州，辽置州，治所在临溟（今辽宁海城）。郁州，地名，在江苏灌云县东北，本在海中，今已连为平陆。

〔6〕这两句是说：郁州像拳拳之石，使我不禁悲怆地想起以田横为首的五百壮士。拳石，拳拳之石。手握不伸曰拳，形容此石如拳。又"拳拳之心"比喻人子对父母之情，这里也含有此石如儿子不忘父母，旧臣不忘先朝之君之意。五百田客，典见《史记·田儋列传》：秦末，原齐贵族田横起事，自立为齐王。汉朝建立，横率部属五百人逃亡海岛。高祖召之，横不欲臣服，中途中自杀。其部属闻之，悉于岛上自杀。

〔7〕这四句是说：这里的五加皮长得多么茂盛，夜交藤又何等可爱，薜荔长得遍地都是，但是我不能像屈原一样用它们作我的衣裳，两袖清风，弃绝人世，因为我的母亲年老体衰，需要我奉养。藤夜交，即夜交藤，与五加皮都为中药名，草本植物。薜荔，常绿灌木，指隐士或高士的衣服。不遑，无暇，引申为"不能"。

〔8〕这两句是说：念甲申明亡以来，我没有一点人生的乐趣和兴致。谂，思念，通"念"。

〔9〕这二句是说：再加上"甲午之狱"那件事情，使我蒙羞被耻，更加不堪忍受。包羞被耻，蒙受羞耻。重之，再加上，加之。甲午之情事：傅山于顺治十一年农历甲午年(1654)受"叛案"牵连，下太原狱严讯，受刑不少屈，绝粒九日，几死。即所谓"朱衣道人案"。

〔10〕这两句是说：回忆我在狱中连续绝食九日，仅留下奄奄一息的微弱呼吸。溘，急促，忽然。

〔11〕这两句是说：老母亲看我将要死去，痛哭不已。那情景至今还历历在目。亦既，一如既往，就像当时那样清晰。

〔12〕这两句是说：我只能以微薄的粗茶淡饭奉养老母到百年，不是还有弟弟可以一起赡养母亲吗？可是他怎么能承担起来呢？期颐，称百岁之人，百年为人生年数之极，故曰期，此时起居生活待人养护，故曰颐。《礼记·曲礼》："百年曰期颐。"菽水，豆和水，指粗茶淡饭，形容生活清苦。《礼记·檀弓》：孔子曰："啜菽饮水，尽其欢，斯之谓孝。"后常用以称晚辈对长辈的供养。焉任之，意为哪能承担得了这件事呢？

〔13〕这两句是说：长怀壮志而不能实现，直到最后死去，就如同我现在这样不能安心地死去、苟活在人间一样惭愧。贲志，怀抱志向。觌(tiǎn)，惭愧貌。栖栖(xīxī)，亦作"恓恓"，忙碌不安貌。

〔14〕这两句是说：我不能安心地死去究竟要在世上干什么呢？我的志向只有我自己知道。

〔15〕这两句是说：我暗怀大志却很难实现，我预测当前局势的发展，前途吉凶难料。我只好默默地徘徊。筮(shì)，以蓍草占卜，这里引申为"预测"。

〔16〕这两句是说:我徘徊着,很快就逾越了方外人的领域,因而便遭到一些人的猜度、构陷,往往产生许多麻烦。大土,佛教语,指"佛界",现实世界之外的世界,"彼岸世界"。豫,同"遇",遭到。度,猜度。遘,构陷。《诗经·邶风·柏舟》:"遘闵既多,受侮不少。"龃龉,意见不合,不融洽,引申为招致麻烦,多费唇舌。

〔17〕这两句是说:现在,这个世界上的种种都颠倒了,因而天怒人怨;而且这种状况没有终了之时,人心坏得简直要腐臭了。上怒,天怒。已,停止,终了。

〔18〕这两句是说:(我在河水中沐浴后)在河边晾干我的头发,高声歌唱盼望着你的到来。晞发,披发使干。屈原《九歌·少司命》:"晞女发兮阳之阿。"浩歌,放声歌唱。屈原《九歌·少司命》:"望美人兮未来,临风怳兮浩歌。"

〔19〕这两句是说:我盼望你啊,明朝的守边将领。我盼望得到武器以抵御外敌,受这种渴盼之情的煎熬,我的胡须头发都变黄了。方将,镇守四方的将领,指明朝将领。戟,古代兵器,泛指武器。须,胡须。

〔20〕这两句是说:我现在只能隐忍着悲愤写文章以抒发我愤懑的心绪,我忧虑这样"玩物"既久就会沉沦丧志。物玩,玩物丧志之意。傅山认为写文章乃雕虫小技,如同"玩物",对抵御外敌的入侵不起任何作用。虞,忧虑。沦降,即沦丧,沉沦丧志。

〔21〕这两句是说:我这些话说给我的师友,以明我的心志。我为不能有所作为而感到悲哀,明知不对,我仍旧用此文作为我正己的誓言。匡,匡正。

清顺治十六年(1659)六月,郑成功、张煌言大举入江南,傅山闻讯赶来。八月郑军退走,傅山深感失望,复过江而北至海州。这篇赋就写于这个时期。

第一段抒写了希望与失望交错复杂的心情。第二段追叙甲申以来特别是"甲午之狱"的耻辱遭遇,充满了悲愤之情。第三段进一步抒写壮志未酬的痛苦心境。最后一段以高亢的格调作结,他希望自己高唱"浩歌",负戟沙场,弃绝文章,为反清复明的事业匡正自己的过失。

此赋结构严谨,首尾呼应,层次分明而联系紧密,把矛盾复杂的心情表现得曲折有致。赋中多处用典,以简短的文字向读者传达了丰富的内涵。

好学而无常家赋

题目意为:热爱学习,追求真理,不但要取百家之长为我所用,更要亲历、亲见、亲躬,即"读万卷书,行万里路"。

何人生之蹙迫,听日月之虚耗[1]。罔耳目之聪明,受声色之导盗[2]。溯疏仡于循飞,揽荒唐以观妙[3]。莫不有其嗜欲,澹不知其所好,愍混沌之既凿,惜见闻之不博[4]。

聊泛滥于古今,孰载籍非糟粕[5]。舍臭腐无神奇,悟轮扁于妙斫[6]。

据大觉以流眄，悲原伯之废学，但闻道即吾师，群可乐而友之[7]。岂山川之能间，川至海而终期[8]。何妻孥之足累，果百氏以忘饥[9]。不沾沾于故纸，仍非囿于思维[10]。

山经若地如图，信足迹以拚扶[11]。从怜目之风飘，螺舟而舟浪桴[12]。览自然之古道，唾王郑之易疏，异忘年之挟策，还万有于一无[13]。邀云霞夫徜徉，随鸿鹄以翱翔[14]。知山川之迂曲，洞天地之圆方[15]。

辨三幡以同归，书八角而垂芒[16]。超书契以充譌，释名道之非常[17]。以有涯随无涯，深有取于南华[18]。仰屋梁而憧憧，谁少异于井蛙[19]。观骠骑之略远，临瀚海而无槎。彼区区之富贵，尚不屑乎为家[20]。

注释

〔1〕这两句是说：人的一生是何其短暂啊！怎能任凭时光白白地消耗？蹙迫，紧迫短促。听，听任。

〔2〕这两句是说：如果受了声色享受的诱惑和侵蚀，就会使耳朵的听力和眼睛的视力受损。罔，迷惑，通"惘"。聪明，听觉、视觉灵敏。导盗，诱惑和暗中侵蚀。

〔3〕这两句是说：好学之人巡游天下应该顺着轻松迅疾的要求；总揽广大无际的世界以观照其奥妙。溯：这里是"沿着，顺着"之意。疏仡：轻松迅疾。仡（yì），迅速的样子。循，巡行。荒唐，广大无边际。观妙，观照神秘奥妙的道理。

〔4〕这四句是说：人无不有其嗜好、欲望，好学之人对生活享受的嗜欲非常淡泊，别人不知他究竟爱好什么。好学之人既悲悯世界脱离了愚昧无知的状态，又惋惜人们见闻不广和眼界狭隘。愍，悲悯，哀怜。混沌，同"浑沌"，天地未开辟以前的元气状态。凿：开辟。第三句典见《庄子·应帝王》："南海之帝为倏，北海之帝为忽，中央之帝为浑沌。倏与忽时相与遇于浑沌之地，浑沌待之甚善。倏与忽谋报浑沌之德，曰：'人皆有七窍以视听食息，此独无有，尝试凿之。'日凿一窍，七日而浑沌死。"

〔5〕这两句是说：姑且博览古今典籍，然而哪部典籍中没有糟粕呢？泛滥，广泛探求。孰，哪个。载籍，书籍。

〔6〕这两句是说：如果不去读那些陈腐的书籍，也就找不到神奇的内容；因此而懂得轮扁斫轮的妙计，在善于运用既有的材料。轮扁，春秋时齐国有名的造车工名扁，尤善斫车轮。斫：音zhuó。后称经验丰富、技艺精湛之人为"斫轮老手"。

〔7〕这四句是说：要从大知大觉的高度来浏览书籍，像原伯那样废弃学问是很可悲的。只要懂得"道"的就是我的老师，应愉快地与众人在学习上结为师友。流眄，快速地浏览。眄（miǎn），斜着眼睛看。原伯，原伯鲁，周朝大夫，一生好学。曹平公卒，及葬，往者见原伯鲁，不再说学问之事。往者归告闵子马，闵曰："夫学，殖也；不学将落。原氏其亡乎？"后果如其言。第三句化用唐代韩愈《师说》句："吾师道也。……是故无贵无贱，无长无少，道之所存，师之所存也。"第四句化用《论语·学而》句："有朋自远方来，不亦乐乎？"但，只要。群，大众，众人。

〔8〕这两句是说：山河岂能割断求师访友的勇气？要以百川归海、一往无前的精神获取知识。间（jiàn），隔断，阻隔。终期，最终达到目的。

〔9〕这两句是说：只要有学习的决心，妻子儿女何足为累；以百家之言果腹，可以乐而忘饥。孥，音nú，儿女。果，动词，果腹之"果"。

〔10〕这两句是说：不沉溺于古代的典籍中，一味地接受而不思考；也并非苦思冥想而不去学习。《论语·学而》："学而不思则罔，思而不学则殆。"沾沾，浸染，沉溺。罔，迷惑而无所收获。

〔11〕这两句是说：根据《山海经》描述的地理图像去远游，像扶摇直上的大鹏鸟那样放开双脚在天空翱翔。山经，指《山海经》，大约成书于战国，又经秦汉，有所增删。书中保存远古的神话传说和史地文献材料甚多。抟扶，拍击旋风。抟(tuán)，拍。《庄子·逍遥游》："鹏之徙于南冥也，水击三千里，抟扶摇而上者九万里。"

〔12〕这两句是说：随着可爱的日光像风一样飘扬，撑着螺舟随波浪漂流，漫游四方。螺舟，传说中一种螺形的船，能在水底潜行。桴(fú)，小筏子。丁本《霜红龛集》此文后有附言："唐林曰：'山经'句有讹。恐'山'上缺一字，而'如'字羡也。'螺舟'上疑有脱字，而'舟浪'，'舟'亦为羡。"

〔13〕这四句是说：纵览大自然，探求其内在固有的规律；唾弃王弼、郑玄为《易经》所作的注疏。不同于经年累月抱着书本死读书，而是还万物于它的本来面目，从世界的本原来认识万物。王，指王弼，三国时魏山阳人，字辅嗣，注《易》及《老子》。郑，指郑玄，东汉高密人，字康成，著书百万馀言，有《毛诗笺》等。其《易注》为后人所辑佚书。异，不同于。忘年，不记年代，穷年累月。挟，抱着。策，册，简策。一无，老庄道家哲学认为万物始于一，一始于无。这里"一无"指世界的本来面目。

〔14〕这两句是说：伴着邈远的云霞徜徉，同鸿鹄一起在天上展翅高飞。

〔15〕这两句是说：(承上句)以此了解山川河流的回旋曲折，洞察天地的原貌。洞，洞察。古人认为天圆地方。

〔16〕这两句是说：从纷繁的物象中辨别事物的根本道理，书写在八方的所见所闻，为后世留下光辉的记载。同归，共同的指归，即事物的根本道理。八角，八方。垂，流传。

〔17〕这两句是说：要超越文字记载的材料来追求知识，诠释事物的名目，解释事物的道理。谖(xuàn)，远。名道，事物的名目和道理。

〔18〕这两句是说：人活着就是要以有限的生命追求无限的知识，我深入一步吸取庄子这个观点。南华，指《南华经》，即《庄子》。《庄子·养生主》："吾生也有涯，而知也无涯，以有涯随无涯，殆已！"意思是说人的生命有限，而知识是无限的，以有限的生命去追求无限的知识，就太危险了。傅山在这里反其义而用之，故称"深取"，即比庄子原义要深一层，实际上是批判改造了庄子的论点。

〔19〕这两句是说：痴痴地仰望屋梁，钻在家里而不出游的人，无异于坐井观天之蛙。憧憧(chōngchōng)，心神不定，痴呆的样子。

〔20〕这四句是说：看看汉代的骠骑将军霍去病，奔驰在沙漠之海，他已经取得了一定的富贵地位，但因匈奴未灭，尚不屑于为家。言下之意：虽然有了一定的知识，但是未知的领域还很多，怎么能抱着"常家"的想法呢？应该漫游四方，去追求知识，这才是真正的好学之人。票骑，同《骠骑》，这里指汉代骠骑将军霍去病。略远，巡行远方。瀚海，指广袤的沙漠。槎(chá)，用竹木编成的筏子。据《汉书·霍去病传》：霍去病以未灭匈奴，耻于为家，尝言："匈奴未灭，何以家为！"

这是一篇抒情兼说理的文章，表现了傅山在求知乃至认识问题上的朴素的唯物主义思想，堪称一篇劝学励志的佳作。

傅山首先提出人生短暂，时光易逝，如果受嗜欲的蛊惑而缺乏好学的志趣，就会损害耳目的聪明，影响对知识的追求和对世界的认识。随后，笔锋一转，指出人应该发挥自己内心对知识的追求，以认识世界的奥妙，好学不懈。如何能达到这一目的呢？傅山提出三条：第一，博览群书，并且要批判性地读书，即取其精华，去其糟粕；但也不能因书中有糟粕而废学。第二，要从故纸堆中跳出来，以闻道者为师，博采众家之长而为我所用。第三，要走出家门，漫游四方，实地考察，求本溯源，从自然的本来面目认识万物，从千变万化的复杂表象中寻求事物的本质，开拓新的知识领域，不能坐井观天，固步自封。在文章的最后，傅山特别强调要使自身具有汉代霍去病"匈奴未灭，何以家为"的精神，以有限的生命去追求无限的知识，不断进取，不断创新。总之，就是要以孜孜不倦的精神，"读万卷书，行万里路"，去追求知识和真理。

这篇赋思想独特，气势恢宏，文理严谨而奔放，条理清晰而跌宕，以抒情的艺术手法表现哲学道理，具有很强的感染力。篇中多处用典，却不甚生硬；多选用《庄子》中的典故，或赋予新意，或加以批判改造，体现了傅山的创造精神。

春日小赋

题解

这篇赋为傅山的晚年之作，大约在定居太原城郊之后。此赋主要抒写了傅山在清王朝的统治下，面对春光明媚、春花竞放的良辰美景，所产生的种种复杂心情和感慨。

荡荡草野，春心是倾[1]。去人不远，悔近郊坰[2]。违人后豁，曳我柴扃[3]。

云阡雨暗，雨陌云明[4]。花离柳合，日艳风轻[5]。组金织碧，分丹共青[6]。丹青界络，金碧明淫[7]。金碧挑荡，丹青峥嵘[8]。转疏换密，抽光绎精[9]。细蜂阅香，详鸟审声[10]。端失卤莽，绪得丁宁[11]。此时非我，蘧然遗形[12]。

外物岂假，诱我落情[13]。情远道近，因梦入醒[14]。回视大梦，觉痴梦灵[15]。梦乱花忙，花多梦更[16]。水前花当，花外水萦[17]。萦洄不测，溟涨云平[18]。山川有极，神理不停[19]。颠倒孤月，不指列星[20]。比肩步趋，瞠乎不行[21]。

君不入梦，谓我径庭[22]。举世薪乱，尔将汝迎[23]。吾将为实？吾将为名[24]？有内无外，忍辱则荣[25]。动静专专，其神始凝[26]。古迂今阔，俄经顷营[27]。衾枕昏昏，不惬其生[28]。

耳目取资，天地之英[29]。东风吹衣，神庐不盈[30]。谢白若惕，纳红若惊^[31]。华年感慨，始叶初茎^[32]。不念颓暮，但怜奋苓^[33]。春日既鲜，新夜不冥^[34]。冥花如雪，凉月如冰^[35]。花翻月谍，月避花侦^[36]。玩而不丧，虚以损增^[37]。良昼佳夜，众兆不诚^[38]。勿与人事，蚩蚩之呡^[39]。

〔1〕这两句是说：辽阔的草野撩动了我的春思，使我非常倾心。倾，向往，爱慕。

〔2〕这两句是说：我很后悔自己居住的地方离城郊太近，离人群不远。去，距离。坰，郊野。《尔雅》："林外谓之坰。"

〔3〕这两句是说：于是我关上柴门，避开人世，顿时感到心胸开阔。违，离开。《论语·里仁》："君子无终食之间违仁。"豁，开阔貌。曳，拖，拉。引申为"关"。柴扃，柴门。扃，门户。

〔4〕这两句是说：春天的天气忽晴忽阴，时而黑云密布，天降大雨，时而乌云散尽，雨过天晴。阡、陌，田间小路。

〔5〕这两句及以下数句是形容春天晴和之日的美丽景象。"花离柳合"是对花、柳的拟人写法，同时也运用了互文的修辞手法。

〔6〕这两句形容春天柳暗花明、红绿相映的美景：那碧绿的草野和杨柳就如同用金线、碧线织成的锦缎；那盛开的花朵和青青山峦就像画家用彩笔蘸着五颜六色的颜料画的画儿一般。丹青，指绘画用的颜色。

〔7〕这两句是说：那像画(丹青)一样的景色有如用丝绦勾勒出分明的界线；那像用金碧之线织成的草野和杨柳的明丽的绿色，浓得像要流出来似的。络，丝络。淫，过甚。

〔8〕这两句是说：草野和杨柳跳荡着金碧的光影，就像画中的青山显得分外峥嵘。挑荡，即跳荡。

〔9〕这两句是说：冬天的荒疏景象霎时转换成一片茂密繁荣的光景，春天好像把大自然的光明和精华都抽取出来汇聚在一起了。绎，抽取，整理。

〔10〕这两句是说：细腰的蜜蜂领略着馥郁的花香；飞翔的鸟儿谛听着悦耳的声响。阅，观赏，体察，领略。详，通"翔"。审，辨别。

〔11〕这两句是说：在这种赏心悦目的美景中，我的心绪由粗率而变得平静有序。端绪，头绪。卤莽，粗疏。丁宁，叮嘱，告诫。同"叮咛"。

〔12〕这两句是说：这时我便忘记了自身的存在，惊喜地与大自然合二为一，化为一体。蓬然，惊喜的样子。遗形，失去了形体，犹言离开尘世、飞入仙境。

〔13〕这两句是说：这时候，我不需要凭借身外之物，以免让它诱惑我重新落入情感的世界而不可自拔。

〔14〕这两句是说：我离尘世的世俗之情远了，却离"道"(也就是傅山所崇尚的真理)近了，我反而借着一场大梦走向了觉醒。

〔15〕这两句是说：我回顾以往的那场大梦，才觉悟到追求梦中的神灵是何等痴愚的事情。

〔16〕这两句是说：因花多而梦境不断变化，显得十分忙乱不堪。更(gēng)，更换，改变。以下数句形容"大梦"的情景。

〔17〕萦：萦回。

〔18〕这两句是说：萦洄之水深不可测，像海水涨潮一般与天边的白云齐平。洄，水流貌。溟，海。

〔19〕这两句是说：山岳湖海是有极限的，而"神理"是不停地发展变化的，是无穷尽的。

〔20〕这两句是说：黑夜里孤单的月亮被颠倒了位置，不再指向空中闪耀的恒星。列星，罗布天空，定时出现的恒星。《公羊传·庄公七年》："恒星者何？列星也。"注云："恒，常也，常以时列见。"

〔21〕这两句承上两句说：我向你(月亮)走过去，你却也向前走去，我瞪大了眼睛看着你，你却不停下来不

动了。瞠，张目直视。

〔22〕这两句是说：我思念你，你却不到我的梦中与我相会，还怨我离你太远。径庭，径，指门外的路；庭，指家里的院子，比喻二者相距甚远。由以下数句推测，"君"当指明朝皇帝。

〔23〕这两句是说：举世的百姓都在混乱中祈求平安，他们都盼望你的来临而去迎接你。蕲（qí），祈求。

〔24〕这两句是说：在这动荡的年代，我是要实事求是地追求真理呢，还是要追求好的名声呢？傅山在这里隐晦地说：在满族入侵、清王朝统治中国的形势下，我是为反清的事业而艰难地活下去，还是为一个忠烈的名声而殉国呢？

〔25〕这两句是说：只要内有操守，外无虚名，就算是忍辱负重地活着也是无上的荣耀。

〔26〕这两句是说：无论是行动还是静处，只要专心不二，就可以聚精会神，这样就可以做一番事业。

〔27〕这两句是说：无论是古人还是今人，都是那么地不切实际，他们惨淡经营，企图长治久安，其实在历史的长河中只是一瞬而已。古迂今阔，古今迂阔。迂阔，不切实情。俄顷，瞬间。

〔28〕这两句是说：面对此情此景，我不由得昏昏沉沉地躺在床上，感到此生毫无乐趣。衾枕，被褥枕头，泛指床上的卧具。惬，快乐，满意。

〔29〕这两句是说：然而现在，我耳朵听见的是春天美妙的声音，眼睛看见的是春天美丽的景色，这些都是天地之中的精粹。取资，取某物作为资用。

〔30〕这两句是说：微微的春风轻轻地吹拂我的衣袖，使我神清气爽。神庐：道教术语，指鼻。盈，充满。

〔31〕这两句是说：白花谢了，心中感到警觉；红花花瓣随风飘入衣襟，心也感到惊恐。当时的秘密反清团体，以"红"指清朝，以"白"指反清力量，如此亦可理解为：看到反清力量的失败，以及清王朝加强统治，而感到内心不安。

〔32〕这两句是说：我感慨那美好的青春年华，那时就好像花木刚抽出细枝，长出嫩叶。

〔33〕这两句是说：但是我也不哀叹垂老的暮年，我只爱生机勃勃、奋发向上的芳苓。但，只。怜，怜爱。苓（líng），草名，即苍耳子。

〔34〕这两句是说：春天的阳光如此明媚，即使在夜晚，明月朗照，也不觉得昏暗。冥，昏暗。

〔35〕这两句是说：夜里花白白如雪，月冷似冰。通过视觉描写营造春季夜晚的春寒料峭，运用通感的修辞手法，更具表现力和感染力。

〔36〕这两句是说：明朗的月光照耀着纷飞的花瓣，花瓣在躲着月亮的窥探；而月亮在云中移动，好像也在躲着花瓣对它的侦察。这两句用拟人的修辞手法，形容月光下花瓣飘飞的扑朔迷离的景象。谍，秘密刺探敌情。

〔37〕这两句是说：玩物而不丧志，春夜的美景虽然虚幻，但可以给我带来精神上的慰藉。

〔38〕这两句是说：处在这良辰美景之中，任何所谓的"吉凶之兆"都是不可信的。众，许多。兆，古代占卜，在龟板或兽骨上钻刻，再用火灼，看裂纹来定吉凶。预示吉凶的裂纹叫兆。引申为事情发生前的征候或迹象。诚，信。

〔39〕这两句是说：不要和那些愚昧无知的人谈论人间之事吧。这两句与上两句为倒装句。蚩蚩之氓，见《诗经·卫风·氓》："氓之蚩蚩，抱布贸丝。"蚩蚩，笑貌。朱熹《诗集传》释为"无知之貌"。

　　这篇小赋描写了春日的美丽景象及面对此景产生的种种复杂的思想感情，借景抒情，情景交融。

　　文章的第一段，由辽阔的草野拨动了自己春天的遐思，写出了与红尘俗世为邻而未能弃绝尘世的烦扰。第二段，用浓墨重彩描绘春天的艳丽景象，作者陶醉其中而暂时忘却现实生活中的痛苦。第三段，写"因梦入醒"的情景和过程，这里的"梦"指人生的"大梦"；这里的"醒"指从人生的"大梦"中省悟。这"梦"写得玄虚微妙、迷离恍惚，"梦境"中又织入春景，春景也似乎变成了"梦境"。作者希望从有限的"山川"中悟出"神理"，然而却是可望而不可即。第四段，写神游物外而不得不回到现实生活之中，他仍寄希望于南明之"君"，仍然惦念着战乱之中的百姓，他勉励自己要不图虚名、忍辱负重，为坚持反清斗争保存有生力量而活下去。最后一段，由残酷的现实又回到眼前对春日的描写，说春天的"良辰佳夜"又激励了他的勇气，坚定了他继续战斗的信心。

这篇赋具体而深刻地反映了作者晚年希望"入世"却无奈"避世"的状况，也抒发了他沉郁悲愤而奋发进取的思想情绪。

太原三先生传

题解

本文应戴廷栻请，作于清顺治十一年(1654)。本文为太原的三位先生——王嘉言、钱文蔚、梁檀的合传。三人均为明末清初人，为傅山的好友。

太原搢绅先生[1]，如山所亲见，则献明王先生嘉言、虚舟钱先生文蔚，皆非近代所易有。

王先生昆仲八人[2]，先生长，诸弟称之为老大。真朴懒简[3]，好道，求烧炼之法[4]，老而不厌。游宦二十馀年，贫不任办美衣精食[5]，然亦性不屑此[6]。时有宦途人所馈书仪者[7]，诸弟遇之，辄弃去，不令至老大手，遥语老大："是某人馈者，我适急用，老大写报书与之[8]，我荷去了也[9]。"老大笑而颔之曰："荷去，荷去。"如此其常。

山生平不喜登宦人之堂。敬先生风，以事拜先生。先生所居大房在桥头，厅堂窗户不能得纸，风呜呜然。索客坐椅子[10]，不得有成对者二张也。好围棋，终日夜不倦，亦不用心，信手谈耳。陈生谧言[11]："日，过先生棋[12]，索卓子[13]，卓子残毁不稳，唤小厮不来，自起绕地寻支高木、瓦。支之定，对弈[14]。食时中，出小米饭二碗、黄咸菜二碟过，对谧云：'客待食则食些[15]，我盖不敢让。'谧亦颇怪之：何遽尔尔[16]？及看先生食甚香美不介意，以是信先生之贫之真。"守西安，嫌郡之烦剧[17]，苦求调简[18]，得宝庆[19]，喜曰："是中出丹砂[20]。"未任，察罢[21]。

傅山曰：王先生，晋人也，今之人何足以知之！貌朴厚而高眉秀目，须冉冉，得风如古道士[22]。

钱先生与王先生丁酉同举于乡[23]，以广文复令百泉[24]，二年馀，归。归之日即焚冠带[25]，制棺木、敛衣[26]，备而藏之，曰："吾事了矣！从今以去，无一事可萦吾怀。"围棋茶酒，吟风弄月，寻花访竹。入夏则三月不见客，读书抄书。时时有诗，不屑屑呕心[27]，所得佳句，率粗健淡[28]，率极似老杜口占诸奇句[29]。七十以后，亦老亦健，亦率亦淡，绝不尔恤也[30]。八十精明而没。所抄书及诗集多散失矣，稍稍存。

傅山曰：先生癖洁。以县令居家，而见任诸地方有司皆不知有先生[31]，奇哉！山数数造先生[32]，语山前辈人行事，山聆之忘，儇然也[33]。先生语声极高，竟日夜不渐低。不能饮而饮性豪举，嗷笑胜后生[34]。忆戊寅正月[35]，先生治具邀山辈集崇善寺，坐过半夜矣，先生神益王[36]。次日，有诗示山辈曰："谁谓钱生老，犹然一酒狂。"晚年自号虚舟老人。

太原老诸生梁檀者[37]，先回回人[38]。聪慧人未曾有。工缋事[39]，年三十许，前后殚精临摹古人山水[40]、人物、花鸟、虫鱼，无所不造微[41]。既不屑细曲，一味大写取意[42]，然亦应人责，得意画极少[43]。字不合格，而孤洁秀峻，径自标一宗[44]，要无俗气[45]。家亦贫，旧居南关，小斋傍水，号芦鸶斋，古书桐琴，独瘝寐也。三十四年间，回向精奉其教主事[46]，日夜忏悔，不敢散逸[47]。山与同宿三五夜，以一床子卧山，自卧地上一席。山听之，终夜不睡，时时呵斥唤叹，如先生责让幼学者[48]。山闻之起，深敬省如闻晨钟[49]，乃知其教之严净[50]，非异端也。今七十矣，而奉其教不衰，可不谓用力于仁者哉！

傅山曰：梁君居芦鸶时，山恒以缋事访之。梁老辄叹曰："有登天堂法不问，乃屑屑问此[51]？"然谓山可与言，为出其教青纸金书经[52]，制度精净[53]，为山讲之。然大概讲之，严克微细，颇近西洋天学[54]而复详辩之，非西洋学也。西洋似颇叛道矣，山敬之，不敢议。斋壁挂青纸泥金画一幅，法用小李[55]，宫殿层复[56]，指谓山曰："此天堂图也。"又画果树一幅，寓其教分布枝叶之象[57]。顾壁间琴上，有燕子结巢焦尾。山奇之，为赋《燕巢琴》一篇记之[58]。出斋门而东，临所谓芦鸶溪者，青渺渺然[59]，映带乎消索门庭[60]。山指顾曰："梁伯鸾在其中哉[61]！"遭乱后，避居西山一年，有即事诗画手绢子，山未全见也。

〔1〕搢绅：插笏于带间。绅，大带。古时仕宦者垂绅搢笏，因称士大夫为搢绅。亦作"荐绅"、"缙绅"。

〔2〕昆仲：对他人兄弟的敬称。

〔3〕真朴懒简：真诚，朴实，懒散，简约。

〔4〕烧炼之法：道教通过炼丹以求长生的修炼方法。

〔5〕任：担当，胜任。"不任办"即不能置办。

〔6〕此：指上文所言"办美衣精食"。

〔7〕宦途人：做官之人。宦途，即指仕途。　书仪：书信和礼物。

〔8〕报书：回信，以诗文或书信酬答别人。

〔9〕荷去：拿去。荷，音 hè。

〔10〕索客：来拜访、求见的客人。

〔11〕陈生谧：对陈谧的敬称。陈谧为傅山好友，见《霜红龛集》卷二十五《都公传略》。

〔12〕过先生棋：拜访先生，同先生下棋。

〔13〕卓子：即桌子。

〔14〕对弈：下棋，一般指下围棋。

〔15〕待：山西方言，"想"、"愿意"的意思。

〔16〕何遽尔尔：难道就这样穷困吗？遽，窘迫。尔尔，如此，这样。

〔17〕守：太守，即知府。　烦剧：十分繁忙，匆遽。

〔18〕苦求调简：苦苦等候通知他调任的公函。

〔19〕宝庆：明朝宝庆府，在湖南省，后改为邵阳县。

〔20〕是中出丹砂：这地方出丹砂。丹砂，即朱砂。这句话的意思是说：远离庙堂，在蛮荒之地有空闲去体会神奇的修炼。

〔21〕这两句是说：还没有上任就被免去官职。

〔22〕得风如古道士：具有闲云野鹤的风度，就像古代的得道之士。得，获得。

〔23〕丁酉：万历二十五年（1597）。　举：中举。

〔24〕这句是说：在百泉（在河南）做教官，后又担任县令。广文，广文馆，唐置，设博士、助教各一人。明清时期称教官为"广文"。

〔25〕冠带：这里指官服。

〔26〕这句是说：为自己置办棺材和老衣。

〔27〕这句是说：不屑于呕心沥血地雕琢辞句。

〔28〕率粗健淡：率直，粗豪，雄健，淡远。

〔29〕率：大部分。　老杜：即杜甫。

〔30〕恤：担忧。这句是说：绝无忧郁。

〔31〕见任：现任。　有司：官吏。

〔32〕数数造：多次造访。

〔33〕儳（chán）：不整齐、不严肃。

〔34〕嗷笑：众人笑谈的嘈杂热闹的氛围。

〔35〕戊寅：崇祯十一年（1638）。

〔36〕王：通"旺"。

〔37〕诸生：明清时经省各级考试录取入府、州、县学者，称生员。生员有增生、附生、廪生、例生等名目，统称诸生。

〔38〕这句是说：梁檀的先祖为回族人。

〔39〕缋(huì)：同"绘"，绘画。这句是说：他擅长绘画。

〔40〕殚精：用全部的精力。殚(dān)，竭尽，穷尽。

〔41〕造微：涉及到其精神微妙之处。

〔42〕这两句是说：不屑于在细微之处穷形尽相，只从大处着眼，常用写意画法以求神似。

〔43〕这两句是说：然而有很多画是塞责他人所求的应酬之作，自己真正满意的画极少。

〔44〕这三句是说：梁檀写字不以某一家的书体作为标准，他的字孤傲、素洁、秀丽、高峻，另辟蹊径，自成一家。

〔45〕要：要而言之。

〔46〕这句是说：一贯虔诚精进信奉回教(即伊斯兰教)。

〔47〕散逸：散漫，逸乐。

〔48〕责让：责备。

〔49〕这句是说：深深地敬佩、省悟，对心灵的震撼如同听到晨钟一样。

〔50〕严净：庄严，净静。

〔51〕屑屑：琐碎，微不足道。

〔52〕青纸金书经：指伊斯兰教的经典《古兰经》。

〔53〕制度精净：指伊斯兰的教规和精义。

〔54〕这两句是说：严格细致地看来，与西方的天主教颇为近似。严克，严格。克，同"刻"。西洋天学，指西方的天主教。

〔55〕法用小李：采用李昭道的绘画技法。李昭道，唐代著名画家李思训的儿子，善画山水，时称"小李将军"。

〔56〕宫殿层复：指画中的宫殿结构层次繁复。

〔57〕这句是说：以果树枝叶来标示其教在各地分布的状况。象，状貌。

〔58〕燕巢琴：见《燕巢琴赋》注释。

〔59〕青渺渺然：青光闪烁，气势渺远。

〔60〕映带：映衬。　消索：即萧索。

〔61〕梁伯鸾：汉代梁鸿字伯鸾，家贫好学，不求仕进，与妻孟光入入霸陵山中，以耕织为业。

　　这篇传记记叙了三位为傅山所敬重、"非近代所易有"的人物，他们虽然身在宦海，却都能洁身自好，超凡脱俗，出污泥而不染，这正是傅山钦慕三位先生的主要原因。但是，作者又在这三位的共性中，写出了他们各自的个性。写王先生，主要突出他的"真朴懒简"；写钱先生，主要突出他的"率粗健淡"；写梁先生，主要突出他的"孤洁秀峻"。掩卷闭目，三位先生个个性格鲜明，绝无混淆之感。

　　傅山描写这三个人物，没有纵剖面地写他们各自的生平事迹，而是横截面地选择了几个最能表现其个性的典型事例或细节，各只用数百字，先生的音容笑貌便跃然纸上,生动传神,栩栩如生。如写王先生在"所馈书仪"被诸弟"荷去"时的情态,以及窗户无纸、"风呜呜然",棋桌残毁不稳,自寻木瓦支定的情节;写钱先生"不能饮而饮性豪举",在崇善寺"坐过半夜"而精力更加旺盛的举止;写梁先生"终夜不睡"、"精奉其教主事"的镜头以及"燕巢于琴"的细节都以一当十、画龙点睛地勾勒出人物的性格特点。

另外,傅山对梁檀先生这位少数民族同胞的宗教信仰极为尊重,说明他具有强烈的民族意识。史家认为傅山是一位具有强烈民族意识的民族主义者,但他仅仅是反对异族对生民的涂炭。傅山是反对民族压迫的,但并非一个狭隘的大汉族主义者。

汾二子传

顺治六年(1649),傅山友薛宗周(文伯)、王如金(子坚)参加抗清义军,五月间牺牲于晋祠堡战役。傅山当年内即作《汾二子传》,备加赞扬。汾,汾州,明朝升为府,今汾阳市为其旧治。

薛子宗周,字文伯。王子如金,字子坚。皆汾之高才生。薛峻崖岸[1],肩棱棱如削[2],不苟言笑[3],高视迂步[4],而佣奴汾之人[5]。王疏漫不立崖岸[6],工书,学诗歌,短小负气[7],行多不掩言[8],而亦佣奴汾之人。汾俗陈椽缮[9],自缙绅以至诸生[10],皆习计子钱[11]、惜费用。二子独喜交游,豁达,耻琐碎米盐计[12],日费殆数倍过财腐家[13],而日益贫,汾之人皆笑之。甲申国变,皆费举子业[14]。出城屏居小村落。薛有田三四十亩,佣人助耕获,颇学天文。既置之[15]。曰:"天道远[16]。"乃取古今兵家者言[17],以己意撮为编[18],曰《兵法要略》二卷。时时揣摩之。王益颓纵[19],数递过友家饮[20],辄半月二十日不归舍[21]。及归舍,亦辄半月二十日不出。与内子焚香弈棋[22],间搜史策中快事[23],读之下酒。诗歌日益老[24]。

己丑四月[25],大同兵以明旗号[26],从西州入汾[27]。薛以策干帅江某[28],劝急捣太原虚[29]。江不能用。旧御史张懋爵适家居[30],兵拥之为监军。张佣奴[31],浮慕二子名,敦致戎幕[32]。汾山乡义勇少年千许人愿投张部,张欲不收。少年又请自备马匹器杖从之,张唯唯[33]。张富于财。二子劝出橐中[34],大赏士鼓勇[35],张不肯。少年稍散去。迁延至五月[36]，兵将北上太原。二子过雷家堡，曹举人伟饯之[37]。语间劝且辞张为上[38]。薛厉声言："极知事不无利钝[39]，但见我明旗号，尚观望，非夫也[40]。"曹语塞。薛徐顾王曰[41]："尔有老母，可不往。"王曰："顾[42]请之老母，老母许之。不敢绝裾也[43]。"皆从张至晋祠。太原程生者，见二子，问兵事。二子曰："我兵有必胜之道，恨此辈无制胜术耳。"乃提兵者不及抵太原[44]，而清援从北来，屯赤桥、华塔间[45]。兵保晋祠堡。清据西山。步卒乱，欲溃堡门出。人见二子者拔刀砍卒，斥登埤守堡[46]。清攻堡五日不下。会挽运不即到[47]，马乏草，遂结阵南迁[48]。汾州步卒沿道狼藉死，二子不知所终。或传王中两箭[49]。晋祠南城楼火发，见薛上投烈焰中。或又曰：未也。而汾之人皆益笑之。

　　丹崖子曰[50]：余先与薛子游[51]，畏其卓荦[52]，喜西河有斯人[53]。及袁先生三立讲堂[54]，二子咸在[55]，至今盖十五六年矣，而谊日亲[56]。相观摩期许[57]，颇不似今之为朋友者。乃二子果能先我赴义死耶？未也？彼其无论矣[58]。或诮之曰[59]：《儒行》"爱其死以有待之，养其身以有为也"[60]。然乎哉[61]？然乎哉？乃又曰：鸷虫攫搏不程勇[62]，引重鼎不程力[63]。往者不悔，来者不豫[64]。何哉？馀乃今愧二子。

〔1〕峻：山高而陡，比喻人严厉苛刻。　崖岸：高峻的山崖堤岸，常用来形容人性情高傲，不随和。这句是说：薛宗周性情严峻、高傲。

〔2〕这句是说：他的肩膀威严宽正，如刀削而成。棱棱，威严方正的样子。

〔3〕苟：轻易，容易。

〔4〕迂步：阔步。迂，曲折，绕远。

〔5〕这句是说：汾州之人像佣仆一样拜服敬畏薛宗周。佣奴，此处名词活用为状语。

〔6〕这句是说：王如金性情慵懒散漫，不(像薛宗周那样)严峻高傲。

〔7〕短小：身材矮小。　负气：恃其意气，不肯屈居人下。

〔8〕这句是说：行为不用语言来掩饰，做什么就说什么。说明此人行事坦荡。

〔9〕陈椽：犹言经营，《史记·货殖列传》："故杨、平阳陈椽其间，得所欲。"这句是说：汾州习俗善于经营财帛。

〔10〕缙绅、诸生：见《太原三先生传》注解。

〔11〕子钱：贷与他人取息之钱。这句是说：都很熟悉以放利贷为生计。

〔12〕这句是说：耻于计算每天消费米盐的费用。

〔13〕殆：几乎。　财虏：土财主。

〔14〕这句是说：二人都废弃了以科举考试为目的的学业。

〔15〕既置之：后来就把学习天文搁置一边了。

〔16〕天道远:天道离人世之事远。古有"天道远、人道近"的说法。说明薛宗周关注时事,关心战事。

〔17〕兵家:兵法家。

〔18〕撮:摘取,摘要。这句是说:根据自己的意图及体会摘要编纂成集。

〔19〕颓纵:颓唐,放纵。

〔20〕递:更迭,顺次相及与轮流周转。这句是说:经常轮流到友人家饮酒。

〔21〕辄:往往,就。

〔22〕内子:妻子。 弈棋:对弈,下棋。

〔23〕间:间或。 史策:史册,史书。 快事:令人快意之事。

〔24〕这句是说:所作的诗歌日益成熟老道。

〔25〕己丑:顺治六年(1649)。

〔26〕大同兵:指大同姜瓖反清义军。 明旗号:姜瓖起义,打着南明永历的旗号。

〔27〕西州:指离石,历史上曾为西河郡治。

〔28〕干:求取,此处指进言,献策。这句是说:薛宗周献策于领兵的主帅江某。

〔29〕这句是说:薛宗周劝江某快速乘虚直捣太原。

〔30〕适:正值。

〔31〕这句是说:张懋爵是一个庸碌无为的人。

〔32〕这两句是说:(张)钦慕薛宗周和王如金二人的浮名,敦促、罗致到军营。

〔33〕唯唯:答应。

〔34〕囊中:即囊中,指钱财。

〔35〕这句是说:大赏士兵,以鼓舞士兵战斗的勇气。

〔36〕迁延:拖延。

〔37〕饯之:以酒食送行。

〔38〕这句是说:言谈间劝薛宗周暂且离开张懋爵为上策。

〔39〕利钝:利与不利,这是个偏义复词,此处偏义为不利。这句是说:深知这次战事胜利的可能性不大,失败带来的危险因素很多。

〔40〕非夫也:不是大丈夫。

〔41〕徐顾:慢慢地回过头来对王如金说。

〔42〕顾:早就。

〔43〕绝裾:扯断衣襟,以为分手。此处意为:绝不与薛宗周分手离开军中。

〔44〕提兵者:统兵者,指张懋爵。

〔45〕赤桥、华塔:村名,在太原晋祠之北。

〔46〕埤(pì):矮墙。

〔47〕会:正值,正巧赶上。 挽运:指后方应援之物资辎重。

〔48〕南迁:向南退兵。

〔49〕或传:有的人传言。

〔50〕丹崖子:傅山自称。

〔51〕先:先前。

〔52〕卓荦:卓绝出众。

〔53〕西河:即今汾阳市。魏时以汾阳为西河郡。 斯人:如此之人。

〔54〕这句是说:及至袁继咸(山西提学使)创立"三立书院"。

〔55〕咸:都。

〔56〕这句是说:而友谊日益亲密。

〔57〕这句是说:互相观摩学习,互相激励前进。期许,期望,鼓舞。

〔58〕这句是说:那暂且不说吧。

〔59〕诮:讥诮,嘲讽。

〔60〕这两句是说:读书人不轻易去死,以有所等待,养身以有所作为。

〔61〕然乎哉:是这样的吗?

〔62〕鸷虫:猛鸟猛兽。《礼记·儒行》:"鸷虫攫搏,不程勇者,引重鼎,不程其力。"程,衡量。这句是说:鸷虫攫取、搏击,不考虑(衡量)自己的力量是否堪与对手匹敌。

〔63〕这句与上句对应:举重鼎也不考虑(衡量)自己能否成功。这两句比喻二子不考虑后果,勇于牺牲的精神。

〔64〕这两句是说:过去的事不后悔;未来的事不犹豫。这两句赞颂二子一往无前的勇毅品格。

傅山史传散文最突出的艺术特色是他能够选择人物一生中最有代表性的事件,即选取典型情节和细节写出人物的性格特征。《汾二子传》是具有这一特色的典型篇章。文章不到八百字,却具体地描绘出两位义士的独特形象。一开始,作者以对比手法写出薛、王二人不同的个性,前者严峻高傲,后者疏懒散漫。接着写甲申以后二人的生活状况:一个钻研兵法,一个益发颓纵,表现虽然不同,反清复明却是其共同的思想内核。然后重点写二子加入反清队伍后的勇毅言行:献策不用而仍如戎幕;劝出资赏兵不从而仍随军北征;他人劝说辞归而厉言驳斥;明知不可为而执意为之……凡此种种一层层刻画出二子坚忍不拔的决心。因而,最后兵败双双殉国,即势所必然,性所使然。文中两次出现"汾人皆笑之",益发反衬出世俗的可叹可悲。最后一段进一步点明作者和二子的情谊,直抒对二位英雄的敬佩,增加了文章的力度和深意。

记李宾山

李宾山,在山西盂县。因唐代长者李宾曾隐居于此而得名。

石道人寓盂时[1],即有木石之友三[2],云:一藏山请雨洞石龙[3];一学宫蜕壳仙槐[4];一则兹李宾山松树子矣[5]。

松胜于耆[6],兹独稚[7];松韵于疏[8],兹乃密。其稚而密也,娟修倚狷如不自举[9],亦不肯辄仆压而生者[10]。出土不起,任厥情之所指[11],蟪蜒而纤行〔12〕。颓纵遂性〔13〕，不见栽于材，盖松之隐者也〔14〕。

　　道人尝蒲团于下〔15〕，偃仰幽眂〔16〕：蓬耶？麻耶〔17〕？芦荻葭苻耶〔18〕？竹箭耶？藤耶？不松观松也，松不松观，观解脱矣，松解脱矣〔19〕。谷飓线度〔20〕，无声而声〔21〕。天团土匏〔22〕，而抽菁葱百千翠〔23〕，管巢和之耶〔24〕？

　　时道人所选坐小麓〔25〕，适瓯而墥〔26〕，如笙之匏〔27〕，寻迟月来蟾〔28〕，精碎而漏白者〔29〕，水耶〔30〕？芒而金碧者〔31〕，芹藻耶〔32〕？移步转眩，不能辨瞩〔33〕。魂亭净浚〔34〕，极明极晦，极晦极明；极有极空，极空极有〔35〕。道人失其坐，李宾山松树子下矣〔36〕。洲耶？渚耶？其在水中央耶？又何不褰裳濡足也〔37〕？亦醒亦梦，欲言无言。道人侘傺而多悲〔38〕，斯则偶有造适于李宾山松树子林中时也〔39〕。

　　过数日，山之僧适涂茨其厂〔40〕，廓成〔41〕，欲道人记之。因记一时侘傺而偶适于此小松者〔42〕。如此，山则唐李长者华严道场〔43〕，今亦不奉长者〔44〕。前殿三大士殿，前即其廊，廊殿后前栢接也〔45〕。后殿一佛，佛阶砌左，玫瑰一本，色香殊胜，疑佛菩萨心树也〔46〕。道场之阴〔47〕，斧劈石业，业立如屏〔48〕。石罅拔疏柏十数章〔49〕，小白浮图出焉〔50〕。石下满井，澄渟弱丈〔51〕，寺僧分润不少溢竭〔52〕，当一亭苫之〔53〕，惜无作者〔54〕。井前石町〔55〕，又错色玫瑰一丛〔56〕，花色不一，开辄千蕊〔57〕，近方言之所谓十姊妹花者矣〔58〕。住者、游者同未断爱爱〔59〕。松耶？柏也？十姊妹耶〔60〕？

　　〔1〕石道人：傅山自称。　寓盂：寓居于山西盂县。

　　〔2〕友三：三位朋友。

　　〔3〕这句是说：一是藏山请雨洞的石龙。

　　〔4〕蜕壳：脱皮。

　　〔5〕兹：此。

　　〔6〕耇(gǒu)：老。这句是说：松树以树龄高的为佳。

　　〔7〕这句是说：这却是一株幼松。

　　〔8〕这句是说：松树以枝条疏朗的为富有韵致。

　　〔9〕这两句是说：这棵松树不仅是幼松，而且枝叶茂密，娟秀修长的枝干像要和人亲近似的斜倚着，显得娇弱而不能挺立。狎，亲近。

　　〔10〕这句是说：它也不肯轻易受压迫而生长。仆，向前跌倒。

　　〔11〕这两句是说：这株幼松破土而生却不向上挺立，而是朝它的性情所指引的方向生长、发展。厥，其，代词。

　　〔12〕这句是说：像蚯蚓、蚰蜒一样纤曲延伸。螾，同"蚓"，蚯蚓；蜒，蚰蜒。

　　〔13〕这句是说：颓放、纵逸，不羁其性情。

〔14〕这两句是说：因为不是块材料而没有被砍伐，它是松树中的隐者。见，被。戕，砍伐。《庄子·逍遥游》："惠子谓庄子曰：'吾有大树，人谓之樗。其大本（臃）肿而不中绳墨，其小枝卷曲而不中规矩，立之涂，匠者不顾。'……今子有大树，患其无用，何不树之于无何有之乡，广莫之野，彷徨乎无为其侧，逍遥乎寝卧其下。不夭斤斧，物无害者，无所可用，安所困苦哉！"

〔15〕蒲团：用蒲草编的坐垫。此处用作动词，即垫着蒲团坐在松下。

〔16〕偃仰：俯仰。 睐：顾盼。这句是说我在松下俯仰静观。

〔17〕这两句是说：它是蓬吗？还是麻吗？

〔18〕这句是说：它是芦苇吗？ 葭：初生芦苇。苻：通"莩"，芦中白膜。芦荻葭苻，泛指芦苇一类的植物。

〔19〕这四句是说：不要绝对痴情地观松，松可以不当作松来看，这样，观松的看法得到了解放，被看的松树也得到解放。

〔20〕飔（sī）：凉风。这句是说：山谷中的凉风像丝线一样轻轻吹过。

〔21〕这句是说：松树静静地没有声响，微风吹过却有轻轻的响声。

〔22〕这句是说：生长在天地之间。团，围着。匏（páo），包藏。

〔23〕菁葱：青葱翠绿。这句是说：这棵松树抽出了千百条青葱嫩绿的枝条。

〔24〕管：乐器名。 巢：巢笙，古代乐器名。《尔雅·释乐》："大笙谓之巢。"这句是说：松风阵阵，那声音是管笙和鸣的效果啊！

〔25〕麓：山脚。

〔26〕瓯：狭小高地。 墐：高出地面的土堆。这句是说：这里正好是狭小高地上的一个土堆。

〔27〕如笙之匏：像笙的底座一样。匏，笙竽一类的乐器。八音之一，用匏做底座，上设簧管。汉代《风俗通·声音》："音者，土曰埙，匏曰笙。"

〔28〕寻：过了一会儿。 蟾：传说月亮中有蟾蜍，故称月为蟾。这句是说：过了一会儿，迟迟未出的月亮也升起来了。

〔29〕这句形容树缝间隙泄漏下来的月光。精碎，形容月光透过树梢投下斑驳的光影。白，指月光。

〔30〕这句是说：那光亮的树影是从月中流下来的水吗？

〔31〕芒而金碧者：松树的针芒闪烁着金碧的光辉。芒，植物的细刺。

〔32〕这句是说：那是水中的芹藻吗？

〔33〕眩：眼花。这两句是说：移步转来转去看它，令人眼花缭乱。

〔34〕亭：同"停"，宁静。 净浚：清澈，澄明。这句是说：观此松，心神变得分外宁静、澄澈。

〔35〕这四句是说：我此时的思想境界非常清晰而又非常迷离；非常虚幻而又非常充实。

〔36〕这句是说：我本来在山上坐观美景，后来被景色所迷，观赏不已的就是李宾山上的小松树啊！

〔37〕这四句是说：这棵松树是在水中小岛上吗？还是在水边？抑或是在水中央？为何不撩起衣裳，赤足涉水呢？这四句描写作者的幻觉。水中央，《诗经·秦风·蒹葭》："溯洄从之，道阻且长。溯游从之，宛在水中央。"象征着反复追寻与追寻的艰难和渺茫。褰（qiān）裳，撩衣。《诗经·郑风·褰裳》："子惠思我，褰裳涉溱。子不我思，岂无他人？"濡，沾湿。

〔38〕侘傺（chàchì）：失神而立。

〔39〕斯：此。 造适：造访。

〔40〕适：正好，正巧。 涂茨：用茅草修补。 厂：庙宇。

〔41〕廓成：大体将成。

〔42〕偶：偶然到这里散心。

〔43〕华严道场：华严寺，在李宾山上。

〔44〕奉：供奉。

〔45〕这句是说：廊殿前后的檐口相连接。梠(lǚ)，屋檐的檐口。

〔46〕这句是说：我疑心这是菩萨发心栽下了这株玫瑰树。

〔47〕阴：北面，背阴处。

〔48〕这两句是说：用板斧凿成的石墙，立如屏障。石业，石质墙板。

〔49〕石罅：石缝之中。　十数章：十数株。这句是说：石缝之中稀稀疏疏地长有十几棵柏树。

〔50〕浮图：亦作"浮屠"，佛塔。

〔51〕这两句是说：石头下面就是一口井，井水澄清满积，将近一丈。渟(tíng)，水积聚而不流通。弱丈，不足一丈。

〔52〕这句是说：寺僧沾受了它的润泽，它一点也没有枯竭。

〔53〕这句是说：应当用一个亭子把它遮蔽起来。苫(shān)，用草或布等覆盖、遮蔽。

〔54〕这句是说：可惜没有人来做这件事。也就是没有人在井上建亭子。

〔55〕町(dīng)：田舍旁的空地。此处"石町"指井前石子铺的院子。

〔56〕错色：杂色。与上文中"本色"(一色)相对应。

〔57〕千蕊：千朵，这里是虚指，极言其多。

〔58〕近：近似。

〔59〕这句是说：在这里常住的人和前来游玩的人都没有间断对她的爱恋。

〔60〕这句承前句意：人们是爱松呢，爱柏呢，还是爱十姊妹花呢？

这篇写景状物的美文主要描写了李宾山上的幼松及其周围的环境。

首先，作者采取拟人手法把"松树子"写得栩栩如生。"娟修倚狎如不自举，亦不肯辄仆压而生者"，"任厥情之所指"，"颓纵遂性，不见戕于材，盖松之隐者也"。这种不卑不亢、任情纵逸的性格，正是高人逸士的象征，也是作者自身的写照。

其次，作者从不同的情境描写了稚松给人的种种印象：一是坐着蒲团在松下俯仰静观，着重写了幼松青葱翠绿的风姿，和凉风徐拂时似有若无的松涛之声；二是从山脚下的一处高地移步转视其月下的神态：林间月色如水，松针金碧耀眼，再把作者自己"极明极晦"、"极空极有"、"亦醒亦梦，欲言无言"的心境抒写出来，使主观精神和客观环境融为一体，增加了表现力和感染力。

最后，作者写了山寺中"色香殊胜"的玫瑰与生于石罅的"疏柏"，"住者、游者同未断爱爱"，与被傅山称为"松之隐者"的幼松相对比，看似与上文缺少关联，实则更凸显出幼松高洁纵逸的性格特征。

帽花厨子传

这篇文章是傅山为他的朋友李大垣作的传记。傅山原注"大垣名台徵"。

馋和尚告酒肉道人曰[1]："李大垣近又号为帽花厨子矣。"道人颔之[2]，为作《帽花厨子传》。

传曰：帽花厨子者，李生大垣也。生石艾世家子[3]，聊为诸生[4]。不沾沾诸生业[5]，颇学诗[6]。诗捻捉酸俊[7]，如烧香饮茶。蛮子而性正[8]。馋好自制肥浓[9]，恣大嚼[10]，复时饮酒[11]。即有诗，要馋和尚删改之，亦辄为煮肉釃酒[12]。曾一再游燕[13]。归云："长安绝无滋味[14]，令我食不下咽。"知有燕食者，笑诋之[15]。厨子言曰："我欲为伊尹代庖[16]。"又曰："我刀法可使陈平北面[17]。"乃自制刀，刀缩延衡如方铽[18]。刀成，集友衅之[19]，有衅刀诗。紫铜罩篱一，杓一，围裙一，都承盛之[20]。友朋有宴集要之[21]，亦往。时常戴绒小团帽，缀玉花，携都承，至即指挥釜鬵[22]，结裙鼓刀如真[23]。内子知之[24]，时让之[25]。友人曰："何不为东方先生[26]？"厨子曰："可。"事毕，善刀而藏之[27]，带酒裹肉归遗细君[28]。

酒肉道人曰：《南史》称萧琛解灶[29]。其所解南味，非北地壮夫长葱大肉可知[30]。帽花生所治烧羊，不用酱，而芍药。道人曾啖[31]，而美之如非羊也[32]。《吕览》：本味，灭腥，去臊，除膻[33]。必以所胜[34]。于今益有味乎其言[35]。

〔1〕馋和尚：傅山的朋友，姓名不可考。　酒肉道人：傅山自号。

〔2〕颔之：点头。颔(hàn)，下巴。

〔3〕石艾：又称上艾，今山西省平定县。　世家子：世禄之家，世代官宦人家之子。

〔4〕聊为：姑且做。

〔5〕不沾沾：不沾沾自喜，不喜欢。

〔6〕这句是说：很喜欢学诗。

〔7〕捻捉酸俊：写诗时随便两手乱动，诗写得很俊秀却包含着讽刺的酸味。捻捉，两手相搓，指吟诗时的姿态；酸俊，指其诗针砭时弊、文辞俊美的风格。

〔8〕这句是说：有点蛮劲，但本性正直。

〔9〕这句是说：嘴馋，喜欢自制肥腻、味浓的食品。

〔10〕恣：恣肆，恣意。

〔11〕这句是说：还时常饮酒。

〔12〕辄：即，就。　釃(shī)酒：斟酒。

〔13〕游燕：游玩宴乐。

〔14〕长安：指当时的都城北京。此处运用了借代的修辞手法。

〔15〕诋：骂。

〔16〕伊尹：商汤臣。名挚，是汤妻陪嫁的奴隶。后佐汤伐夏桀，被尊为阿衡(宰相)。李大垣自比为伊尹。

101

庖，庖厨。李大垣这句话是双关含义：像伊尹那样做某个事业的佼佼者；代替厨人做饭，意思要替别人办事。

〔17〕陈平北面：陈平，汉代阳武人。少家贫，好读书，美如冠玉。事高祖，屡出奇策。惠帝时，为右丞相。后与周勃发兵诛诸吕。北面，北面称臣。这句是说：李大垣戏言其刀法可使陈平向他折服。

〔18〕这句是说：刀可缩短延伸，平如方钺。钺，古代兵器名，像斧，青铜制，圆刃可砍劈。

〔19〕衅：古代杀牲用牲畜的血涂器物的缝隙。

〔20〕都承：盛炊具的物器。 盛(chéng)：放置。

〔21〕宴集：聚会到一起宴饮。 要(yāo)：通"邀"，邀请。

〔22〕釜鬵：釜，炊具；鬵(xín)，大釜。《诗经·桧风·匪风》："谁能烹鱼，溉之釜鬵。"指挥釜鬵，指导烹饪。

〔23〕结裙：系围裙。 鼓刀：掌刀切菜剁肉。 如真：就和真正的厨师一样。

〔24〕这句是说：他的妻子知道了这种情况。

〔25〕让：责备。

〔26〕东方先生：东方朔，西汉人，字曼倩，善诙谐滑稽，武帝时待诏金马门，官至太中大夫。以奇计俳辞得亲近，为武帝弄臣。长于文辞，尝作《答客难》、《非有先生论》、《七谏》等。因其以诙谐滑稽著名，后人传其异文甚多，方士又附会之为神仙。

〔27〕这句是说：李大垣回答说行。于是就在宴集完毕以后，把好吃的东西用刀偷偷切下藏起来。

〔28〕归遗：拿回来送给。遗(wèi)，赠送，送给。 细君：《汉书·东方朔传》："归遗细君，又何仁也？"颜师古注："细君，朔妻之名。"后以"细君"为妻之代称。此处李大垣自比为东方朔，比其妻为东方朔之妻细君。

〔29〕萧琛：南朝梁人，字彦瑜，官至江夏太守。性豪爽，不事产业。精通烹调之术，极善辨味。

〔30〕这句是说：不知北方大汉所吃的大葱猪肉的味道。

〔31〕啖(dàn)：吃。

〔32〕这句是说：味道鲜美，吃起来好像不是羊肉。

〔33〕《吕览》：《吕氏春秋》的别称。这句是说：《吕览》中说，烹调菜肴，既要保持原料本来的味道，又要灭腥、去臊、除膻。

〔34〕这句是说：要灭腥去臊必须添加能去除腥味的调料。

〔35〕这句是说：于今玩味此话更觉得有道理。

　　《帽花厨子传》写的是傅山的一位朋友李大垣，他本系"世家子"，"不沾沾诸生业，颇学诗"，醉心于庖厨烹饪之术，文章以短小的篇幅刻画出李大垣性格爽朗、诙谐幽默、热爱厨艺的知识分子形象。作者在行文中并未介绍此人的主要经历，只突出他"馋好自制肥浓，恣大嚼，复时饮酒"的性格特征，并着力描写其应邀为"友朋宴集"而"结裙鼓刀"时的衣着细节——"戴绒小团帽，缀玉花"，他自比伊尹，俯视陈平，身上闪现着东方朔的风趣滑稽，本文突出了这位在清初高压政策下不与统治阶级合作、蔑视功名利禄的知识分子独特的反抗方式，和他雅"俗"集于一身、贵"贱"化为一体的独特的个性。

犁娃从石生序

本文记叙了风尘女子犁娃与寒士石生的婚姻爱情故事。石生：傅山自注"石生名峋"，字岸伯，盂县人。序：古代的一种文体，可叙可议。本文以"序"作"记"，以叙事作为行文的基础，以"史笔"写"传奇"。

小册子置砚北八九年[1]，忘其所属为谁[2]。曰[3]，岸伯敦小册子写否[4]，始忆其为岸伯物。岸伯有奇遇，尝驻野人之家[5]。辄为书犁娃事云[6]。

犁娃方倚晋水之门，而其母不察其为莲莲也[7]。邂逅仇犹石生[8]，信宿而定盟[9]，卒从石生以归[10]。于时，诸老腐奴喷喷于石生之泥狚邪[11]，而娃之何好饿死也[12]。独丹崖翁心肯之[13]，唯恐其后为弱娟之从袁生矣[14]。而娃果能吞糠茹荠[15]，宜于其室而孝于其姑[16]。行于生共三年丧[17]，劳瘁几大病[18]。石生图为延医诊之[19]。娃曰："手执他人不得矣[20]。无已[21]，要傅道士来诊，道士是信我者。"老夫因为一往诊之。娃亦不为下帘，端坐床上，亦不甚矜持，而颊辅寒肃如敷绀霜[22]。老夫心倪之[23]。微吾以至诚诊之[24]，其手鲜不为虢州参军之妻之手耶[25]？

忆初许生时[26]，微闻其语曰[27]："不爱健儿，不爱衔豪[28]，单爱穷板子秀才。"奇哉！穷板子有何可爱？而独能人弃我取乃尔。畴昔有之[29]。刘婆惜曰："为你酸溜溜意儿难割舍。"严蕊曰[30]："但得山花插满头，莫问奴归处。"此皆爱穷板子之前茅也[31]。或曰：严于小唐之见恶于晦翁也[32]，实同甫挑之[33]。云：同甫有意严，而严实泥唐[34]，遂以不识字嫁祸于晦翁。而严再受榜掠[35]，卒不肯污唐一字[36]。爱穷板子之志，坚贞百折如此。吾又疑以穷板论之，唐太守矣[37]，而陈尚落落未偶[38]，岂不百部穷板于唐[39]？盖严实籍于官[40]，而又先受唐知[41]，即甚爱穷板，亦嫌于琵琶别船[42]，故不能即得陈钦[43]，是以在系时，故不肯污唐，亦何尝恶口曰"陈亮穷奴陷我也[44]"？其爱穷板之志，故隐忍于中，无从白于陈[45]，此亦同甫时命之谬[46]，不当受此美丽坚贞之福耳。于严也何尤[47]？

吾又想及麤糟酸货[48]，三年得一遭科名[49]，而自骄为富贵人者，不仅斗量糠秕；而能受此物外"穷板"知遇者[50]，三年中得几何人？石生独艰

103

于彼而遇于此，天之报施穷板者，顾不奇且厚哉？石生之富，即富有四海，拥蛾眉皓齿千千万，不得同年而语矣。

五六十年中，以吾所亲见此辈最知名者，岫云以从非其人[51]，抑郁而死；翠元从西河财房[52]，无异屠沽儿[53]；弱娟从袁生不得终其盟，令狭邪齿冷[54]。甲申以来，金钟、折桂[55]，以无名而皆能从其所归，徇国难[56]。宋庄以不得从李郎[57]，恨其假母[58]，冤抑投环树间[59]。五台眔眔亦欲矢志张生[60]，张生既劣货，不为之周旋[61]，而又为嫭奴破败[62]，不遂厥志[63]。然尝有言于其生母曰："母生儿如狗腹中生金狮子。"此言亦不薄自待[64]，吾实怜之。每欲取常所亲见[65]，略为风尘异人杂记[66]，俾此辈不以不幸终湮没无闻。今老矣，复不堪事此。然非能忘犁娃之有志竟成，始终不变，推见至隐，为淮海之毛惜惜，不难也[67]。辄草此，诒之石生[68]，令读之长穷板子志气。

"穷板子"三字，前此亦不闻，而始闻之娃。细绎之[69]：穷，不铜臭[70]；板，亦有廉隅[71]，非顽滑无觚棱者可比亦奇号也[72]。仍欲大书"穷板轩"三字，颜石生回沟之居[73]，何如？

注释

〔1〕小册子：这里指空白的册页，用以写字、作画者。　砚北：砚台的北边。

〔2〕忘其所属为谁：忘记是谁的。

〔3〕日：某一天。

〔4〕敦：敦促。这句是说：岸伯(石生)敦促我，小册子写了没有？

〔5〕野人：乡野之人，农夫。这句是说：他曾经藏身于村野人家。

〔6〕这句是说：于是我就为石生写了他的奇遇——关于犁娃的故事。

〔7〕莲莲：意即恋恋。

〔8〕邂逅：谓不期而会。　仇犹：盂县。

〔9〕信宿：连续两夜。　定盟：约为盟誓，即定情。

〔10〕卒：终于。这句是说：犁娃最终嫁给了石生。

〔11〕老腐奴：指封建思想根深蒂固之人。　啧啧：纷纷议论，有谴责之意。　泥狎邪：陷于狎玩的邪路。

〔12〕这句话同样出自"老腐奴"之口：犁娃嫁给一个穷书生，将要忍饥挨饿。这句话含有讽刺意味。

〔13〕丹崖翁：傅山自称。　心肯：内心肯定某事，心中很以为然。这句是说：只有我赞成他们俩的婚姻。

〔14〕弱娟：妓女名。　袁生：疑即袁小陆，太原人，朱明宗室外甥。这句是说：唯恐她像弱娟嫁给袁生那样不得其终，过着不幸的生活。表明作者真正担心的是石生是否对爱情坚贞。

〔15〕茹：吃。　荠：腌菜。

〔16〕姑：婆母长辈。这句是说：犁娃能很好地料理家务，孝顺公婆。

〔17〕三年丧：古代礼法规定，父、母丧，儿媳守孝三年。

〔18〕这两句是说：犁娃因石生母丧，与石生一同守孝三年，劳累得几乎得了大病。

〔19〕图:想方设法。 延医:请医生来看病。

〔20〕这句是说:我的手被他人触摸是不行的。

〔21〕无已:无奈,不得已。

〔22〕颊辅:面颊。 绀霜:青色的霜。

〔23〕这句是说:我的心微微颤动。

〔24〕微:非,不是。

〔25〕鲜不为:很难不成为。 虢州参军之妻之手:五代时有王凝,为虢州参军,卒于官。凝家贫,一子尚幼。妻李氏,携其子,负其遗骸以归。经过开封,投宿旅店,主人不纳。李氏看到天色已晚,不愿离去。店主牵着她的胳膊,把她拽了出去。李氏仰天恸哭说:"我为妇人,不能守节,而此手却被人所拉扯!"就用斧头砍掉了手臂,开封尹听了这件事,厚恤李氏,惩罚了店主。见《资治通鉴》卷二九一。

〔26〕许生:答应嫁给石生。

〔27〕微闻:隐约听说。

〔28〕衙豪:官宦豪门之家。

〔29〕畴昔:从前。这句是说:这样的事情过去有过。

〔30〕严蕊:南宋时歌妓。

〔31〕前茅:先例。

〔32〕晦翁:朱熹,字元晦,一字仲晦,号晦庵、遁翁,世称晦翁,南宋人,发挥儒家思想中的"仁"和《大学》《中庸》的哲学思想,继承和发展程颐、程颢理气关系学说,理学之集大成者,有《四书集注》《诗集传》等著作。这句是说:严蕊因小唐而被晦翁厌恶。

〔33〕这句是说:实在是因为同甫从中挑拨的缘故。 同甫:陈亮,字同甫,南宋词人、哲学家。

〔34〕泥:迷恋。

〔35〕榜掠:拷打。

〔36〕卒:终于。 污:诬陷,有损于。

〔37〕唐:即前文"小唐",当时为太守。

〔38〕陈:即陈同甫。 未偶:未遇,未做官。

〔39〕百部:百倍。

〔40〕籍于官:为官所属,即为官妓。

〔41〕这句是说:并且先与唐太守相识相知。

〔42〕琵琶别船:指白居易《琵琶行》中所写弹琵琶名伎"老大嫁作商人妇"之事。这句是说:亦有老大再嫁之嫌。

〔43〕钦:仰慕。这句是说:因此不能立即得到陈同甫的仰慕。

〔44〕陷:陷害。

〔45〕白:告白。

〔46〕时命之谬:时运乖谬,即命运不好。

〔47〕尤:过错。这句是说:这对严蕊来说又有什么过失呢?

〔48〕鏖糟酸货:指一般通过读书求取功名的寒士。

〔49〕这句是说:三年才有一次开科考试。明清科举考试三年一次。

〔50〕物外:超然物外,意即超脱于世俗之外。

〔51〕岫云:本为明代晋王府歌伎,后嫁非其人,抑郁而亡。 从非其人:委身于思想品行不良之人。

〔52〕翠元:当时名妓。 西河:今之汾阳市。 财房:土财主。

〔53〕屠沽儿:屠夫和卖酒的人。

〔54〕狭邪:歌伎居所,泛指沦落风尘之人。　齿冷:耻笑。笑必开口,笑之不已,故齿为之冷也。

〔55〕金钟、折桂:均为歌伎名。

〔56〕这句是说:这两位妇女都能以普通无名之人而随从他们的丈夫,为国殉难。

〔57〕宋庄:妇女名。宋庄、李郎均为明末人,身世不详。

〔58〕假母:义母,养母或乳母。此指开设妓院的妇女,鸨母。

〔59〕投环树间:于树间结绳上吊而自尽。

〔60〕矂矂、张生:均为当时人名,身世未详。

〔61〕周旋:设法。

〔62〕嬧奴:有妒忌心的小人。

〔63〕这句是说:没有实现她的志愿。

〔64〕不薄自待:不薄待自己,即重视自身做人的价值。

〔65〕这句是说:我常想拿自己亲自所见之事。

〔66〕这句是说:举其大略,作一风尘异人杂记。

〔67〕"然非"以下数句:然而我不能忘记犁娃那种有志竟成、始终不变、推心置腹的思想和精神,她成为淮海的毛惜惜,并不困难。毛惜惜,当为一歌女名。

〔68〕诒:通"贻",送给,赠送。

〔69〕绎(yì):抽丝,引申为寻究事理。

〔70〕不铜臭:不沾染铜臭,即不爱钱。

〔71〕廉隅:本为棱角,比喻品行端方,有志气。

〔72〕瓴棱:宫阙上转角处的瓦脊,此处喻人的性格有棱角,有节操。

〔73〕颜:指堂上或门上的匾额。这句意为:想把"穷板轩"三字,悬于石生居处(回沟)的门额上。

　　这是一篇歌颂坚贞爱情的抒情散文,也是一篇反对道学、带有政治色彩的文章。

　　文章的第一段叙述了作者写作此文的缘由。第二段以纪实的方式和白描的手法朴实无华地写了犁娃的形象、身份,与石生的邂逅定盟、成婚的过程,叙述犁娃婚后忍饥耐贫、孝顺公婆的美德;描写了傅山为犁娃看病,表现出犁娃的洒脱、大方、稳重,既不像当时一般妇女那样矜持,也没有风尘女子的轻浮。第三段议论以"爱"字着眼,以"穷板子有何可爱?而独能人弃我取乃尔"的感叹,证之以史,引出刘婆惜、严蕊这两位"爱穷板子之前茅",由此生发开来,涉笔成趣,讨论了南宋妓女严蕊、唐与正、朱熹、陈亮之间的一桩历史"公案",实际上回答了诸老腐奴对"娃之何好饿死也"的讥笑。第四段议论则从"穷"字落笔,通过两层对比,衬托出石生获得真正爱情的幸运,精神生活上"富"而不"穷",驳斥了诸老腐奴攻击"石生之泥狎邪"的啧啧之言。第五段略述了其他七位风尘女子的命运,或衬托,或对比,突出了犁娃"有志竟成,始终不变,推见至隐"的崇高人格。最后,傅山以千钧之力提出"穷,不铜臭;板,亦有廉隅",以豪爽幽默的发问结束全文,给读者留下了深刻的启示和无穷的回味。

这篇文章的叙事特点是以"史笔"写"传奇"，奇正相生，寓奇异于平实，给人以强烈的真实感，为文中精辟独到的议论打下了坚实的基础。文章叙事朴实无华，议论卓尔不群，思想深刻，气势纵横，笔锋犀利，议论中激荡着作者惊奇、欣慰、哀伤、感叹等多种情怀，体现了作者鲜明的爱憎和澎湃的感情。

跋《丹枫阁记》

这篇文章是傅山为其好友戴廷栻所作的《丹枫阁记》而写的一篇跋文。丹枫阁为戴廷栻所建，位于山西祁县。《丹枫阁记》见戴廷栻所著《半可集》。

枫仲因梦而有阁[1]，因阁而有记。阁肖其梦[2]，记肖其阁。谁实契之[3]？总之皆梦。记成，复属老夫书之[4]。老夫顾能说梦者也[5]。尝论世间极奇之人[6]，之事，之物，之境，之变化，无过于梦。而文人之笔，即幽眇幻霍，不能形容万一[7]。然文章妙境亦若梦，则不可思议矣[8]。枫仲实甚好文，老夫不能为文，而能为梦。时时与枫仲颂文，辄引入梦中[9]。两人薆薱[10]，随复醒而忘之。我尚记一二，枫仲径竟忘不留[11]。此由我是说梦者也[12]，枫仲听梦者也。说梦、听梦大有径庭哉[13]。幸而枫仲忘之。若稍留于心，是老夫引枫仲黑洞洞地[14]，终无觉时矣。

〔1〕因梦而有阁：《丹枫阁记》："庚子九月，梦与古冠裳者数人，步屧昭馀(祁县)郭外……所至崖嶂合沓，枫林殷积……松末拥一小阁，遥遥如巢焉。颜曰'丹枫'……遂经始阁，材构如其梦。"

〔2〕肖：像，如，酷似。

〔3〕契：契合。这句是说：谁能在实际中证明梦与阁是否契合？

〔4〕属：通"嘱"，嘱咐。　老夫：傅山自称。

〔5〕顾：乃。

〔6〕尝论：曾经说过。

〔7〕这三句是说：文人即使能极尽精微地描述变幻之能事，也不能将梦境的全貌描画出来。

〔8〕这两句是说：然而文章的妙境如梦境一样，不是事先能够预想到的。意思是说：文章的妙境源于灵感。

〔9〕辄：就，于是。

〔10〕薆薱：刚睡醒时迷迷糊糊的样子。

〔11〕径：即，径直。　竟：全。

〔12〕此由：这是由于。

中国家庭基本藏书

〔13〕径庭：比喻相差悬殊。

〔14〕黑洞洞地：指沉入梦境。

"梦"字是这篇文章的文眼，傅山紧紧抓住一个"梦"字，深入论述，充分发挥：首先说世间极奇特之事无过于梦境；再说文章之妙境亦如梦境；最后说为枫仲颂文时二人如同坠入梦境。这时，"梦"便成为文学营造出的神奇美妙境界的象征。其后，傅山以其空灵飘忽之笔描写"说梦"、"听梦"不同的美感享受，以虚写实，使文章浸透着浓厚的浪漫主义色彩。

叙枫林一枝

本文是为傅山好友戴廷栻作的小传。叙，同"序"。《枫林草》为戴廷栻著作残编，多散佚，故称之为"一枝"。

枫仲髫年[1]，受知于袁袁山先生[2]，许以气节文章名世[3]。丙子[4]，吴中丞鹿友与袁师同志[5]，拔晋才士三立书院课艺[6]。枫仲声噪社中[7]。少所许可[8]，独虚心向余问字。余因其夙慧[9]，规劝之。甲申后，仲敛华就实[10]，古道相勖[11]，竟成岁寒之友矣[12]。仲明季操选政[13]，见赏于千子君、常天如诸公[14]。所著《半可集》，本经、子、史、唐宋文而变化出焉[15]。如风雨集而江波流也[16]。惟诗未御木[17]，若不敢自信者[18]。甲寅仲秋[19]，访枫仲，探奇，登丹枫阁。见余庚寅题壁诗[20]，有"榆次孙盛、昭馀温峤"之句[21]。怆怀往事[22]，宿殊亭不寐[23]。次日夙起[24]，徘徊双松下，忽天晦大雪[25]，落树皆成锋刃，怪特惊心[26]。退而检架上书遣闷，得《枫林草》残编。读一过[27]，其中有佳处，亦有疵处[28]。俱带冰雪气味。大概深于寄托情致之语[29]，自能感人。略加澄汰[30]，存晋诗一种[31]。枫仲逊谢[32]，犹不敢自信也。自袁师倡道太原[33]，晋士咸勉励文章气节[34]，因时取济[35]。忽忽三十年，风景不殊[36]，师友云亡[37]。忆昔从游之盛，邈不可得[38]。余与枫仲穷愁著书，浮沉人间，电光泡影[39]。后岁知几何[40]？而仅以诗文自见[41]，吾两人有愧于袁门[42]。太原侨黄傅山大雪偶书[43]。

〔1〕髫(tiáo)年:垂髫之年,即童年。髫,古时小孩垂下的头发。

〔2〕受知:受教于。 袁袁山:袁继咸,号袁山,曾修复三立书院,课全晋诸生,傅山与廷栻同学于三立书院。

〔3〕这句是说:赞许他将以气节和文章闻名于当世。

〔4〕丙子:崇祯九年(1636)。

〔5〕吴中丞鹿友:吴甡,山西巡抚。 同志:志同道合。

〔6〕这句是说:选拔山西有才之士到三立书院学习深造。

〔7〕这句是说:枫仲在书院中名噪一时。社,书院。

〔8〕这句是说:对人很少赞许认可。

〔9〕夙慧:早慧。夙,通“早”。

〔10〕敛华就实:戴廷栻收敛了学生时代那种华而不实的作风,趋向于朴实。

〔11〕这句是说:以自古以来的为人处事之道相互勉励。勖(xù),勉励。

〔12〕岁寒之友:《论语》:“岁寒,然后知松柏之后凋也。”这句是说:傅山和戴廷栻结成了松柏一样坚贞的友谊。

〔13〕这句是说:枫仲在明末曾经为应科举考试而练习八股文。选政,科举,此处指应科举。

〔14〕千子君、常天如:千子即艾千子,与常天如均为明末山西的学者名流。

〔15〕这句是说:枫仲文章以经、子、史和唐宋文为基础而有所变化。经,指儒家的经典文献;子,指先秦诸子百家的著作;史,指《史记》《汉书》等史书。

〔16〕这句是说:枫仲文章的气势如风雨骤至,江波涌流。

〔17〕这句是说:只有诗还没有梓行。

〔18〕这句是说:枫仲对自己的诗没有自信。

〔19〕甲寅:康熙十三年(1674)。

〔20〕庚寅:顺治七年(1650)。

〔21〕傅山题诗有“榆次颇谙产孙盛,昭馀不信产温峤”之句,原诗见于《口号十一首》。

〔22〕怆怀往事:悲怆地怀念起过去题诗的事。

〔23〕这句是说:夜间睡觉已超过半夜还不能睡着。殊,超过。亭,正,午。

〔24〕夙:通“早”。

〔25〕晦:阴晦,天色灰黯。

〔26〕这两句是说:雪落在树上,树枝变成锋刃的形状,形态奇异,令人感到惊奇。

〔27〕一过:一遍。

〔28〕疵:瑕疵。这里指文章中的败笔。

〔29〕这句是说:大多数是深有寄托、表现至情之语。

〔30〕澄汰:澄清淘汰,去粗取精。

〔31〕这句是说:可以成为晋诗中的一种风格或流派保存下来。

〔32〕逊谢:谦虚地推辞。

〔33〕倡道太原:在太原提倡道义。

〔34〕咸:都。

〔35〕因时取济:随着时世的变化,而选取自己的济世之道。

〔36〕这句是说：自然景物没有多少显著的变化。

〔37〕这句是说：师友或天各一方，或离开人世。

〔38〕邈：远。

〔39〕这句是说：人生如电光泡影一般，瞬生瞬灭，缥缈虚幻。

〔40〕这句是说：不知今后的岁月还剩多少，会发生什么事。

〔41〕自见：自己显现。

〔42〕这句是说：我们俩有愧于称自己是袁先生的学生。

〔43〕侨黄：傅山别号之一。

本文虽为文序，实则为一篇抒情意味浓郁的人物传记。文章先以粗大简练的笔触对枫仲进行概括性的勾勒：写枫仲幼年早慧，名噪书院，虚心问学，是和自己同窗的"岁寒之友"。接着写枫仲在文风上的发展、源流，对其文集《半可集》作出"如风雨集而江波流"的高度评价；而于其诗却有所褒贬，由此可见傅山为人的诚恳，也表现出他们友谊的坦诚和真挚。然后在叙述的同时插入了一段具体情景的描写，写访枫仲、登丹枫阁"忽天晦大雪，落树皆成锋刃"的情景，景物描写真实细腻，如临其境，"宿殊亭不寐"，"徘徊双松下"，更衬托出感慨良深。其后评价《枫林草》有佳有疵，与前文的褒贬相呼应。"不敢自信"一语的重复，更体现出枫仲创作态度的严谨和为人处世的谦逊。最后一段文字写得忧愤深广，言有尽而意无穷。

《杜遇》馀论

《杜遇》是由傅山选批、戴枫仲以"丹枫阁"名义刊行的一本杜甫诗选。原书现已散佚。

既谓之"遇"，不必贪多。此老每于才名之间，必三致意焉。吾虽遇之，以此未必遇也[1]。庶几遇之，凡人间圈者，此以单点点之。但焰有黑圈者，再抄一本来，好略加一二批语。良以此公诗，何不可选？若欲见博，自有全集在。

譬如以杜为迦文佛[2]，人想要做杜，断无抄袭杜字句而能为杜者。即如僧，学得经文中偈言[3]，即可为佛耶？凡所内之领会，外之见闻，机缘之触磕，莫非佛，莫非杜，莫非可以作佛作杜者。靠学问不得，无学问不得；无知见不得，靠知见不得。如《楞严》之狂魔[4]，由于凌率超越[5]；而此中之狂魔，全非超越之病，与下劣易知足魔同耳。法本法无法，法尚应舍，何况非法[6]？非法非非法。如此知，如此见，如此信、解，不生法相[7]。一切诗文之妙，与求作佛者界境最相似。

高手画画，作写意人[8]，无眼鼻而神情举止生动可爱。写影人[9]，从尔庄点刻画[10]，便有几分死人气矣。诗文之妙亦尔。若一七八尺体面大汉，但看其背后，岂不伟然？掉过脸来，模模糊糊，眼不成眼，鼻不成鼻，则拙塑匠一泥人耳。微七八尺，即十丈何为[11]？

韩文公五言[12]，极力锻炼，诵之易见其义。杜先生五言，全不事锻炼，放手写去，粗朴萧散，极有令人不著意处，而却难尽见其义。然予人神解，不在字句中，此处正是才之所关，文公必不能也。

曾有人谓我：君诗不合古法。我曰：我亦不曾作诗，亦不知古法。即使知之，亦不用。呜乎，古是个甚[13]？若如此言，杜老是头一个不知法《三百篇》底[14]。看宋叶氏论《八哀诗》[15]，真令人喷饭。吾尝谓古文古诗之不可测处，圊圂教宋儒胡嚷闹坏也。然本不可坏，解音至今在，终不随不解者瞎圪塔去[16]。近来觉得毕竟是刘须溪、杨用修、钟伯敬们好些[17]，他原慧，他原慧。董浔阳亦不甚差[18]。

风云雷电，林薄晦冥，惊骇膈臆，莲苏问[19]："文章家有此气象否？"余曰："《史记》中寻之，时有之也。至于杜工部五言、七言古中，正自多尔。"眉曰[20]："五言排律中犹多。"余颔之。文记事体，不得全无面目。诗写胸臆间事，得以叱咤斜拏耳。然此亦仅见之工部，他词客皆不能也。七言古中，晚唐如卢仝、马异[21]，亦自命雄奇矣，却无风云晦冥处。其所以然处，不无撑拳努肚之意，而本非天地阴阳之缪辖也[22]。若有老先生见吾此说，又要摘我说诗不得性情之正，吾亦知之，吾亦知之。此因论文章中有此一要气势耳，岂专云诗俱当尔耶！

具只眼人说杜工部不会点景。我说尔错抬举他了，他会那个来，只不会点景[23]？

我老盲摸揣[24]，只觉好，却又醒不得听者[25]。又有说不好底，我又醒不得。奈何奈何。

句有专学老杜者，却未必合；有不学老杜，惬合。此是何故？只是才情气味在字句抚拟之外[26]。而内之所怀，外之所遇，直下掳出者，便是此义。不但与外人说不得，即里边之外人，愈说不得。

〔1〕杜甫诗多言才名，如《奉赠韦左丞丈二十二韵》："自谓颇挺出，立登要路津。致君尧舜上，再使风俗淳。"《自京赴奉先县咏怀五百字》："许身一何愚，窃比稷与契。"这里既有积极济世的一面，也有庸俗的一面。傅山由于自己的处境和思想，在这方面不赞同杜甫。

〔2〕迦文佛：释迦文佛，即释迦牟尼佛。

〔3〕偈：佛经在用散文（长行）叙述以后，往往又用韵文（偈）概括地复述一遍，以加强读者的印象。

〔4〕《楞严》：《楞严经》，十卷，唐中宗时般剌蜜帝译，属于秘密部。自宋而后，盛行于禅、教之间，是佛教重要经典之一。

〔5〕凌率：意为凌驾、轻率，与下面"超越"意近。

〔6〕这三句意为："法"本来是从没有"法"中概括出来的，"法"尚应该舍去，何况不是真正的"法"呢？傅山借此说明做诗既要学习前人，又不可拘泥于前人。

〔7〕法相：法的表象。

〔8〕写意人：用写意手法画人，通过简练的笔墨，画出人物的神情，以表现作者所渲染的意境。

〔9〕写影人：以工笔的方法画像，精雕细琢，将人物的细节表现出来。

〔10〕从尔：任你。　庄点刻画：指细致描画。庄，同"妆"。

〔11〕这两句是说：不但画七八尺是如此，即便画十丈高的像，又有什么用呢？微，非，不只。

〔12〕韩文公：即韩愈(768—824)，字退之，河南河阳(今河南孟州)人，自谓郡望昌黎，世称韩昌黎。唐文学家、哲学家。其诗力求新奇，有时流于险怪。

〔13〕古是个甚：指古法而言，意即："什么才是古法？"

〔14〕《三百篇》：指《诗经》，是我国最早的诗歌总集。先秦称诗，汉尊为经典，始称《诗经》。共收西周初年至春秋中叶的民歌和朝庙乐章三百零五篇，因此常被称为"诗三百"。

〔15〕叶氏：即叶适(1150—1223)，字正则，温州永嘉(今浙江温州)人，学者称水心先生。南宋哲学家。在哲学、史学、文学等方面，均有一定成就。有《习学记言》《水心先生文集》等。

〔16〕瞎圪塔：山西方言，瞎说。

〔17〕刘须溪：刘辰翁(1232—1297)，字会孟，号须溪，庐陵(今江西吉安)人，南宋词人。曾评点杜甫、王维、李贺、陆游诸家之作，撰有《须溪诗钞》。　杨用修：杨慎(1488—1559)，字用修，号升庵，四川新都人，明代文学家。有《升庵集》。　钟伯敬：即钟惺(1574—1624)，字伯敬，号退谷，湖广竟陵(今湖北江陵)人，明代文学家。与谭元春同为竟陵派的创始者。于诗文反对复古模拟，倡导幽深孤峭，作品流于冷涩。有《隐秀轩集》。

〔18〕董浔阳：指董其昌(1555—1636)，松江华亭人，字玄宰，号香光。明代人，工诗文，尤精书画。著有《画禅室随笔》《容台文集》等。

〔19〕莲苏：傅山长孙，傅眉之子。

〔20〕眉：傅山之子。生于明崇祯元年(1628)，卒于清康熙二十三年(1684)，有《我诗集》行世。

〔21〕卢仝(约750—835)：自号玉川子，范阳(今河北涿州)人，晚唐诗人，有《玉川子诗集》。其诗风格奇特，近于散文。　马异：唐河南人，与卢仝友善。卢仝称自己与马异为"大同而小异"。

〔22〕蟉蛶(jiāogé)：交错纠缠而空旷深远。

〔23〕这三句是说：杜甫未曾有意按"诗文作法"之类去"点景"。

〔24〕摸揣：山西方言，用手触摸，意同揣摩。

〔25〕醒不得：即"省不得"，不能省悟，不能理解。

〔26〕字句拊拟：指炼字煅句。这句是说：诗人的才华、性情、气质、爱好比作诗时咬文嚼字、炼字煅句

更为重要，所起的作用和效果更大。

傅山所处的是明代复古主义馀波未息，拟古风气仍然浓厚的明末清初的文坛，八股文、台阁体严重地束缚了人们的思想，妨碍了文学艺术的发展。为此，傅山首先提出了"法本法无法，非法非非法"的思想，并进行了一些文论变革的尝试。

傅山借用佛教要求人们舍弃"法执"，说明一切执着于法和法相的观点尚且应该舍弃，而与客观事物本身不同的、仅仅是艺术的形式、方法，又何必非要一成不变，死搬硬套呢？傅山认为，一切诗文精妙的奥旨，其重要原因之一，就在于能够舍弃旧法，舍弃陈旧的艺术教条，进行大胆的变革与创新。

他还指出，许多机械、繁琐、玄奥的所谓古人作法其实是"奴人乱嚷"，他是主张学杜甫的，因此他选批杜诗结集为《杜遇》，但他学杜的态度是专注于杜甫的创新精神，而不是从字句上去求形似。他在文中以佛经故事作比喻，阻碍学佛得正果的大敌是"凌率超越"的"狂魔"，而学诗之忌恰恰相反，"全非超越之病"，而是以"下劣易知足魔"为寇仇，只有克服盲目崇信古法的心理障碍，才有可能进入最高境界。

傅山在谈到诗文创作时，又发表了关于人物画的精彩论述。他强调画人物着重于传神写意，但不同于那种只讲"传神"，不讲"形似"，把人物画完全变成画家抒主观之情的工具的主张。他强调的，实际上是"传"人物本身固有之"神"，因此必然要求形神兼备。这与诗歌创作的原则是相通的。

傅山上述主张符合并且推动了清初文学朝健康向上方向发展的大势，在当时和后来都带来了有益的影响。

老僧衣社疏

题目意为：为老僧募集衣服而写的祝祷辞。社，祀社，施舍的敬语。疏，指疏通经论之文句而抉择义理，这里指僧道祷拜时的祝告文。

强人布施[1]，老悭怒焉[2]："洪养非人，造业斯重[3]。"我今发心[4]，非塔非刹[5]，亦非金箔，贴泥瞿昙[6]。

爰有老僧，百卅七岁[7]；正德改元，丙寅以降[8]。瞿铄轻利[9]，耆上耋下[10]。绝不吃呐，佛法僧话[11]。我见问道[12]，笑握老拳，说是甚么，一切不知。白日吃饭，黑夜睡觉，天不教死，惹人多罗[13]。葛衫曳跋[14]，不结袜子。足手尉润[15]，又不冻黎[16]。诸养生具，道无所需[17]。一丝一线，从来不爱。中欲有展，忽复失之[18]。乃令广海[19]，告老僧言："老僧之葛，不能遇秋[20]。适此居士，愿制坏色[21]，裹老僧体，实报佛恩。"老僧点头，亦不烦恼[22]："他要这等，将来我穿[23]。不是老僧，贪他挂搭[24]。他也不须，当作功德[25]。"

广海致辞，居士俯首：试问人见，百岁人未？或有见者，我辈实无。得见老僧，真未曾有。衣值甚么，因缘非常[26]。私衣老僧，与悭客等[27]。令我同人，得见老僧，而不欢喜。衣老僧者，便当骂我，永为外道[28]。丐我莲盟，作如是言[29]：信佛法者，是为好僧；疑佛法者，且为敬老[30]。总胜妄费，打办妖精[31]；妖精采衣，还来我杀[32]。

〔1〕强人：迫使别人。　布施：以自己的财物，分施给别人。

〔2〕老悭：老吝啬鬼。悭，悭吝、吝啬的人。

〔3〕这两句是说：宽宏大量地养活与自己不相干的人，造孽就太重了。洪，大。造业，造孽，罪恶。业，佛教用语，指人的一切善恶思想行为，好的思想好的行为叫做善业，坏的思想坏的行为叫做恶业。斯，代词，这。

〔4〕发心：发善心，发慈悲之心。

〔5〕这句是说：不是为建塔造庙。刹（chà），梵语刹多罗的省称，指佛寺、佛塔。

〔6〕这两句是说：也不是为了募集金箔，贴饰佛像。瞿昙，梵语音译。也作乔达摩。佛教创始人释迦牟尼，字悉达多，后以瞿昙为佛之代称。

〔7〕这两句是说：这位老和尚已经一百三十七岁了。爰，乃。

〔8〕这两句是说：这位老僧生于明武宗继位后改元的正德元年，正当丙寅年（1506）。正德，明武宗年号。

〔9〕矍铄：形容老年人精神健旺、勇健。　轻利：行动轻捷爽利。

〔10〕这两句是说：（老和尚虽然已经一百三十七岁了）但看起来好像六十岁以上、七八十岁以下的人。耆（qí），古时称六十岁为耆。耋（dié），古称七八十为耋。

〔11〕这两句是说：这位老和尚绝不念叨佛经佛语。吃喃，山西土语，唠叨、嘟囔之意。

〔12〕问道：询问佛法教义。

〔13〕多罗：梵语，意译为眼睛。

〔14〕这句是说：葛衫拖在地上，拖拉着鞋走路。曳（yè），拉，牵引。跦（tā），只将脚尖套鞋拖着走路。

〔15〕尉润：滋润，润泽。

〔16〕这句是说：又没有把手脚冻得又黑又裂。黎，黑色。

〔17〕这两句是说：各种养生之物都具备，没有什么需要的了。

〔18〕这两句是说：心里想办件什么事，忽然又忘了。展，施展，开展。

〔19〕广海：小和尚名。

〔20〕遇秋：御秋，抵御秋寒。

〔21〕这两句是说：正赶上居士现在要捐钱给僧人做袈裟。坏色，即袈裟。因袈裟避青、黄、赤、白、黑这五种正色，不以正色染之，故名坏色。

〔22〕烦恼:佛教语汇。烦是扰义,恼是乱义。

〔23〕将来:拿来。

〔24〕挂搭:又作挂褡。挂,悬。搭,依附。本指悬衣钵袋于僧堂之钩。这里指僧人穿的衣服。

〔25〕功德:佛教语,指世人拜佛诵经布施供养诸事。

〔26〕这句是说:机缘非常难得。

〔27〕这两句是说:如果私自做衣服给老和尚穿,和悭吝不愿布施供养的人是一样的。私,私自。

〔28〕这两句是说:一定会骂我是邪门外道。

〔29〕这两句是说:我要与佛教结盟,所以才说这样的话。丐,给予。

〔30〕这四句是说:信佛之人,是为热衷于佛僧之事;不信佛之人,权且当是做了件敬老之事。

〔31〕这两句是说:这总比枉费钱财打扮妖精好呀。打办,打扮。

〔32〕这两句是说:我给妖精穿上彩衣,他还要来杀我。

这篇不押韵的四言祷文以浅近简练的语言描绘了一位一百三十七岁老僧的形象。老和尚"矍铄轻利",不念佛坐禅;"白日吃饭,黑夜睡觉",除此之外,"一切不知";披葛衫,曳僧跋,不穿袜,手足润泽,从未冻裂;不图施舍,任其自然。交待了老和尚"长寿之道"是"听任自然"的结果。

屈围古兰募引

题目意为:为募集资金修建屈围古兰寺而作。屈围:一作"崛峒"。引,文体名。唐以后始有此体,大略如序而稍为简短。宋代苏洵父名序,故苏洵文讳"序"为"引"。后人亦有沿用此者。

黛发河卣[1],松香春雨[2]。红留灌薄[3],叶醉秋霜[4]。是为晋景"屈围红叶"者矣[5]。古兰就圮[6],云客不来[7]。缁侣回心[8],伽兰式许[9]。尺楹片栈,都是祗悫[10]。一粒半圆,莫非给意[11]。石舫寒涛,叙而待憩[12]。茶铛煮雪,来者同参[13]。

〔1〕这句是说:汾河从黛青色的卣形山口奔流而出。卣(yǒu),礼器,中型酒樽。一般为椭圆形,大腹、敛口、圈足,有盖与提梁。这里比喻汾河流出屈围的山口。

〔2〕这句是说:松树在春雨的滋润下弥散着植物的天然香气。

〔3〕这句是说:灌木丛随着秋天的到来变成了红色。灌薄,灌木丛生。

〔4〕这句是说:秋霜把枫叶染红了。

〔5〕这句是说:这就是晋阳八景之一的"屈围红叶"。

〔6〕这句是说：古兰寺就要坍塌了。圮(pǐ)，毁坏，坍塌。

〔7〕云客：云游的僧人，也称为"云水客"。

〔8〕这句是说：僧人愿为大众修功德(修建寺庙)。缁，黑色。缁侣，穿浅黑色僧服的僧人。回心，佛教术语，谓回转心而由邪入正也。

〔9〕这句是说：对修建寺庙的事很赞许。伽蓝，梵语僧伽蓝摩的略称，意为"众园"或"僧院"，即僧众居住的园林。后因此把佛寺称为伽蓝，或为伽兰。式，发语词。许，赞许，期许。

〔10〕这两句是说：施舍一尺做椽梁的木材，一片做栈门的柴木，都是对佛的慈心善行。

〔11〕这两句是说：一粒米，半圆钱，都是施舍之意。

〔12〕这两句是说：屈围山像停泊在寒涛中的石舫，等待有人来休憩。舣(yǐ)，船泊岸边。

〔13〕这两句是说：用茶铛煮雪水，来的人一边饮茶一边参学佛法。铛(chēng)，釜属，温器，煎茶的器皿。同参，一同研究佛理，一同修行佛法。

这是一篇宣传募捐修庙的短文，写得富有诗意。首先写了汾河春景及"屈围红叶"的胜景。接着写古兰寺坍塌破败的惨状，动员人们集资修庙。最后畅想古兰寺修成后的威仪之姿，以及与人同饮雪茶、同修同参的美好愿望。

记拙庵

本文选自《霜红龛集外编》，题目为注者所加。

雪峰和尚凡作诗〔1〕，辄自署曰〔2〕："拙庵〔3〕。"白居实先生曰〔4〕："庵旧名藏拙。拙不必藏也。"拙不必藏，亦不必见〔5〕。杜工部曰："用拙存吾道〔6〕。"内有所守，而后外有所用，皆无心者也〔7〕。"藏"与"见"皆有心者也。有心则貌拙而实巧，巧者多营〔8〕，多营则虽有所得，而失随之。究之〔9〕，得不偿失。守之云者，可以求，可以无求，弗求之矣〔10〕；可以舟旋〔11〕，可以无舟旋，弗舟旋之矣；可以思虑，可以无思虑，弗思虑之矣。和尚家风〔12〕，坏色死灰〔13〕，以为清净。《易》曰："无思也，无为也〔14〕。"感而遂通天下之志〔15〕，则拙之道成矣。倘太觉寂寞时，即以小诗作慧业解脱可也〔16〕。

〔1〕雪峰：太原双塔寺僧。傅山为其方外之友。

〔2〕辄：即，就。署：署名。

〔3〕拙：《老子》："大巧若拙。"这里指人应该保持本性的纯朴。所以雪峰和尚以"拙"命名其室。

〔4〕白居实：白允彩，字居实，平定人，傅山好友。有别业，傅山尝寓居于此。

〔5〕见：现，表现。

〔6〕杜工部：杜甫，官至检校工部员外郎，世称"杜工部"。这句诗的意思是：我的道德准则存在于对"拙"的运用中。

〔7〕无心：指无成心，事出自然，初本无意。

〔8〕营：谋求。

〔9〕究：仔细思考。

〔10〕这几句是说：可以有所求，可以无所求，那就不要有所求了。弗，否定副词，不。

〔11〕舟旋：周旋，应酬、打交道。

〔12〕和尚家风：出家修行之人的传统风尚。

〔13〕坏色死灰：身披袈裟，心如死灰。佛家谓修行之人要达到"形如槁木，心如死灰"的境地。这句是说：雪峰和尚心如死灰，遇事不动神色。

〔14〕这句是说：《周易》中说："心中不思索某事，就不必刻意做某事。"

〔15〕这句是说：与《周易》的精神相感应，即可通晓世界万物的发展趋势。感，感应。志，志向，引申为趋向。

〔16〕这句是说：就以写诗作为佛教的修行，以达到解脱的目的，是可以做到的。慧业，佛教术语，指达于空理而为诸善事也。

本文借雪峰和尚作诗署名为题加以发挥，精辟地论述了守拙与藏拙、现拙的区别，讲了"有心"与"无心"两种不同的为人处世的态度，提出道家"无为而无不为"的哲学思想，提倡人们以纯朴的思想感情和自然的本来面目处世，不要藏奸弄巧。

草草付

这是雪峰和尚临行前，傅山写给他的一封送别辞。草草，指匆促。

雪开士以太原之藏不全[1]，其始意欲合晋府所藏宋藏三部，而成一部[2]。其愿不果[3]。复欲搜城中残藏而为一部[4]，又复不果。如此者三年，时节因缘正不可强[5]。今渡江而南，江山烟树，莫非法眼[6]。诗当大进，自不必言[7]。若能于六朝花柳里面[8]，讨一个真空实相[9]，不妨多作几首艳诗，担在楖栗上[10]，拿归塞上[11]，我便许你是第一造藏大和尚[12]。若犹未也，江南山水截瞎了雪开士眼矣[13]。此间自有藏在，何必江南江山之助？助才助性[14]，无才不足见性[15]，江山正不助庸人也。尔爱造藏[16]，我爱尔才，各说各端[17]，于佛无碍。归而印可[18]，还我个本来雪峰[19]，不许带回一些贡高我慢[20]，也不必将江南风景挂在眉毛上，添了几万斤重[21]。那

中国家庭基本藏书

便不必归来，归仍不归[22]，不止作门外汉[23]，便是蒁庚车[24]。蒁庚车堕者堕，不堕者不堕，把鼻在汝[25]，我不能随雪开士于万里外不教败露也[26]。临持钵出门之际，丁丁宁宁[27]，圪圪塔塔[28]，一味老实，莫怪饶舌[29]，一切珍重。但京口之酒[30]，汝似无分，便问不得开士矣。若敢破戒尝一盏者[31]，不枉江南走此一遭。此我之悟道处，不知开士复以何者为悟也[32]？若遇大德时[33]，将南泉斩猫儿公案为我一问[34]，我到底不能无疑也[35]。嚼！嚼！

〔1〕雪开士：即雪峰和尚。开士，开悟之士，菩萨的德名；以法开导众生之士，为和尚的尊称。藏(zàng)，佛教对经典的总称。

〔2〕这两句是说：他当初的心愿是把晋府收藏的三部宋代藏经合成一部。

〔3〕这句是说：这个愿望未能实现。

〔4〕残藏：散存经卷的断简残篇。

〔5〕这句是说：客观上不具备一定的机缘，即使强求也不可成功。时节因缘，时机，机缘。

〔6〕这两句是说：以你的一双智慧之眼看清山水烟树等一切客观事物内蕴含的道理。

〔7〕这两句是说：你的诗歌创作一定会有很大的进步，这就不再说了。

〔8〕六朝花柳：指江南靡丽繁华的景象。六朝，吴、东晋、宋、齐、梁、陈相继建都于建康(今南京)，为南朝六朝。

〔9〕真空：非空之空，叫做真空。　实相：又名佛性、真如等，凡所有相，皆是虚妄，惟此独实，不变不坏，故名实相。

〔10〕椰栗：木名，硬韧，可为手杖、扁担。

〔11〕塞上：泛指北方，诗文里常和江南对称。这里指太原。

〔12〕许：赞许，称许。

〔13〕截：疑为"戳"。

〔14〕助才助性：江山可以增长才学、陶冶性情。

〔15〕见性：见到自己的真性。禅宗谓彻见自心之佛性。

〔16〕尔爱造藏：你喜欢在佛经上有所成就。

〔17〕端：事端。

〔18〕归而印可：归来之时，我会对你加以印可。印可，即认可、许可。禅宗以"直指人心、顿悟成佛"的"心印"来印可学人。

〔19〕这句是说：还保持雪峰和尚你的本来面目。"本来面目"原是禅家语，源于《坛经·行由品》："不思善，不思恶，正与么时，那个是明上座本来面目！""本来面目"在禅门中指真心、本性；见到"本来面目"也就是"明心见性"。

〔20〕贡高我慢：自以为高人一等，倨傲自矜，侮慢他人。

〔21〕这两句是说：也不要惹上江南才子多愁善感的情绪，致使愁眉不展。

〔22〕归仍不归：归来还等于不归来。

〔23〕门外汉：指外行人，是说他对某项知识或技能还没有入门。

〔24〕蔑戾车：胡种之称，谓其下贱。译曰垢浊种。《华严疏钞》卷十四："蔑戾车者，三藏云恶中恶，亦云奴中奴，皆义翻耳。"

〔25〕这三句是说：选择沉沦、堕落，还是相反，掌握权在于你。把鼻，把握。鼻，器物上隆起突出的、以供把握的部分。

〔26〕败露：恶事败坏暴露。这里指雪峰和尚耽于江南的繁华富贵，失去其本心本性。

〔27〕丁丁宁宁：再三叮咛，多次嘱咐。

〔28〕圪圪塔塔：山西方言，啰里啰唆。

〔29〕这两句是说：我说的都是大实话，不要嫌我唠叨。

〔30〕京口：今江苏镇江。

〔31〕破戒：这里指假如雪峰和尚违反戒法，破戒饮酒。

〔32〕这两句是说：我因饮了京口之酒而悟道，不知道雪峰和尚你又因何而开悟呢？

〔33〕大德：有道德而且精通佛法的人。原为称佛之名，在律中则为比丘之称。这里指江南得道的高僧。

〔34〕南泉斩猫儿公案：佛教禅宗历史上关于南泉普愿禅师的一则公案："一日东西两堂争猫儿，南泉见之，提起猫儿曰：'道得，即救取猫儿，道不得即斩。'众无对，泉斩猫儿为两断。"公案，本意是官府断案的公文案牍。禅宗认为历代宗门祖师典范性的言行可以判别学人的是非迷悟，故亦称"公案"。

〔35〕这句是说：我终究还是不明白这则公案到底说的是什么。

这篇送别辞写得极为幽默风趣，既表现了傅山率真坦诚的个性，又表现了他朴拙萧散的文风。

文中以诙谐滑稽的语言，提及榔栗担艳诗、"江南山水截瞎了雪开士眼"、挂眉添重，无非是要提醒雪峰不要被江山烟树和六朝花柳的外在表象所迷惑，丧失自己的本心；他认为文学创作中主观因素比客观因素更显重要，更值得提倡。其后又是一番"饶舌"，故作唠叨，再次引起雪峰的注意。然后寓庄于谐，写自己在京口饮酒悟道，劝雪峰"破戒尝一盏者"，不要隐匿自己的真性情，便"不枉江南走此一遭"。最后托付雪峰为其问"南泉斩猫"的公案，实则是再一次告诉雪峰保持自己内心的澄明，抛却一切束缚人心的羁绊。

文章充满了谐趣、调侃，趣味横生，通过对雪峰和尚的唠叨叮嘱，表明自己独特的文学理论观点。

赠太原孔佳

这是傅山勉励后学的一段话，循循善诱，严肃而又亲切。

书生段增，聪慧人也。偶来拓帖[1]，安详连抃[2]，日益精进[3]。即此喻之，亦学问事，不可以技观也[4]。字画浅者即为墨[5]，深者即不[6]。费兑那而真朗深，似好字矣[7]。然深亦须深之正经[8]，不则险陷，不可谓正经也[9]。学问之妙，莫过于深[10]。故曰：极深研，几若临深之深，则宵人矣[11]。即时文小技，亦曰深入而浅出之[12]。增既学时文，犹当深求之，无为臭烟煤刷却白心也[13]。

〔1〕拓帖：指以湿纸紧覆在碑帖上，用墨印其文字，复制法书。

〔2〕连抃(biàn)：性情随和。抃，高兴，欢喜。

〔3〕精进：努力向善、向上。

〔4〕这三句是说：以拓帖的门道来比喻学习、钻研，不能单纯把它看成是一种技艺。

〔5〕这句是说：拓字时，笔画原来刻得浅的，就容易拓成一团黑墨。

〔6〕这句是说：笔画刻得深的字就不会这样。不，同"否"。

〔7〕这两句是说：在拓字时，下功夫细心按捺，拓出来的字真切，看起来字迹明朗、黑白分明，就像好字了。费，用心，下功夫。真朗深，形容拓本的效果，真是真切清楚；朗，爽朗无污染；深，墨色深，所以拓片看起来黑白分明。

〔8〕这句是说：然而讲求深也必须深得正派。正经，态度庄重正派，严谨认真。

〔9〕这两句是说：否则就会陷于偏激，而谈不上正经了。险陷，阴邪不正。

〔10〕这两句是说：研究学问的妙处，在于深入钻研。

〔11〕这几句是说：深入钻研达到极点，几乎像面临深渊那样的深，那么这个人就是不正派的小人了。宵人，指便佞、好逸游者。

〔12〕这两句是说：即使是现在流行的雕虫小技般的八股文，也主张深入浅出。时文，对古文而言，指明清时用以取士的八股文。

〔13〕这句是说：不要让那些臭烟煤刷黑了你的清白之心。傅山一贯反对八股时文，所以告诫段增不要被八股文中的迂腐思想蒙蔽了纯净的心灵。这句话一语双关。臭烟煤，指墨(烟煤所作)，引申为所写的字、文章，形容八股文中传播的迂腐思想。

这是一篇赠与青年学子，告诉他们如何钻研学问的文章。作者从拓帖说起，论述了"学问之妙，莫过于深"的道理，同时又强调，学问要深，但要"深之正经"，不是险陷，而要"深入浅出"，不要让"臭烟煤刷却白心"，越学越糊涂，乃至玷污了灵魂。文中说理多用比喻，既便于青年人理解，又显得语重心长、态度中肯。

书《宋史》内

本文是傅山读《宋史》后有感而发，写的一篇批判性的杂文。《宋史》，元丞相脱脱(托克托)等主持修撰,共四百九十六卷。史料剪裁、史实考订,缺漏、矛盾处颇多。

　　一切文武病[1],只在多言[2]。言者名根[3],本无实济。而大言取名,尽却自己一个不值钱的物件买弄拗斫[4],犹可言[5];又不知人有实济[6],乱言之以沮其用[7]。奴才往往然[8]。而奴才者多,又更相推激[9],以争胜负。天下事难言矣[10]。偶读《宋史》,暗痛当时之不可为[11],而一二有廉耻之士,又未必中用[12]。奈何哉[13]!奈何哉!天不生圣人矣,落得奴才混账。所谓奴才者,小人之党也[14]。不幸而君子有一种奴君子[15],教人指摘不得[16]。

〔1〕文武病:政治军事上的错误。

〔2〕多言:说话多。

〔3〕言者名根:多言,归根结底是为了追逐名利。

〔4〕尽却:尽量,没完没了。　不值钱的物件:指嘴、舌。　买弄:卖弄。　拗斫:用手折断。斫,砍断。这句是说:枉自攻击批判,乱下结论。

〔5〕犹可言:这也倒罢了。

〔6〕实济:现实中济世济民的抱负。

〔7〕沮:败坏。

〔8〕这句是说:奴才往往如此。

〔9〕推激:排挤倾轧。

〔10〕这句是说:天下的事真难以说清楚。

〔11〕不可为:不能有所作为。

〔12〕这两句是说:南宋岳飞、文天祥等民族英雄力主抗击外族入侵却无能为力。

〔13〕奈何哉:有什么办法呢!

〔14〕奴才、小人:不为国计民生担忧,只为自己谋取名利之奸臣。　党:朋党,同伙。

〔15〕奴君子:貌似贤士君子,实为奴才小人。这里指宋儒。

〔16〕指摘:指责。

　　这是一篇锋芒毕露的杂文,尖锐泼辣地批判了南宋以来的理学、道学,借评论历史之名,对现实政治进行了无情的鞭挞。傅山通过总结历史教训,痛斥了宋代一些官僚学者,只图个人邀名,根本不顾“实济”,“尽却自己一个不值钱的物件”卖弄,造成说空话、说大话、说话偏激的坏风气,愤怒地痛斥他们是一伙混账的奴才。最后还对那些“奴君子”予以犀利的一击,指出他们更具欺骗性,而没有文化的平民百姓无法指摘他们虚无的言论。这是对有宋以来直至明代理学的无情抨击，从中也可以看出作者强调的是"实济"。这种"经世致用"的思想，正是明末清初许多进步思想家共同的主张。

书《山海经》后

题解

傅山读《山海经》后写了这篇读后感，实际上是一篇针砭时弊的杂文。《山海经》，大约成书于战国，又经秦汉，有所增删。书中记述各地山川、道里、部族、物产、祭祀、医巫、原始风俗，往往参杂怪异，保存远古的神话传说和史地文献材料甚多。

青羊庵主曰[1]：贫道读《山海经》，得妙物焉。洵山之䍺[2]，状如羊，而无口，不可杀也。可以杀者，职有口也[3]，无口则无死地[4]。文章士不必辄著述，持论始为有口[5]，始鼓杀身之祸[6]。居恒一言半句[7]，皆为宵人忌[8]，皆是兵端[9]。介母曰："言，身之文也[10]。"愚谓[11]：不但文，几以身为的[12]，而积人人镞者[13]。袁叔都尉，观童恢皆以喑而隐[14]，得"䍺"之妙者也。尝大书"䍺"字贴庵牖[15]，为磨兜鞬之训[16]。

进而读"天山之帝"，曰："帝江状如黄囊[17]，是识歌舞妙至矣。"贫道滑稽作《囊道人传》。援帝江之义[18]，取囊而已，未及黄也[19]。黄，中也[20]。中也者，天下之大本也[21]。治天下者，泥中之义[22]，而不能四达用之[23]，以为圣人经世之言而已[24]。是吾庄翁所谓绪馀可以为尧舜者也[25]。老子曰：宁为腹，不为口[26]。腹也者，中也，囊也。孔子亦曰：几事不密，则害成[27]，以申囊括之谨[28]。故囊者，天下之妙道也。然而自无口始，无口而后可囊，不可杀。夫既囊矣，而何以能舞？无口矣，何以能歌？此中妙道，任手足以舞[29]，任口以歌者，皆莫知也[30]。惟无口而囊者知之。不能无口而未见杀者，幸而已矣[31]。人不杀，造物者杀之矣[32]。不能囊而歌舞，皆歌人之歌，舞人之舞者也[33]，劳瘁而已矣[34]。蓝彩和之踏歌[35]，能歌者也，吾知其能囊也。华佗之五禽戏[36]，似知舞者矣，然非囊中之舞也。囊之时义至矣哉[37]。然囊难能也，无口或可能也[38]。

庵主曰：《山海经》不但物类奇瑰[39]，即文字之古峻[40]，皆后世文人不能拟肖[41]。或曰：荒唐之言也[42]。余曰：平实之理无足驱[43]，少所见多所怪，见橐驼言马肿背[44]，如此辈人，举世皆是也。故《山海经》之义息矣。

以《山海经》为不可信者,《尔雅》亦不可信也[45]。历代史载方国出产以为真耶[46]? 妄耶? 故通儒奇士,而后可读《山海经》。读《山海经》已难其人矣,而况读《庄子》者乎[47]? 以实为证矣,能以证为实乎[48]?

注释

〔1〕青羊庵主:傅山自称。青羊庵为傅山晚年隐居处。

〔2〕羬(huán):《山海经·南山经》:"又东四百里,曰洵山,其阳多金,其阴多玉。有兽焉,其状如羊而无口,不可杀也,其名曰羬。"意即:再向东行四百里,又作洵山。山的南坡有丰富的黄金,北坡有丰富的玉石。山里有一种野兽,身形像羊,却没有长嘴,这种羊不能杀,它的兽名叫羬。

〔3〕职:由于。

〔4〕这句是说:没有嘴的就不会死。

〔5〕持论:立论,提出主张。

〔6〕鼓:致使,导致。

〔7〕居恒:居常。

〔8〕宵人:小人,便佞、好逸游者。

〔9〕兵端:招致杀身之祸的祸端。

〔10〕文:纹理,花纹。这句是说:人的语言、言论是装饰自己的花纹。

〔11〕愚:傅山对自己的谦称。

〔12〕的:目的,这里指射箭的靶子。这两句是说:言语不仅能美化自己,还几乎使身体成为箭靶。

〔13〕镞:箭镞,箭头。这句是说:致使人人都把箭射来。

〔14〕以喑而隐:以哑巴的身份隐居。喑,哑,不能说话。

〔15〕牖(yǒu):门窗。

〔16〕兜:兜鍪,古代打仗时戴的头盔。 磨兜鞬之训:消磨争斗之心的戒律。鞬,马上盛弓箭的器皿。兜鞬,戎装。此处指代战争、争斗。

〔17〕帝江:天山之帝的名字。

〔18〕这句是说:补充说明"帝江的外表就像黄囊"的意义。援,补充说明。

〔19〕这两句是说:只解释"囊"的意思,没有说到"黄"的意思。

〔20〕这句是说:中国的五行学说认为宇宙是天圆地方,天地上下又分为东、南、西、北、中五方,它们分属木、火、金、水、土五德,各具青、赤、白、黑、黄五色。所以,黄色对应中央方向。

〔21〕这两句是说:土地是世界的本体。中,指代土地。

〔22〕泥:拘泥。

〔23〕这句是说:而不能把"中"作为"四通八达"的交点来理解。

〔24〕经世:治世。

〔25〕吾庄翁:我们庄子老人家。傅山以道士自居,故称庄子为吾庄翁。 绪馀:馀事。这句是说:这也就是庄子所说的其绪馀可用以治国,成为尧舜的"道"。

〔26〕宁为腹,不为口:老子《道德经》中有"为腹不为目"之说。此或为异文。

〔27〕这两句是说:机要的事不严密就要招致祸害。几,机密。

〔28〕申:表明,说明。 谨:严谨,严密。这句是说:这就说明包囊机密需要多么谨慎。

〔29〕任：任凭。

〔30〕皆莫知也：都没有一个知道其中的奥妙。

〔31〕幸：侥幸。

〔32〕造物者：制造万物的主体。

〔33〕这两句是说：唱别人的歌，跳别人的舞。意思是说没有创新，抄袭别人的言论。

〔34〕劳瘁：忧劳憔悴。

〔35〕蓝彩和：相传为唐末逸士，传说中八仙之一。常衣破蓝衫，一脚着靴，一脚跣行，夏则衫内加絮，冬则卧于雪中。每行歌于城市乞索，持大拍板。常醉踏歌："踏歌蓝彩和，世界能几何？红颜一春树，流年一掷梭。"

〔36〕华佗：汉末沛国谯县人，字元化。精于方药、针灸及外科手术。又仿效虎、鹿、熊、猿、鸟的动态创为"五禽戏"，用以锻炼身体。为曹操针治头风，随手而愈，后因迟迟不肯奉召被杀。死前，以医书一卷授狱吏，吏畏法不敢受，举火烧之，佗之术遂不传。

〔37〕这句是说："囊"中的深义是微妙无穷的。

〔38〕能：成为，做到。

〔39〕物类奇瑰：描写事物奇特瑰丽。

〔40〕文字之古峻：语言古老而高峻。

〔41〕拟肖：模拟，仿效。

〔42〕这句是说：有的人说"《山海经》是荒唐的言论"。

〔43〕骇(hài)：意同"骇"，惊骇。

〔44〕橐(tuó)驼：骆驼。

〔45〕《尔雅》：我国最早解释词义的专著，为考证词义和古代名物的重要资料。

〔46〕方国：四邻之国。

〔47〕《庄子》：先秦时期道家学说的代表人物庄周及其后学所作。

〔48〕这两句是说：想以真实的事物、事实为证，怎么能证明那个"事实"就是真实不虚的呢？

这篇杂文以"羝"和"囊"为由，借题发挥。无口则不杀，有口则杀之。"文章士不必辄著述，持论始为有口，始鼓杀身之祸"。一针见血地揭露了清朝统治者大兴文字狱的凶残。傅山进一步把"囊"和"羝"联系起来，"无口而后可囊，不可杀"；"不能无口而未见杀者，幸而已矣。人不杀，造物者杀之矣"。有口不杀，实为侥幸，但最终也逃不脱清朝统治者的魔爪。他以老子的"宁为腹，不为口"和孔子"几事不密，则害成"的说法来解释"囊"的概念，并用以警策自己。

窝囊解

本文选自《杂记》，标题为选注者拟。

俗骂龌龊不出气人曰窝囊[1]。窝，言其不离窝[2]，无四方远大之志；囊，言其知有囊橐、包包裹裹，无光明取舍之度也[3]。亦可作臕[4]：臕是多肉而无骨也。大概人无光明远大之志，则言语行事无所不窝囊也[5]。而好衣好饭不过图饱暖之人，与猪狗无异[6]。

〔1〕龌龊(wòchuò)：局促，拘于小节。
〔2〕窝：家。
〔3〕这三句是说：囊，说的是这种人只惦记着他的囊袋、包裹，没有光明磊落的气度，不会为国为民舍弃自己的利益。囊橐，盛物之具，有底曰囊，无底曰橐。
〔4〕这句是说：囊也可以解作"臕"，指动物身上的肥膘。
〔5〕这两句是说：大抵上没有光明远大志向的人，他们的言谈举止、做事为人都是很窝囊的。
〔6〕这两句是说：只是为了好吃好穿，只是为图温饱舒适的人，与猪狗没有两样。

这篇小文语言浅显而意义隽永，对"窝囊"这一方言词语作了独到的解析。傅山告诫人们特别是青年人要有"四方远大之志"，要有"光明远大"的抱负；不要身不离"窝"，眼不离"囊"，不要只图生活温饱舒适，否则就会变成没出息的窝囊废。

修名之人

本文选自《杂记》，标题为选注者拟。

修名之人丑态不胜千百万状，随一举动，随有无数窟窿[1]。忠厚者尚不扬挖[2]，少轻薄者，描写唯恐不工矣[3]。其人尚不觉，沾沾自喜，愈益自鸣[4]。亦无奈何[5]。实大声洪，苟有实矣，不愁无闻[6]。

〔1〕这三句是说：追逐声名的人，丑态百出，数不胜数，这种人一举一动，一言一行，就要露出许多马脚。修名，沽名钓誉。窟窿，漏洞。
〔2〕这句是说：忠厚之人尚不大肆宣扬自己。挖(qì)，奋舞貌。《庄子·让王》："子路挖然执干而舞。"
〔3〕这两句是说：稍微轻薄一点的人，唯恐没有把自己描绘成完美之人。工，精密，精巧。
〔4〕这三句是说：那些修名之人仍不觉察，他们沾沾自喜，更加得意忘形，自吹自擂。
〔5〕这句是说：真是没有办法呀。
〔6〕这三句是说：实在的成就大，声名自然声如洪钟，声名远扬。只要有实在的成就（或指学问），就不愁

别人不知道。

这篇小文章揭示了那些追逐功名之人的丑态，并与"忠厚者"的恭谦相对比，提出了"实大声洪"这样一个具有哲理的观点，启示人们要求实而不要枉自"修名"。

读书不可贪多

本文选自《杂记》，题目为选注者所拟。

读书不可贪多，只于一种里钻研究究[1]。打得破时[2]，便处处皆融[3]，此与战阵、参禅总是一样[4]。若能如此，无不可用[5]。若但乱取[6]，东西齐撞，殊不中用[7]。不唯不得力，且累笔性[8]。此不是不教读书之说，是戒读而不精者之语。知此，则许言博也[9]，玩物丧志[10]之言亦是一般。

〔1〕这句是说：应只在一种学问里深入钻研。

〔2〕打得破：破解了所有的问题，即真正懂得了这门学问的精髓。

〔3〕处处皆融：处处都能融会贯通。

〔4〕这句是说：这和打仗、参禅都是一个道理。

〔5〕无不可用：无处不可用。

〔6〕若但乱取：如果只是无计划地胡乱拿来读。

〔7〕殊不中用：实在没有什么用处。

〔8〕且累笔性：反而有害于思维和表达。

〔9〕这两句是说：懂得了这个道理，才能谈到广博地寻求知识。

〔10〕玩物丧志：耽于所好而丧失本志。这句是说：玩物丧志之说也是同样的，并不是不教人有点正当的爱好，而是要儆戒爱好过多，从而丧失了志气。

这段文字指出学习的基本方法：读书不可以贪多，而要真正领会其中的精髓，处处加以融会贯通，即首先要精深，其次才能谈广博，否则不但徒劳无功，而且有害无益。

说 骂

本文节选自《杂记》，标题为选注者所拟。

　　天下虚心人莫过我，怜才人亦莫过我[1]，而谬膺一好骂人之名[2]，冤乎哉！即使我真好骂人，在人亦当自反[3]。骂不中耶，是仰面唾天[4]；若骂中耶，何不取以自省[5]，以我为一药味何如？况我又知佛教中说：一破戒比丘过者，如出佛身血[6]。此等工夫，少能自检[7]，不知于人我之间培多少忠厚和平之德。何利与妄口诬贤，而为之[8]？讦以为直，圣贤大恶，童而习之矣[9]。

〔1〕怜才：爱惜他人的才华。

〔2〕谬膺：谬，荒诞，错误；膺，受。

〔3〕自反：反躬自问。

〔4〕仰面唾天：如此，唾沫正好落在自己的脸上，即自己骂自己。

〔5〕自省：自我反省。

〔6〕这四句是说：况且我又知道佛教教义中说：僧人一旦违反戒律，他的过失就如同让佛的身体流血一样。

〔7〕少能自检：能稍微地自我检点。

〔8〕这两句是说：妄言诬陷贤者，究竟有什么好处还要去这么做呢？

〔9〕这三句是说：把揭发别人的隐私当作正直，反过来说，也就是把正直看成攻讦骂人。圣贤非常厌恶这种态度，现在有些人却从小就习惯于这样了。讦(jié)，攻击别人的短处或揭发别人的隐私。

　　傅山在这篇短文中就"谬膺一好骂人之名"一事进行辨析，说明自己以直言针砭时弊的良苦用心，感慨良深。他诚挚地希望人们能够"自反"、"自省"、"自检"，不要"讦以为直"，但也绝不要把"直"当作"骂"。如此，人世间将会增添更多"忠厚和平"的美德。

改之一字

这篇文章选自《杂著》，题目为选注者所加。

改之一字,是学问人第一精进工夫[1]。只是要日日自己去省查[2]。如到晚上,把一日所言所行底想想[3],今日那一句话说得不是了,那一件事做得不是了,明日便不说如此话,不做如此事了。便是渐渐都是向上熟境[4]。若今日想,明日又犯,此等人活一百年,也没个长进。吃紧底是小底往大里改[5],短底往长里改,窄底往宽里改,躁底往静里改,轻底往重里改,虚底往实里改,摇荡底往坚固里改,龌龊底往光明里改,没耳性底往有耳性里改[6]。如此读书行事,只有益,决无损,久久自觉受用。

〔1〕精进:即努力向善、向上。

〔2〕省查:反省,检查。

〔3〕底:与下文十个“底”字都是结构助词,同“的”。

〔4〕熟境:成熟的境界。

〔5〕吃紧底:要紧的。

〔6〕耳性:傅山曰:“凡过耳之言,触之惊心,刻之于心不可忘者,为有耳性;无耳性人不但讽劝著不解,即大骂詈亦不觉,只记得个谁骂我来,却不记骂得是我那一桩短处。”(引文见《杂记》)

这段文字语浅意深,反复强调一个“改”字。“改”是学问人得以进步的第一要著,尤其是在道德修养方面更需如此。傅山根据曾子“吾日三省吾身”的著名格言立论,把小大、短长、窄宽、躁静、轻重、虚实、摇荡与坚固、龌龊与光明、没耳性与有耳性这九组相对的概念加以鲜明的对比,使人对好坏优劣一目了然,并且强调对立面可以转化,要著在于学问人下功夫去“改”,就可以日益向好的方面发展,对有志于学者,确有振聋发聩的作用。

甲子夏书示莲苏

本文选自《杂著》。甲子,清康熙二十三年(1684)。莲苏,傅山长孙,傅眉长子。

吾家自教授翁以来[1],七八代皆读书,解为文[2]。至参议翁著[3],下至吾奉离垢君教[4],不废此业。然大半为举业拘系[5],不曾专力。至三十四五始务博综[6]。乱后无所为[7],益放言自恣矣[8]。

尔父秉有异才[9]，而我教之最严，自七八岁以后，风气日上[10]，至十七八遂闳肆[11]。既遭乱，患难奔驰，实无处无时不读书。作诗淋漓感慨，见事风生[12]。大有见贼惟多身如轻，之胆之识，真横槊才也[13]。所为诗文皆可以年谱之[14]，实吾家异人，尔亲见其纵笔直书[15]，前无强敌之概者[16]，于今已矣。而颇有细才[17]，亦能为摩研抄撮[18]。吾家文种[19]，全在尔一身承之。凡我与尔父所为文诗，无论长章大篇，一言半句，尔须收拾无遗，为山右傅氏之文献可也[20]。

　　至于尔早承吾与尔父之教，亦慧而能文。吾数有问尔，尔能记忆；议论亦有先后，切不可自弃。残编手泽[21]，穷年探讨，亦当精进自得。粗茶淡饭、布衣茅屋度日，尽可打遣[22]。如求田问舍[23]，非尔之才。即当安命安分，不可妄想。人无百年不死之人，所留在天地间可以增光岳之气，表五行之灵者[24]，只此文章耳。念之，念之。苍头小厮[25]，供薪水之劳者[26]，一人足也。观其户寂若无人，披其帷其人斯在，吾愿尔为此等人也[27]。尔颇好酒，切不可滥醉。内而生病，外而取辱，关系不小。记之，记之。韬情日沉饮[28]，谁知非荒宴[29]？尔解此意，便可再无向尔谇谗者[30]。吾自此绝笔可也。尔两人皆能读书[31]。苏志高心细而气脆，教之可使纯气[32]；宝颇疏快而傲慢处多[33]，当教之，使知礼。谆谆言之，皆以隐德为家法，势力富贵不可毫发根于心[34]，老到了自知吾言[35]。

〔1〕教授翁：傅山的六世祖傅天锡，以《春秋》明经为临泉王府教授。

〔2〕解为文：通晓作文之道。

〔3〕参议翁：傅山的祖父傅霖，明嘉靖壬戌科(1562)进士，历官寿州知州、山东辽海参议等。

〔4〕离垢君：傅山之父傅之谟，终身养亲不仕，号离垢先生。

〔5〕举业：科举之业。　　拘系：束缚。

〔6〕这句是说：到了三十四五岁时读书学习才变得广博全面。

〔7〕乱后：指明王朝被推翻之后。

〔8〕放言：任性而言，不受拘束。　　自恣：放纵，无所顾忌。

〔9〕尔父：指莲苏的父亲傅眉。

〔10〕风气日上：修养、志向和学业天天进步。

〔11〕闳(hóng)肆：谓作文者蕴蓄宏富而用笔豪放。

〔12〕风生：风，通“讽”，劝诫。风生指每每作诗为文，奉劝当时之人。

〔13〕之：其，指傅眉。　　胆识：勇气和才略。　　横槊：行军中在马上横戈吟诗。《旧唐书·杜甫传》："曹氏父子鞍马间为文，往往横槊赋诗。"苏轼《后赤壁赋》："舳舻千里，旌旗蔽空，酾酒临江，横槊赋诗，固一世之雄也。"这里指傅眉文武双全。

〔14〕以年谱之：可以按年代编纂成册，这说明傅眉的诗文创作极为丰富。

〔15〕这句是说：你曾亲眼目睹他笔耕不辍地书写。直书，一直写，不停地写。

〔16〕概：气概。

〔17〕细才：细腻的才情。

〔18〕摩研抄撮：揣摩研究，抄录撮要。

〔19〕文种：文章的风格、传统。

〔20〕山右：太行山之右，即太行山以西，指山西。

〔21〕手泽：先人或前辈的遗墨、遗物。

〔22〕打遣：打发岁月。

〔23〕求田问舍：为专营家产而无远大志向。

〔24〕表五行之灵：表现大自然的灵性。五行，构成世界的五大元素，指金、木、水、火、土。

〔25〕苍头：汉时仆隶以青巾包头，故称。 小厮：仆役，奴仆。

〔26〕供薪水之劳者：供给柴薪、生活用水的劳力。

〔27〕这几句的意思是：傅山希望孙儿深居简出、勤奋读书，不要让外面的世俗红尘迷惑了性情。

〔28〕这句是说：不发挥自己的才华却天天沉溺于饮酒。韬，藏匿。

〔29〕荒宴：荒淫放荡之宴。

〔30〕谰喽(liánlóu)：语言支离琐碎的样子，俗称"啰嗦"。

〔31〕尔两人：指莲苏与其弟莲宝（又名赤骥）。

〔32〕可使纯气：可以使他的气质更加清纯。

〔33〕宝：指莲宝。 疏快：性格豪爽却有些粗心大意。

〔34〕根：根植。

〔35〕老到了：到(你们)年老的时候。

这篇家训作于傅山唯一的爱子傅眉病故之后、傅山临终前不久。文章开始交代说读书作文乃世代家传；其次讲自己早年受举业束缚，中年以后方博览群书；再次以饱蘸情感的笔锋，赞述爱子傅眉刻苦读书、坚持不懈的好学精神，并嘱咐莲苏切不可辜负"吾家文种，全在尔一身承之"的重望，进一步坚定莲苏为学之志。基于以上的三层叙述，傅山提出对莲苏的期望：第一，搜集"我与尔父所为文诗"，以成"山右傅氏之文献"。第二，要继续穷年探讨，使学问更加精进，卓有创见。第三，要粗茶淡饭，简朴度日，切不可求田问舍，沉饮滥醉，要把长留天地间的文章作为终生奋斗之大业。最后，傅山把两孙的习性加以比较，并对症下药，指出"势力富贵不可毫发根于心"乃做人的根本原则，对他们寄予殷切的期望。文章条理分明，语重心长。

"好学而无常家"解

选自《霜红龛集》卷二十五《家训》，题目为选注者所加。

昔人云："好学而无常家。"家，似谓专家之家[1]。如儒林、毛诗、孟易之类[2]。我不作此解[3]。家，即家室之家。好学人，那得死坐屋底？胸怀既因怀局卑劣，闻见遂不宽博。故能读书人，亦当如行脚阇黎[4]，瓶钵团杖[5]，寻山问水，既坚筋骨，亦畅心眼[6]。再遇师友，亲之取之，大胜塞居不潇洒也[7]。底著滞淫[8]，本非好事，不但图功，名人当戒，既学人亦当知其弊。

〔1〕这句是说：过去对"家"的理解，好像指专门家，"一家之言"的"家"。
〔2〕儒林：指儒者之群。《史记》有《儒林列传》。《正义》引姚承云："儒谓博士，为儒雅之林。" 毛诗：即《诗经》，以其书为汉毛亨、毛苌所传(注释)，故称"毛诗"。 孟易：即《孟子》和《易经》。
〔3〕这句是说：我不作这样的解释。
〔4〕行脚阇黎：游行十方的僧人。
〔5〕瓶：水壶。 钵：钵盂。 团：蒲团。 杖：禅杖。
〔6〕这两句是说：既能强身健体，坚固筋骨，又能开阔眼界，放松心情。
〔7〕塞居：闭塞，滞居。
〔8〕底：停滞。 著：着。 滞淫：淹滞，淹留。这句是说：停滞不动。

封建时代的文人学士，像宋儒一流，终日伏案死读，不与实际相接触，孤陋寡闻，遇事束手无策，被讥为腐儒。傅山却一反这种恶习，通过这篇文章言简意赅地说明：学习不能仅仅局限于书本，而应当走出书斋，广博见闻，接触实际，(只有这样)才能使假知变为真知，小知变为大知，浅知变为深知。这与司马迁"读万卷书，行万里路"的思想是一脉贯通的。这篇文章可与傅山的《好学而无常家赋》互参。

看古人行事

这篇文章选自《家训》，题目为选注者所拟。

　　一双空灵眼睛[1]，不唯不许今人瞒过[2]，并不许古人瞒过。看古人行事，有全是底[3]，有全非底；有先是后非底，有先非后是底；有似是而非、似非而是底。至十百是中之一非，十百非中之一是[4]，了然于前[5]。我取其是而去其非[6]。其中更有执拗之君子[7]，恶其人[8]，即其人之是亦硬指为非；喜顺承之君子[9]，爱其人，即其人之非亦私泥为是[10]。千变万状，不胜辨别[11]。但使我之心不受私弊[12]，光明洞达[13]。随时随事，触著便了[14]。原不待讨论而得。无奈平素讲究[15]，不明主宰[16]，不定一切[17]，妄听妄说[18]，无师无友[19]，混账糊涂，强牙赖嘴[20]。想要只等算个人物在世上[21]，熊头虎脑，但令识者含碜鱃鏬而已[22]。

注释

〔1〕空灵眼睛：慧眼。

〔2〕不唯：不仅仅，不但。

〔3〕全是底：全对的。底，的，结构助词。以下诸句同。

〔4〕这两句是说：乃至十分、百分是中只有一分非，或者十分、百分非中只有一分是。

〔5〕这句是说：要把古人行事的是非搞清楚。

〔6〕这句是说：我选择古人对的方面来指导我的行事，而去除他们不对的地方。

〔7〕执拗之君子：看问题偏激之人。

〔8〕恶(wù)：厌恶。

〔9〕顺承：奉承。

〔10〕私泥：出于私心而歪曲事实真相。

〔11〕这两句是说：是是非非，真真假假，实在是难以辨别谁是谁非。

〔12〕私弊：私心的蒙蔽。

〔13〕光明洞达：光明磊落，明智通达。

〔14〕这两句是说：随时随地遇到任何事，都能一接触就了解。

〔15〕平素讲究：平时讲求学问的精深。

〔16〕主宰：主旨。

〔17〕不定一切：所有的问题都谈得模棱两可。

〔18〕妄：没有根据。

〔19〕无师无友：这种人没有真正的老师，也没有真正的朋友。

〔20〕强牙赖嘴：强词夺理，满嘴胡说。

〔21〕这句是说：这样的人还想要在世上硬充个“人物”。只等，这等，这样的。

〔22〕这句是说：只让了解他们的人觉得不齿。含碜，山西方言，令人作呕。鱃鏬，臭。

新评

这篇小文章论述了评古论今、看人看事的方法，文字精辟，语言犀利，鞭辟入里。傅山讲到对待复杂的人、事要客观恰当地评价，不要意气用事，不能以偏概全，也就是要实事求是，具体问题具体分析。除此之外，最根本的是要使心地不受私心蒙蔽，光明磊落，明智通达，如此才能不带偏见。

◎家 训

训子侄

这是傅山作的一篇训诫子侄的文章。

　　眉、仁素日读书[1]，吾每嫌其驽钝[2]，无超越兼人之敏[3]。间观人有子弟读书者[4]，复驽钝于尔眉、仁，吾乃复少恕尔[5]。两儿以中上之资[6]，尚可与言读书者[7]。此时正是精神健旺之会[8]，当不得专心致志三四年[9]。记吾当二十上下时[10]，读《文选》京、都诸赋[11]，先辨字，再点读[12]，三四上口则略能成诵矣[13]。戊辰会试卷出[14]，先兄子由先生为我点定五十三篇[15]。吾与西席马生较记性[16]，日能多少[17]？马生亦自负高资，穷日之力，四五篇耳[18]。吾栉沐毕诵起[19]，至早饭成唤食，则五十三篇上口，不爽一字[20]。马生惊异叹服如神。自后凡书无论古今，皆不经吾一目臭[21]。然如此能记，是亦不过六七年耳。出三十则减五六，四十则减去八九[22]，随看随忘，如隔世事矣。自恨以彼资性，不曾闭门十年读经史[23]，致令著述之志不能畅快[24]。值今变乱，构书无复力量[25]，间遇之[26]，涉猎之耳[27]，兼以忧抑仓皇，蒿目世变[28]，强颜俯首[29]，为蠹鱼终此天年[30]。火藏焰腾，有恨咕哗，大坏人筋骨[31]。弯强跃马[32]，呜呼已矣！或劝我著述[33]，著述须一副坚贞雄迈心力，始克纵横[34]。我庾开府萧瑟极矣[35]！虽曰虞卿以穷愁著书[36]，然虞卿之愁可以著书解者；我之愁，郭瑀之愁也[37]。著述无时亦无地。或有遗编残句，后之人误以刘因辈贤我，我目几时瞑也[38]！

　　尔辈努力自爱其资，读书尚友[39]，以待笔性老成、见识坚定之时，成吾著述之志不难也[40]。除经书外，《史记》《汉书》《战国策》《左传》《国语》《管子》、骚[41]、赋[42]，皆须细读。其馀任其性之所喜者，略之而已。廿一史，吾已尝言之矣；金、辽、元三史列之载记，不得作正史读也。

〔1〕眉、仁：眉，指傅眉，傅山之子，字寿毛，号糜道人。仁，指傅仁，字寿元，傅山之侄。

〔2〕驽(nú)钝：才能低下。驽，能力低下的马。

〔3〕兼人：能力强，一人抵得上好几人。《汉书·韩信传》："受辱于胯下，无兼人之勇，不足畏也。"

〔4〕间：近来。

〔5〕这句是说：我才对他们稍微宽容一些。

〔6〕资：天资。

〔7〕这句是说：还可以与他们讲读书学习的事情。

〔8〕精神健旺之会：记忆力好，精力旺盛的时候。

〔9〕当不得：还不应当，意即应当。

〔10〕这句是说：想当年我二十岁左右的时候。

〔11〕《文选》京、都诸赋：指《昭明文选》中的《二京赋》《两都赋》等篇章。

〔12〕先辨字，再点读(dòu)：先辨认文章中的生字，再为文章标点断句。读，指断句。

〔13〕这句是说：读三四遍大概就能背诵下来。

〔14〕戊辰：明崇祯元年(1628)。　会试：明清时秀才考试曰"会试"。

〔15〕先兄子由先生：我已故去的兄长傅庚。先，表明已故去的亲人。傅庚，字子由，傅山兄长。　点定：划定备考文章。

〔16〕西席：旧称家塾的教师或幕友为西席。　较：较量，比赛。

〔17〕日能多少：一天能背诵多少。

〔18〕这三句是说：马生对他的资质也十分自信，用近一整天的精力，只不过背会四五篇。

〔19〕这句是说：我梳头洗面完毕之后就开始读诵。栉沐，指梳头洗面。

〔20〕不爽一字：不差一字。爽，失，差。

〔21〕这句是说：凡书经我一看就能记诵。昊，视，看。

〔22〕这两句是说：超过三十岁这种能力就减去五六成，到四十岁就减去八九成。这是指记忆力随年龄的增长而衰退。

〔23〕这两句是说：我很遗憾没有以那样的资质才情苦读十年经史之书。恨，遗憾。

〔24〕著述之志：著书立说的计划、打算。

〔25〕构：置办。

〔26〕间：间或，偶然。

〔27〕涉猎：指泛览群书，不一定做深入钻研。

〔28〕蒿目世变：《庄子·骈拇》："今世之仁人，蒿目而忧世之患。"后称对世事忧虑不安为"蒿目时艰"或"蒿目世变"。

〔29〕强颜：厚着脸皮。

〔30〕蠹鱼：虫名。常蛀蚀衣服书籍。这里比喻埋头苦读，含有食古不化之意。　天年：人的自然寿命。

〔31〕这三句是说：读书时的真实感情要隐藏起来，可又不由得流露出来；读书的感想不能直接表达出来，只能小声低语，令人内心愤恨，这样最损害人的身心健康。火藏焰腾，想把火势掩盖下去，可火焰又要腾跃起来。呫嗶(chèbì)，同"呫嗫"，低声细语。此处指在清朝统治下不能畅所欲言。

〔32〕弯强跃马：弯硬弓，跃骏马，指驰骋疆场，以武力驱逐异族入侵。

〔33〕这句是说：有的人劝我著书立说。

〔34〕纵横:奔放,无拘束。

〔35〕这句是说:我像庾信一样,萧瑟到了极点。庾开府,庾信,字子山,南阳新野(今属河南)人。北周文学家。初仕梁,后出使西魏,值西魏灭梁,被留。历仕西魏、北周,官至骠骑大将军、开府仪同三司,世称庾开府。暮年所作,萧瑟苍凉,为杜甫推崇,杜甫诗云:"庾信生平最萧瑟,暮年诗赋动江关。"

〔36〕虞卿:虞氏,战国时游士。曾进说赵孝成王,被任为上卿,号虞卿。后离赵入魏,不得意而著书。《汉书·艺文志》儒有《虞氏春秋》十五篇,今佚,有清马国翰辑本。

〔37〕这两句是说:虞卿之愁可以用著书来排遣,我的愁像郭瑀一样,著书也不能排解。郭瑀,字元瑜,敦煌人,近代著名隐士。精通经义,曾凿石窟而居,作《春秋墨说》《孝经错纬》。

〔38〕这两句是说:今后如果有人拿刘因这样的人来比譬我,称赞我,我是死不瞑目的,因为刘因是事奉过元朝的宋遗民。刘因,字梦吉,号静修,宋元之际著名理学家,雄州容城(今属河北)人。元世祖诏征为承德郎、右赞善大夫,未几即辞归。工诗词,多伤时感事之作。著有《静修集》。

〔39〕尚友:上与古人为友。尚,通"上"。

〔40〕成:完成。

〔41〕骚:指《离骚》。

〔42〕赋:汉赋。

　　这篇家训讲自己资性虽高,但却不能畅快著述,其原因有三:一是"著述须一副坚贞雄迈心力",但作者却因抗清事业失利而处于穷愁之中,因此"著述无时亦无地"。二是正值变乱之际,"不曾闭门十年读经史"。三是在清朝高压统治下,"强颜俯首"为蠹鱼,感情抑郁,身体多病,又不能畅所欲言。全文与其说是教子侄如何读书、著书,不如说是讲读书、著书与社会政治环境、历史背景的关系,借题发挥。"后之人误以刘因辈贤我,我目几时瞑也",是指作者在甲午被迫应清朝博学鸿词科赴京,拒不参加考试,拒不接受清朝官衔的事。

　　同时,这篇家训具体地论述了读书的方法。首先指出读书要专心致志,特别是在青少年时期,要趁记忆力健旺的时候,集中精力尽量多背诵一些名篇,如此将受益终生。其次指出"自爱其资,读书尚友"是著述的基础;待"笔性老成、见识坚定"之时,方可著述,不可急于求成。最后指出读书要"细读"与略读相结合。

　　文章结合个人身世现身说法,末句金、辽、元三史"不得作正史读也",也是弦外有音,憎恨清朝统治者的民族意识溢于言表。

文 训

　　《文训》为《家训》中的一部分,是傅山教两孙莲苏、莲宝的札记或笔录。

　　贫道昔编《性史》[1]，深论孝友之理[2]，于古今常变，多所发明[3]。取二十一史应在孝友传而不入者，与在孝友传而不足为经者[4]，兼以近代所闻见者，去取轩轾之[5]。二年而稿几完[6]，遭乱失矣。间有其说存之纸者，友人家或有一二条，亦一斑也，然皆反常之论[7]。不存此书者，天也[8]。

　　凡人养性作人，皆有一安身立命之所，即文章小技亦然。尔两小子皆读《左氏春秋》[9]，其中犯教伤义，大节目一眼便知，不待讲解也。至于文章之妙，大段大段，细曲细曲，铺张组织，补缉波澜[10]，前人多少评论，总不能尽。尔小子若有眼色，读之既久，自得悟入。别生机轴，依傍不依傍，熏习变化，全非我所得与尔拈出者[11]。以后凡遇古人用此法、论此义者，莫要置之[12]，皆须留心分析。明经处倒不甚难[13]，以其是非邪正，显然易见，而文心掂播謷谑[14]，实鏖糟所难得窥测[15]。尔们便将此书作一安身立命之作，作人、养性、学文，都向此中求之，每事相与辩论。所谓"奇文共欣赏，疑义相与析"也[16]。

　　文者，情之动也。情者，文之机也[17]。文乃性情之华[18]，情动中而发于外[19]，是故情深而文精[20]，气盛而化神[21]，才挚而气盈[22]，气取盛而才见奇。文章未有高而不简，简而不挚者。

　　[1]《性史》：崇祯十五年(1642)四月，傅山之兄傅庚病故，傅山"感而修《性史》一书"，用了两年时间，即将完成之时，遭甲申之变而遗失。

　　[2]孝友之理：孝顺父母与友爱兄弟的道理。

　　[3]发明：阐明。

　　[4]不足为经：不足以当作典范的篇章。

　　[5]轩轾(zhì)：车舆前高后低(前轻后重)称轩，前低后高(前重后轻)称轾。引申为轻重、高低。

　　[6]几完：几乎完成了。

　　[7]反常之论：这里指《性史》中阐述的理论不同于当时的正统儒家思想。

　　[8]这两句是说：这本书没有留存下来是天意所定。

　　[9]尔两小子：指傅山的两个孙子傅莲苏和傅莲宝。

　　[10]补缉(qī)：补充修正。缉，一种缝法，一针对一针地缝。

　　[11]拈出：指出，点明。

　　[12]置之：搁置一旁，不予理会。

　　[13]明经：通晓经术，明辨经义。汉代以明经射策取士。

　　[14]文心：即文思，作文章的构思方法。　掂播謷(wèi)谑：指文章构思与写作的艺术手段。掂播，较量轻重。謷谑，虚夸戏谑之言。

　　[15]鏖糟：肮脏，不干净。这里指鏖糟之人。

〔16〕奇文共欣赏,疑义相与析:陶渊明《移居》诗句,意思是说好文章要大家一起品评欣赏,文中的疑问要一同分析讨论。

〔17〕机:契机,动因。

〔18〕这句是说:文章是性情的精华历练而成的。

〔19〕这句是说:人的感情发自内心,把它抒发出来就是一篇感情充沛的文章。

〔20〕这句是说:所以感情越深厚,文章就写得越精彩。

〔21〕气盛:感情充沛。 神:神韵。

〔22〕才挚:才情真挚、真诚。

明代的李梦阳倡导"文必秦汉,诗必盛唐",主张拟古。傅山否定这种观点,认为文学艺术的创作规律,不是绝对的模仿,而是继承与发展的统一。他认为既要"熏习",又要"变化",有所继承,推陈出新。"依傍"而不泥古,"不依傍"而刻意求新。他的"依傍不依傍"的观点,是符合文艺发展规律的。

其后,傅山又提出"缘情以为文"的观点。傅山在文论中,着意追求"情真",强调作品要反映人的自然情感,反对任何束缚人情人性的作品。他认为情真是文学艺术的创作基础,情深是文精的根本所在。

字 训

这篇文章为《家训》中的一部分,是傅山为教导两孙写字所写,体现了傅山的书法理论和审美情趣。

论画人物,点睛如能左右顾者[1],只是点的最正,正即能尔[2]。此固然,然亦须于左右观视之物上用情。画视难,画听尤难。写字之妙,亦不过一正。然正不是板,不是死,只是古法[3]。且说人手作字,定是左下右高,背面看之皆然,对面不觉。若要左右最平,除非写时令左高右下。如勒横画[4],信手画去则"一",加心要平,则不"一"矣。难说此便是正耶[5]?

作小楷须用大力柱笔著纸[6],如以千金铁杖柱地[7]。若谓小字无须重力,可以飘忽点缀而就,便于此技说梦[8]。写《黄庭》数千过[9],了用圆锋[10],笔香象力[11],竭诚运腕[12],肩膀供筋骨之输,久久从右天柱涌起[13],然后可语奇正之变[14]。

小楷乏波不难[15],而勒落尤难[16],刻亦难之[17]。此法,书者、勒者皆写字只在不放肆[19]，一笔一画，平平稳稳，结构得去，有甚行不得。静光好书法[20]，收此武拔甫数纸[21]，皆是兢业谨慎时作，惜乎死矣！静光颇学此笔法，而青于蓝矣。水木之源，装而藏之，礼也[22]。

写字无奇巧[23]，只有正拙[24]。正极奇生，归于大巧若拙已矣[25]。不信时，但于落笔时先萌一意[26]，我要使此为何如一势[27]，及成字后，与意之结构全乖。亦可以知此中天倪[28]，造作不得矣。手熟为能，迩言道破[29]。王铎四十年前字[30]，极力造作；四十年后，无意合拍，遂能大家。

晋自晋[31]，六朝自六朝，唐自唐，宋自宋，元自元。好好笔法[32]，近来被一家写坏[33]：晋不晋，六朝不六朝，唐不唐，宋元不宋元，尚暖暖姝姝[34]，自以为集大成。有眼者一见便窥见室家之好[35]。

予极不喜赵子昂[36]。薄其人，遂恶其书。近细视之，亦未可厚非。熟媚绰约[37]，自是贱态；润秀圆转，尚属正脉。盖自《兰亭》内稍变而至此[38]。与时高下，亦由气运，不独文章然也[39]。

吾极知书法佳境，第始欲如此而不得如此者[40]，心手纸笔，主客互有乖左之故也[41]。期于如此而能如此者[42]，工也[43]；不期如此而能如此者，天也[44]。一行有一行之天，一字有一字之天。神至而笔至，天也；笔不至而神至，天也。至与不至，莫非天也。吾复何言！盖难言之。

〔1〕顾：顾盼。

〔2〕这句是说：眼珠点正，就能达到这种(眼睛仿佛能左右顾盼的)效果。

〔3〕这三句是说：写字要正，但不是要求刻板，而是合乎写字的本来法则。

〔4〕勒："永字八法"(汉字楷书运笔的八种基本法则，因以"永"字为例，故名)之一，写横画为勒，须逆锋落纸，不应顺锋平过。

〔5〕这句是说：写横画加心要平，便不合古法，便不是真正的"正"了。

〔6〕柱笔：持笔要像柱子般直立着。　著纸：着纸，落纸。

〔7〕这句是说：落笔要像千斤重的铁柱支撑地面那样有力而稳健。

〔8〕这句是说：便是对写小楷的方法根本不懂，像说梦话一样糊里糊涂。

〔9〕《黄庭》：《黄庭经》，小楷法帖，唐褚遂良列入《晋右军王羲之书目》，董其昌认为是褚遂良所临。数千过：写过数千次。

〔10〕了用：完全用。　圆锋：即中锋，执笔端正，使笔在纸上垂直运行，容易产生持重、圆厚的效果。

〔11〕笔香象力：用笔如香象渡河，笔笔透彻尽力。佛教经文《优婆塞戒经》卷一："如恒河水，三兽俱渡，兔、马、香象。兔不至底，浮水而过；马或至底，或不至底；象则尽底。"

〔12〕竭诚：集中精力。　运腕：运用手腕上下提按和左右起倒以操纵笔锋。

〔13〕这两句是说：把肩、臂之力送达手腕，久而久之，力量从"右天柱"的方位涌起。右天柱，人体经穴名。在头部发边以下。

〔14〕这句是说：达到上述要求之后，才可以谈论书法的奇正之变。奇正之变，本来是古代兵法术语。《孙子兵法·势》："战势不过奇正，奇正之变，不可胜穷也。"正，是正常的、有规律的；奇，是变幻莫测，临敌运变。古人认为奇正之变循环无穷，是"用兵之钤键，制胜之枢机"。傅山在这里借指书法的运用和创造。

〔15〕辵(chuò)：乍行乍止貌。　波：书法中捺称做波。辵波指书法中捺的写法。

〔16〕勒落：横画。

〔17〕刻亦难之：在碑刻中，小楷的横画难度也很大。

〔18〕书者：书写的人。　勒者：刻工。　等闲置去：不当回事，不经意地搁置一边。

〔19〕放肆：即放纵。

〔20〕静光：为僧名。　好书法：爱好书法。

〔21〕武拔甫：其人其事未详。

〔22〕这三句是说：静光学武拔甫的书法，就像五行中木生于水一样，武的书法是其来源，因此加以装裱、收藏，是合乎尊师之礼的。

〔23〕奇巧：奇特巧妙。

〔24〕正拙：纯正拙朴。

〔25〕大巧若拙：《老子》四十五章："大巧若拙。"意思是说最灵巧的东西，表面上好像很笨拙。

〔26〕萌：萌生，产生。

〔27〕势：笔势。

〔28〕天倪：自然的区分，事物本来的差别。语出《庄子·齐物论》："和之以天倪。"

〔29〕迩言：浅近的话，指"手熟为能"而言。

〔30〕王铎：字觉斯，号嵩樵，河南孟津人。明末清初书法家。工行草书，多得力于颜真卿、米芾二家。笔力雄健，长于布白。兼能画山水、兰竹。

〔31〕晋自晋：意指晋人书法自有晋人的笔法、笔势、笔意。以下数句同。

〔32〕笔法：写字运笔的方法。

〔33〕近来被一家写坏：这里指的是明代董其昌。董其昌自谓于率意中得秀色。

〔34〕暖暖姝姝：心满意足、沾沾自喜的样子。

〔35〕室家之好：意指不登大雅之堂，难以得到社会公认。室家，指夫妇、家庭而言。

〔36〕赵子昂：元代书画家赵孟頫，字子昂，号松雪道人，吴兴（今浙江湖州）人。宋宗室，入元，荐受刑部主事，累官至翰林学士承旨，封魏国公，谥文敏。工书法，尤精正、行书和小楷，学李邕而以王羲之、王献之为宗，其书圆转遒丽，世称"赵体"。

〔37〕绰约：姿态柔美驯顺的样子。

〔38〕《兰亭》：王羲之所作《兰亭集序》。

〔39〕这数句说：赵孟頫的字润秀圆转，大体上是从《兰亭集序》内稍加变化而来的，但随着时代的变化而有风格高下之别，这也不完全取决于赵，与"气运"（时序的流转和客观的情势）也有关。这一点，不只文章如此，书法也是如此。

〔40〕第：但，只。

〔41〕乖左：背戾不合。

〔42〕期于如此：希望、预期能这样。

〔43〕工：功力。

〔44〕天：天然，出于自然的。傅山此处连用六个"天"字，主要用以形容写字时出于自然形成的笔势、笔意，说明写字并不完全是"期于如此而能如此者"。

《字训》是傅山用以教育其孙莲苏、莲宝的"书法入门"，内容丰富，语言浅显，在教两孙学书的同时发表了自己对书法的看法。

《字训》八则，可归纳为四个方面的内容：一是"写字之妙，亦不过一正"（第一则、第四则）。这主要指间架结构，也兼指笔法、笔势。所谓"正"，从傅山的论述中可以看出，第一是"不放肆，一笔一画，平平稳稳，结构得去"，不可流于狂怪；第二是合乎"古法"，实际上也就是合乎"人手作字"的特点，"定是左下右高"，要"信手画去"，不可"加心要平"；第三，"不是板，不是死"。这是符合平衡对称、多样统一的美学原则的，也是我国书学中一贯的传统主张。

二是"作小楷须用大力"（第二则、第三则）。关于笔力，历来是评价书法的关键之一。傅山这里没有说到大楷，但连人们往往以为"无须重力"的小楷，他都强调"须用大力"，那就不言自明了。他还强调要"写《黄庭》数千过"，"久久"力从"右天柱涌起"，就是指笔力不但要方法运用得当，更要从实践锻炼中来，这一点也许更为重要。

三是写字的奇与正、巧与拙、工夫与天然的辩证关系（第五则、第八则）。傅山认为"写字无奇巧，只有正拙"，但他肯定奇正之变，认为"正极奇生，归于大巧若拙已矣"。

四是对赵孟頫、董其昌的评价（第六则、第七则）。赵孟頫在元代、董其昌在明代，都堪称大家，尤其是学习二王书法，功力很深，风格秀媚，影响也很广。但赵书也确有傅山所说的软美、浅俗之病，且缺乏独创性；董书风格类似赵书，但气势和格调却更为柔弱委琐。傅山在本篇中，指出赵的弱点的同时，注意到了"与时高下，亦由气运"的客观历史原因。傅山对董其昌的批评就更为严厉了，甚至显得偏激。究其原因，从书法本身着眼，傅山一贯反对那种"熟媚绰约"的"贱态"。与此同时，傅山坚持民族气节，拒绝和清政府合作。赵孟頫却以宋朝宗室而仕元，并且官居显要，在傅山看来是无法原谅的变节行为，是没有骨气的，正如他在本篇《家训》中所坦率讲出的，"薄其人，遂恶其书"。这又一次体现了傅山"知人论世"的思想。

仕　训

本文选自《家训》，主要谈出仕之道。

仕不惟非其时不得轻出，即其时亦不得轻出[1]。君臣僚友，那得皆其人也[2]！仕本凭一"志"字[3]，志不得行，身随以苟，苟岂可暂处哉[4]！不得已而用气，到用气之时，于国事未必有济[5]，而身死矣。但云酬君之当然者[6]，于仕之义，却不过临了一件耳[7]。此中轻重经权，岂一轻生能了[8]？吾尝笑僧家动言佛为众生，似矣[9]，却不知佛为众生，众生全不为佛，佛教独自一个忙乱个整死，临了不知骂佛者尚有多多少也。我此语近于沮溺一流背孔孟之教矣[10]。当此时奔逐干进[11]，泊天地下皆不屑为沮溺矣[12]，岂如此即皆孔孟耶？但囫囵论道之[13]。尔辈顾素闻大义明矣[14]，何必我口一一诛求[15]。运气当尔[16]，若不达观，真正憋杀几个读书求知之人。须知志即在读书中寻之，不失为门庭萧瑟之风流也[17]。

仕之一字，绝不可轻言。但看古来君臣之际，明良喜起[18]，唐虞以后[19]，可再有几个？无论不得君[20]，即得君者，中间忌妒谗间，能保终始乎？若裴晋公之遇唐宪宗，亦万一耳[21]。

〔1〕这两句是说：做官不但在不应做的时候，不轻易出来做；即使在应该做的时候，亦不轻易出来做。仕，古时称做官为仕。

〔2〕这两句是说：君臣僚友，哪能都是恰当的呀！

〔3〕这句是说：做官为仕，本来凭的就是"志向"。

〔4〕这三句是说：志向不得实行，自己又随着别人苟且度日，这样岂能相处，哪怕是暂时的也不行。

〔5〕济：补益。

〔6〕这句是说：通常认为为报答君王而死是理所当然的事。

〔7〕这两句是说：但是对做官而言，"死"只不过是临结束前的一件事罢了。

〔8〕经权：经，范围，原则；权，权衡。轻重经权，权衡原则上的轻重。这两句是说：为国家做事，每个行为都要在原则上衡量轻重，岂能一死了事？

〔9〕这句是说：我曾嘲笑佛教僧人动不动就说佛为众生，能轻易舍身，这与为官之人为君国而死是一样的。

〔10〕沮溺：长沮和桀溺，春秋时的两个隐士，隐居不仕，从事耕作。《论语·微子》记载：长沮与桀溺两个人在一起耕地，孔子和子路经过那里，他们对子路说："滔滔者天下皆是也，而谁以易之？且而与其从辟人之士也，岂若从辟世之士哉？"子路转告孔子后，孔子说："鸟兽不可与同群，吾非斯人之徒与而谁与？天下有道，丘不与易也。"傅山这里是说：我的上述主张，接近于长沮、桀溺的意见，而违背了孔子的教义。

〔11〕奔逐干进：指奔忙，角逐，谋求职位。干进，谋取官位。

〔12〕泊：通"薄"。

〔13〕这句是说：只是笼统大略地说说。

〔14〕这句是说：你们回顾一下平时所听说过的道理就明白了。顾，反顾，回顾。素，平素，平时。

〔15〕诛求：诛，讨伐，谴责。求，责求。

中国家庭基本藏书

〔16〕运气当尔：即"尔当运气"，你们碰到某种运气。

〔17〕这两句是说：你们应当牢记通过读书来寻求人生的志向，这不失为清贫之家的遗风。萧瑟，寂寞凄凉。风流，遗风。

〔18〕明良喜起：君王英明，忠良之臣喜被起用。

〔19〕唐虞：古史言陶唐氏（尧）与有虞氏（舜），皆以揖让有天下，以唐虞时为太平盛世。

〔20〕这句是说：暂且不谈不遇明君。

〔21〕裴晋公：裴度，唐大臣，官至宰相，很受唐宪宗重用。因曾封晋国公，世称"裴晋公"。 万一：万中求一，少见。

　　本文论述了出仕之道：仕须有志。并要"得其时"，"得其人"，于"国事有济"，方可出仕；否则不可轻易出仕。文章尖锐地抨击了封建官僚，不凭志，而纯"用气"、"以死酬君"的愚忠思想；并以佛为众生设喻，揶揄了封建皇帝和官僚恤众拯民的谎言；同时还辛辣地讽刺了以孔孟之道治天下，天下却尽是贪婪之辈的丑恶现实；最后更进一步揭露了官场的险恶、黑暗和腐败。傅山由此得出结论——在读书中寻志，保持"萧瑟"门庭的"风流"以洁身自好。

十六字格言

　　《十六字格言》选自傅山《霜红龛集》卷二十五《家训》，是傅山写给两个孙子傅莲苏、傅莲宝的，反映了傅山为人为学的主要思想，寄予了对年轻人在道德修养和治学态度方面的希望。

　　乙未七月二十日书教两孙。

静　　不可轻举妄动。此全为读书地。街门不辄出[1]。

淡　　消除世外利欲[2]。

远　　去人远，无匪人之笔。此有二义。又要往远里看，对近字求之[3]。

藏　　一切小慧不可卖弄[4]。

忍　　眷属小嫌，外来侮御，读《孟子》"三自反"章，自解[5]。

乐　　此字难讲。如般乐饮酒，非类群嬉，岂可谓乐？此字只在闭门读书里面，读《论语》首章自见[6]。

默　　此字只要谨言。古人戒此，多有成言矣。至于讦直恶口，排毁阴隐，不止自己不许犯之，即闻人言，掩耳急走[7]。

谦　　一切有而不居，与骄傲反。吾说《易》"谦卦"有之[8]。

重　　即"君子不重则不威"之重。气岸崚嶒，不恶而严[9]。

审　　大而出处，小而应接，虑可知难。至于日间言行，静夜自审，又是一义。前是求不失其可，后是又改革其非[10]。

勤　　读书勿怠，凡一义一字不知者，问人检籍。不可一"且"字放在胸中[11]。

俭　　一切饭食衣服，不饥不寒足矣。若有志，即饥寒在身，亦不得萌干求之意[12]。

宽　　为肚皮宽展，为容受地窄，则自隘自爱，损性致病[13]。

安　　只是对"勉"字看。"勉"岂不是好字，但不可强不能为能、不知为知。此病中者最多[14]。

蜕　　《荀子》如"蜕"之"脱"。君子学问，不时变化，如蝉蜕壳。若得少自锢，岂能长进[15]？

归　　谓有所归宿，不至无所着落，即博后之约[16]。

偶列此十六字，教莲苏、莲宝，粗令触目，略有所警。载籍如此话，说不胜记。尔辈渐渐读书寻义，自当遇之。魏收《枕中篇》最周匝，不可以人废言。于《元魏书》中有之。

〔1〕静：这条强调学习必须专心致志，静心钻研，心无旁骛。

〔2〕淡：这条是说没有世俗利欲之心的人才能存大志，成大业。

〔3〕远：傅山对"远"有两个解释：第一，远离品行不端正的人，这是讲择友交往的原则；第二，目光远大，志存高远。

〔4〕藏：这条是说卖弄小聪明是一种轻薄的、缺乏修养的表现。为学应深藏不露。

〔5〕忍：傅山认为内亲家属对自己的小小嫌隙，外人朋友对自己的中伤无礼，要采取忍让的态度，先反躬自问，找自身的原因，还特别强调要在《孟子》中寻找处理这些问题的答案。"三自反"章应即《孟子·离娄上》："爱人不亲，反其仁；治人不治，反其智；礼人不答，反其敬。行有不得者皆反求诸己，其身正而天下归之。"这几句的意思是说："我去爱别人而别人却对我不亲，我要反问自己对别人够仁爱吗？我管理别人可是没有管理好，我要反问自己智慧是否不够呢？我对别人有礼貌而别人不回应，我要反问自己是否对别人足够恭敬——凡是自己实行了却没有得到预期的效果都要反过头来自问，自己的行为端正了，天下的人都会归向自己。"

〔6〕乐：傅山指出人生真正的快乐在于"读书"，即对于知识的渴求。"闭门"是强调专心致志，排除干扰。"《论语》首章"即"学而时习之，不亦说乎！"

〔7〕默：默有两层意思：第一，"默"并非指沉默、缄口，而是要"谨言"，只有"谨言"才有"成言"，"成言"可理解为经过深思熟虑而发的、有内容的、正确的言论，是少而精的言论；第二，傅山对那些无故攻击人、诋

毁人的恶言恶语是深恶痛绝的，因此他告诫子孙不许恶言中伤别人，即使听到别人说类似的话，也要捂住耳朵迅速离开。

〔8〕谦："有而不居"是指有功而不居功自傲。语出《老子》："功成而弗居。夫唯不居，是以不去。"意思是说：有了功而不以功自居，正因为不自居功，因此也就离不开功劳(别人总会记住的)。也就是说不居功的人正是有功之人，古今成大事业、大学问的人往往表现得很谦逊谨慎，虚怀若谷，不居功自傲。

〔9〕重：孔子曾说"君子不重则不威"，意思是说：君子如果不庄重，就没有威严。庄重，指言谈举止不轻浮，不苟言笑。"气岸峻嶒，不恶而严"是指态度严肃、凛然，难以侵犯。

〔10〕审：经过详细周密的思考来弄清事情的真相。"审"有两层意思：第一，从出仕或隐退，到与人交际应酬，均要审慎思虑；第二，晚上要自我省察自己每日的言行。

〔11〕勤：这条强调读书要深究，要专精。在读书的过程中，遇到疑难问题，或者向人请教，或者查阅书籍，决不能姑且搁置一边，不求甚解，这样读书不会有进步。

〔12〕俭：傅山认为在生活上应求俭省朴素，有起码的生活条件，不饥不寒就可以了。一味追求物质享受就会玩物丧志；并且，人穷志不穷，不应降志向人告求。

〔13〕宽：傅山认为人的度量要大，要能容得下事情；心地狭窄，钻牛角尖，自寻烦恼，只能损害自己的性情和身体健康。

〔14〕安：指贵有自知之明，不勉强做那些能力达不到的事。

〔15〕蜕：傅山认为学问的长进在于知识的变化更新，如果墨守成规，死守章句，固步自封，是不会有什么长进的。《荀子·大略篇》："君子之学如蜕。"这条是鼓励年轻人在学习的过程中要具有创新精神。

〔16〕归：傅山认为在学习中"博"不是目的，由"博"归结到"约"才有着落，即只有在广博的学习基础上回到专精才能有所成就，也就是要厚积薄发。

跋文意：我写下这十六个字，让莲苏、莲宝两个孙子大致学习其中的精义，使他们在学习的过程中有所警醒。我写下的这些话是远远不够的，你们在读书学习的过程中慢慢就能体会到。魏收的《枕中篇》论述得最为周密，你们不能因为他的名声不好而不看他的书。这在《元魏书》中有记载。魏收：北方史学家。字伯起，小字佛助，下曲阳县(今河北晋州)人。北魏时任散骑常侍，编修国史。北齐时任中书令兼著作郎，奉诏编撰《魏书》，借修史酬恩报怨，书成后议论纷纭，曾被称为"秽史"。后累官至尚书右仆射，监修国史。《元魏书》：即《魏书》。元魏，北魏、后魏的别称。

这十六字格言可以分为两类："静"、"乐"、"勤"、"蜕"、"安"、"归"是有关为学的；"淡"、"远"、"藏"、"忍"、"默"、"谦"、"重"、"审"、"俭"、"宽"是有关人际关系和道德修养的。从格言中可以看出傅山放弃了"建功立业，侧身庙堂"的宏愿，而把写出好文章流传后世作为自己最高的理想，反映了在异族统治下有民族意识和正义感的知识分子低沉的心声。

◎ 附 录

傅山年谱简编

明万历三十四年丙午(1606),一岁

傅山生于明万历三十四年六月十九日(公元1606年7月23日)。

孙奇逢二十三岁。

袁继咸九岁。

阎尔梅四岁。

万历三十六年戊申(1608),三岁

早慧,受其父影响诵《心经》。

万历三十七年己酉(1609),四岁

山西大饥。傅山祖霖及叔祖震施粥以赈。

万历三十八年庚戌(1610),五岁

黄宗羲生。

万历三十九年辛亥(1611),六岁

曾患怪异之症。啖黄精,不乐谷食,强之乃复饭。

万历四十年壬子(1612),七岁

就小学读书,过目成诵,并知"悲生死"。父离垢君批点檀弓,教读于家。

万历四十一年癸丑(1613),八岁

顾炎武生。

四月己巳,明神宗谕吏部、都察院:"年来议论混淆,朝廷优容不问,遂益妄言排陷,致大臣疑畏,皆欲求去,甚伤国体。至今仍有结党乱政者,罪不宥。"

万历四十二年甲寅(1614),九岁

学书临锺元常。

万历四十四年丙辰(1616),十一岁

四月,河南发生农民起义。

七月,山东发生农民起义。

建州左卫女真爱新觉罗·努尔哈赤(即清太祖)袭陷抚顺清河堡,称汗登位,国号"大金"(史称后金),改元天命。

万历四十五年丁巳(1617),十二岁

魏象枢生。

万历四十六年戊午(1618)，十三岁

傅山得观明神宗"御书海阔五言十字"。

尤侗、戴廷栻生。

努尔哈赤秘密宣布"今岁必征明"。四月甲辰，攻占抚顺城。七月，攻占清河堡。全辽震动，明举朝震骇。

万历四十七年己未(1619)，十四岁

王夫之、申涵光生。

泰昌元年庚申(1620)，十五岁

应童子试入庠。是时家塾课程甚严。

张煌言(字玄著，号苍水)生。

七月丙申，明神宗崩。后世论者，谓"明之亡，实亡于神宗"。

八月丙午朔，朱常洛即皇帝位，改元泰昌，是为光宗。甲戌鸿胪寺官李可灼进"红丸"，九月乙亥朔光宗崩，在位一月。丙子，颁遗诏。吏部尚书周嘉谟等及御史左光斗疏请李选侍移宫，御史王安舜疏论李可灼进药之误。"红丸"、"移宫"二案自是起。庚辰，朱由校即皇帝位，是为熹宗。

熹宗天启元年辛酉(1621)，十六岁

侄襄生，傅山兄庚之子。

傅山进秀才。

时塾课甚严，不出门庭。

三月，后金兵攻占沈阳、辽阳，明辽东经略袁应泰等死之。京师戒严。后金迁都辽阳。

天启二年壬戌(1622)，十七岁

后金兵攻取西平、广宁，连陷四十馀城，迁都沈阳。

四月，山东白莲教徐鸿儒起义，陷郓城，六月陷邹县、滕县，十月，徐等在邹县战败被俘。

天启三年癸亥(1623)，十八岁

十二月庚戌，魏忠贤总督东厂，阉党复炽。

天启四年甲子(1624)，十九岁

冬，其父离垢先生患伤寒病危，傅山乞药于文昌庙，服之竟愈。

郑成功生。

六月，左副都御史杨涟劾魏忠贤二十四大罪，南北诸臣论忠贤者相继，皆不纳。

十月，削吏部侍郎陈于庭、副都御史杨涟、佥都御史左光斗籍。

天启五年乙丑(1625)，二十岁

试高等食廪饩。以举子业不足习，遂读十三经、诸子、文选，史至宋史而止。

因肆力诸方外书。临晋唐楷书法。

交游颇多,关心国事。

正月,后金兵攻占旅顺,迁都沈阳。三月,谳汪文言狱,逮杨涟、左光斗等六人,未几皆死狱中。七月,毁首善书院。八月,毁天下东林讲学书院。十二月,榜东林党人姓名,颁示天下。

天启六年丙寅(1626),二十一岁

本年,以苏松织造太监李玄奏,逮前应天巡抚周起元、左都御史高攀龙等七人,攀龙赴水死,起元等相继死狱中。

后金努尔哈赤攻宁远不克而殂,第四子皇太极袭位,改元天聪。

天启七年丁卯(1627),二十二岁

作《秋海棠赋》。

五月,监生张万令请建魏忠贤祠于大学旁,岁祀如孔子,许之。后金兵围锦州,攻宁远,大挫而退。八月乙卯,熹宗崩。八月丁巳,怀宗即位。十一月,安置魏忠贤于凤阳,未几缢死。撤各边镇守内臣。免天启时逮死诸臣赃,释其家属。

思宗崇祯元年戊辰(1628),二十三岁

妻张氏静君,正月生子眉。张氏为忻州人张光禄之女。

傅山记性高强,与西席马生较记性,一日背诵五十三篇,不爽一字,令人惊服。

崇祯二年己巳(1629),二十四岁

李颙生。

朱彝尊生。

后金兵先后入大茹、遵化,十一月薄德胜门。十二月癸酉,山西援兵溃于良乡。

《霜红龛集》卷十一《喻都赋序》:"己巳之变,有大臣某首议迁(按:指首都南迁),有旨:再言迁都者死。人心乃安。"

崇祯三年庚午(1630),二十五岁

乡试闹撤,有怀卷自缢于奎光楼者,傅山作诗吊之,感慨时局纷浊,才士不遇。

阳城张履旋赴试来会城,与傅山相见。

吏部尚书温体仁、吴宗达兼东阁大学士,预机务,是为阉党重起之日。三月,"流贼"(陕西农民军)攻入山西。十一月,山西总兵官王国栋追剿农民军于河曲,败绩。

崇祯四年辛未(1631),二十六岁

观双凤黄孝廉家藏书画,为之鉴别。

崇祯五年壬申(1632),二十七岁

妻张氏卒,誓不复娶。子眉方五岁,祖母陈太君抚养之。

七月,太监曹化淳提督京营戎政。秋,陕西农民军入山西,分部走河北。

崇祯六年癸酉(1633),二十八岁

正月，曹文诏节制山、陕诸将围剿农民起义军。二月，农民军攻畿南。六月，太监高起潜监视宁、锦兵饷。七月，后金兵攻取旅顺。改曹文诏镇大同，山西巡抚都御史许鼎臣，请留文诏"剿贼"，不许。十一月壬子，农民军攻陷渑池，十二月连陷伊阳、卢氏，分攻南阳、汝宁，遂通湖广。

崇祯七年甲戌(1634)，二十九岁

王士禛生。

七月，山西提学佥事袁继咸莅任。九月，吴甡任右佥都御史巡抚山西。山西民大饥。

正月，农民军自勋阳渡汉水，攻襄阳，连陷紫阳、平利，自河南入四川。七月，后金兵入上方堡，至宣府，克保安，沿边诸城堡多不守。冬，李自成攻克陈州。

崇祯八年乙亥(1635)，三十岁

袁继咸出试山西诸郡，识傅山当为此年。

子眉能作小诗小赋。

正月，农民军攻克上蔡、汜水、荥阳、固始，辛酉张献忠攻陷颍州，丙寅陷凤阳，壬申攻庐州，寻陷庐江、无为。李自成走归德，与罗汝才复入陕西，十月攻陷陕州。

崇祯九年丙子(1636)，三十一岁

袁继咸修复三立书院，课全晋诸生，拔取郭新、曹良直、薛宗周、王如金、崔嗣达、白允彩、曹伟、卫蒿、戴廷栻等三百馀人讲肆其中，而置傅山为第一。傅山始与戴廷栻等交。

袁继咸为巡按张孙振(字古岳，庐州府人)诬诋下狱，傅山与同学薛宗周议伏阙讼冤，随袁公行。至京，寓琉璃厂抚魔祠。傅山上疏投通政司，数上皆不纳，乃出揭帖投大小各衙门及中官厂卫缉访者，卒达御前。

阎若璩生。

山西大饥，人相食。后金改国号曰清，改元崇德。三月，高迎祥、李自成分部入陕西。七月己未，后金兵入昌平，八月出塞。

崇祯十年丁丑(1637)，三十二岁

袁继咸冤得白。傅山以义声闻天下，闰四月出京，五月抵家。

在京时曾作《喻都赋》，主张加强边备，抗击清兵。

归里后作《因人私记》，记袁狱始末。郭新(九子)访傅山，激赏傅山子眉早慧。

傅山食柏叶，辟谷。

本年夏，两畿、山西大旱。

崇祯十一年戊寅(1638)，三十三岁

元日雪，作诗二首，关心"一年水旱"。

正月钱文蔚(虚舟)治具邀游崇善寺。

傅仁生。傅山兄傅庚仲子。

山西、陕西,旱、饥。

九月,清兵入墙子岭,十一月戊辰攻占高阳。

崇祯十二年己卯(1639),三十四岁

为学始务博综。

傅山住太原兰村裂石庙前虹巢读书,教子眉读书作文。

本年正月,清兵攻入济南,俘德王(由枢),二月北归。

崇祯十三年庚辰(1640),三十五岁

侄襄病殁,年二十,太原府学生。傅山有《哭侄襄秀才》诗。

八月郭九子卒,傅山于十月间闻知,因有《郭九子哀辞》之作,并点定其遗集为《旷林一枝》,并作叙,推崇其"儒生风节"。

冬欲雪,同兄庚合龛待之烹茶。

崇祯十四年辛巳(1641),三十六岁

春染疫几死,赖兄庚调护得痊愈。

傅山素易病,因受道法于还阳真人。

有《病征诗》。又有《上兰五龙祠场圃记》。

约于本年作《性史》。

本年正月丙申,李自成攻陷河南,杀福王常洵;二月戊午,张献忠攻陷襄阳,杀襄王翊铭、贵阳王常法。十一月丙子,李自成攻陷南阳,杀唐王聿镆。

崇祯十五年壬午(1642),三十七岁

元日雪,有《元日斋中坐雪二首》。

夏四月兄庚病殁,傅山日夜共老母哭泣,避宴吉祥寺,有《六月十五日至十九日即事吟成二十一首》,以志恸。

在此前构筑屈围庵,即青羊庵,后改霜红龛。自是年起始寓此庵。

八月,《两汉书人姓名韵》著成,作自叙。

应乡试不中第,遂服黄冠衲头。

本年正月,蔡懋德(字维立,昆山人)巡抚山西,寻出镇固关。二月戊午清兵攻占松山。三月己卯攻占锦州。五月甲戌,张献忠攻克庐州。十一月庚辰清兵攻占蓟州,闰月壬寅南下,畿南郡邑多不守,十二月趋曹濮,山东州县相继被攻占。

崇祯十六年癸未(1643),三十八岁

四月,巡抚蔡懋德自固关返太原,聘傅山讲学于三立书院。

八月,傅山与蔡懋德化名毁谤农民起义军,以暂安人心。

本年,傅山曾见赵庆门,识李光座,有《屈围石磴》诗。本年曹良直中疫卒,傅山作《悼古遗》诗。

149

本年清主皇太极殂，第三子福临袭位，改元顺治。正月丁丑，李自成攻陷承天。五月癸巳朔，张献忠攻陷汉阳，丙寅陷岳州，丙戌陷长沙。十月丙寅李自成破潼关，遂陷西安、延安诸郡，督师尚书孙传庭死之。

九月，李自成军兵临黄河，蔡懋德移防平阳。十二月，李自成军渡河，蔡退守太原。（傅山《巡抚蔡公传》）

是年，傅山友曹良直病殁，傅山作诗悼之。

崇祯十七年甲申(1644)，三十九岁

正月，阁部李建泰出督师，聘傅山军前赞画。傅山赴聘途经平定，寓张三谟(日蔡)东池别墅，有《东池元夜》《东池得家信依右玄寄韵》诗。

傅山赴建泰军后，曾请建泰援太原。会建泰闻曲沃陷，退入保定，傅山密书报蔡懋德。二月，李自成攻克太原。傅山时寓平定嘉山，此后到寿阳拜道人郭静中为师，自号朱衣道人，并流浪于盂县、忻州山区。

三月丁未(十九日)，李自成攻克北京，崇祯帝缢死，明亡。四月，清兵入关，五月三日入京，宣布"定鼎燕京"，要求各地官员"剃发归顺"。五月，李自成退兵经太原，留陈永福镇守之。十月清兵攻占太原，十一月"山西悉平"。

自明亡、清入主中原起，傅山即弃青衿为黄冠，此后数年即弃家而旅，流寓于平定、祁、汾间。

本年内多寓居于平定、寿阳、盂县。于平定主白允彩(居实)七旦别业，有《七旦老杏》《雨》等诗。于寿阳住石河村郝德新(旧甫，又字鉴盘)家，有《石河村与郝子旧甫》《长榆南崖之孤松》《甲申八月访道师五峰龙池不遇》诗。于盂县过孙颖韩(起八)山房，有《避地过起八兄山房令儿眉限韵》《月望起八兄生日》《七机岩》《藏山》《重九次又玄韵》《前韵怀居实期采菊不至》《高细水携具河之干限韵》《落叶到棋局》《仇犹秋兴》诸诗。

除夕有《甲申守岁》诗。《无家赋》殆亦作于是年。

其间，曾于五月至八月，经太原到祁州，又经太原返寿阳。经太原北行时，有《夏五过黄玉》《到赤城》《愿旱》等诗；于祁州有《七贤祠》《祠僧惠风不能礼客》《聊以复祠僧》《顿村旧家作》《间关上陀罗山》等诗；八月复过太原，有《过先居士旧坟》《中秋夜黄玉邀集其姊翁村斋拟早寻道者》等诗。

清军入京后，河北、山东等地农民纷纷起义抗清。鲁西、曹州一带榆园农民均由反明转入抗清。五月十五日，前明福王朱由崧即位南京，改元弘光，以史可法为大学士。傅山本年诗作，以抒国破家亡之恨为最。不忘故明而关注南明。

吴雯生于辽东(祖籍汾阳)。

顺治二年乙酉(1645)，四十岁

傅山为避乱来往于武乡、汾阳、平定、盂县等地，并曾游苍岩山。

避清征辟于武乡，住邑人魏驷家。

在汾阳与同学薛宗周、王如金过从甚密，并识胡生欵兄弟三人。

游苍岩山，白居实、范垂云及侄仁偕行，有《苍岩方外格八首仁哥限韵》《岩宿夜大雷雨同白范二子枕上成》。

夏秋间有《生日示儿侄》《右玄贻生日用韵》《中秋惆怅八首》等诗，抒其国破家亡之恨。

秋曾会戴廷栻，同编《王太史集》。

冬袁继咸在九江为清兵所俘，被执北上，寄诗札于傅山，以气节互励。

傅山冬寓盂县，有《见内子所绣大士经》《李宾山松歌》《乙酉十一月次右玄韵》《乙酉岁初八绝句》《哭雪》《响雪》等诗。自诗中观之，傅山直接从事反清复明秘密活动，曾筹资拟南行。

本年为南明弘光元年。四月丁丑，清兵陷扬州，史可法殉难。五月，南京陷亡。六月，唐王(朱聿键)即位于福州，改元隆武。鲁王朱以海监国于绍兴，东保舟山。闰六月，李自成在九宫山牺牲。明大学士李建泰暂时降清。十月，清军八旗兵分驻防顺德、济南、德州、临清、徐州、潞安、平阳、蒲州八城。并于河间、栾州、遵化等州府第二次圈地。山东榆原军转入抗清斗争，聚众数十万。宣化、大同等地抗清起义蜂起。

顺治三年丙戌(1646)，四十一岁

六月，袁继咸誓不降清被杀。此前曾在寄傅山函末云"不远盖棺，断不敢负门下之知"。傅山于秋初得书，恸哭曰："公乎，我亦安感负公哉！"

傅山曾密潜入京，收继咸遗稿而归。

秋到汾阳，朱之俊有《赠傅青主》诗，写傅山到汾阳备受崇敬。

冬为木公再写壬午旧作《六月十五日至十九日即事吟成二十一首》。

潘耒生。

本年为南明鲁监国元年。正月，清下令第三次圈地。二月，会试天下举人，三月乙丑赐傅以渐等进士及第出身有差。五月，清军攻破绍兴，鲁王出走；清军复入福州，隆武政权亦亡。十月，前明桂王由榔立于肇庆，改元永历；十一月，张献忠牺牲于西充凤凰山；弘光帝殉国于汀州。

顺治四年丁亥(1647)，四十二岁

春游绵山介子推庙。夏过晋祠，留连两月，为程示周书二十年前旧作《秋海棠赋》，并作《晋源逢示周》诗。山东叶润苍举义抗清，傅山作诗赞之。

本年为南明永历元年、鲁监国二年。正月，清军攻入广州，绍武政权亡；永历帝至梧州。四月，孙可望、李定国等率大西军(张献忠馀部)占领昆明，坚持抗清。七月山西诸县有反清起义。十一月，永历帝至桂林。同月辛亥，清免山西、山东诸

州县灾赋。十二月,山东起兵抗清。本年,清下令停止圈地。

顺治五年戊子(1648),四十三岁

寓汾阳仁岩村,作《明李御史传》。

又有《书扇贻还阳道师》诗(自注"戊子")。

本年为南明永历二年,永历帝驻南宁。山西爆发全省反清大起义。清遣谨敬亲王尼堪等帅师镇太原。

顺治六年己丑(1649),四十四岁

反清大起义遍及山西全省。清军急调兵力镇压。傅山友薛宗周(文伯)、王如金(子坚)参加抗清义军,五月间牺牲于晋祠堡战役。傅山当年内即作《汾二子传》,备加赞扬。又作《悼子坚二首》,悼念晋祠战役牺牲之王如金。

秋寓平定马军村,曾为人医病,并游乐平(今昔阳),作《无聊杂诗》二十首。

侄仁抄《高士传》,傅山为之题词,有《钞高士传题词》。

本年为南明永历三年、鲁监国四年。

顺治七年庚寅(1650),四十五岁

傅山寓祁县访戴枫仲,题诗于丹枫阁壁,有《叙枫林一枝》、《口号十一首》等诗。

过晋源,寓程示周处,十月访晋祠,在晋水湄有《长歌寿杨尔祯老友》诗。

本年为南明永历四年、鲁监国五年。正月,清陷南雄,永历帝移德庆、抵梧州。秋七月,摄政王多尔衮议建边城避暑,加派直隶、山西、浙江、山东、江南、河南、湖广、江西、陕西九省钱粮二百五十万两有奇。十二月,清摄政王多尔衮殂,追尊为成宗义皇帝。

顺治八年辛卯(1651),四十六岁

寓汾阳。

本年为南明永历五年。山东榆园兵复炽,清张仁败之。二月甲午,免山西灾赋。十一月庚子,免阳曲等四县上年灾赋。本年又下令重申停止圈地。

顺治九年壬辰(1652),四十七岁

寓汾阳,宋谦来见。

八月,阎尔梅被捕,下济南狱。

本年为南明永历六年。大西军(张献忠馀部)与永历政权谈判成功,"联合恢剿","合师北拒"。十月,永历帝在安隆。十一月乙未,清免忻州、乐平等州县灾赋。十二月辛丑,免太原、平阳、汾州、辽、沁、泽灾赋。

顺治十年癸巳(1653),四十八岁

冬自汾阳移寓阳曲土堂,手抄庄子《南华经》《曾子问》,并教子眉、侄仁为小楷。

本年为南明永历七年。三月，清免山西岢岚、保德七十四州县六年逋赋，代、榆次十二州县十之七。甲戌，免五台县逋赋及八年赋之半。四月甲辰，免山西夏县灾赋。本年重申"以后仍遵前旨，永不许圈占民间房地"。

顺治十一年甲午(1654)，四十九岁

傅山寓平定。

应戴廷栻请，作《太原三先生传》。

旋即缘"叛案"连染，下太原狱严讯，受刑不少屈，绝粒九日，几死。此即所谓"朱衣道人案"。

按："朱衣道人案"，当时因避讳，记载语焉不详。此案实为宋谦起义一事牵连。宋谦(宋道士)，蕲州人，明桂王任为总兵，一直在北方活动。准备在顺治十一年三月十五日攻取河南涉县，不幸于三月十五日事泄被捕。傅山受到牵连，于六月中旬被捕入狱，同时被捕者还有其子傅眉，及另一受牵连者张锜，后又羁讯傅山弟傅止，及张锜所牵连之朱振宇、萧峰(徐沟县张华营人)。经审讯，张、朱、萧均定为知情，山西巡抚题本称其"逆天作祟，法网难逃"，处理结果不得而知。傅山矢口否认此事，且宋谦死无对证，傅止、傅眉亦系预先编好之假供，又有太原知府边大绶、督察员左都御史龚鼎孳等为之开脱，得释。

忻州张中宿(天斗)同系于狱。

傅山在狱有疾，阳曲陈右玄(谥)医之而愈。

傅山秋有《狱祠树》《秋夜》之作。

贾木公、白允彩狱祠中与傅山做伴三月，夏末将行，傅山有诗。

十月在狱讲《论语》"游夏"、"问孝"二章。

冬欲雪，傅山有《大雪是吾天》《载赓大雪是吾天四首》之作。

儿眉羁阳曲仓。岁初眉得释，黄昏奔西村侍贞髦君，几死固碾沟。

范云茂(垂云)卒，傅山作《伤垂云堕驴》《哭范垂云二首》。

除夕，作《甲午狱祠除夜同难诸子有诗览之作此》五言排律一首，语极悲壮沉郁。

顺治十二年乙未(1655)，五十岁

前此，傅山曾于二月间在狱中书《妙法莲花经》。

傅山在狱虽经严讯，语言不乱，金陵纪伯紫映钟、合肥龚尚书鼎孳力救之，得释。全祖望《阳曲傅先生事略》："门人有以奇计救之者，得免。"

太原李中馥有《喜青主出狱》诗贺之。

傅山出狱后有《山寺病中望村侨作》《感》《不死》诗。

本年十月丙寅，免宣府、大同灾赋。

顺治十三年丙申(1656)，五十一岁

春，戴廷栻请刻傅山诗，山不许。

宁波周容(茂三)游晋阳，与傅山订交。

本年阎尔梅自陕州渡河，游河东芮城殷太峰晴晖园、汾阳龙门诸胜。此为阎初次入晋。

本年为南明永历十年。二月丙寅，清免岢岚、五台上年灾赋。四月壬戌，太原阳曲地震。八月乙巳，免大同上年灾赋。

顺治十四年丁酉(1657)，五十二岁

春作《丁酉二月十四日二首》。

有《纪梦》诗、《姚缺庵墓志铭》。

本年顾炎武四十五岁，弃家北游，先至山东。

本年为南明永历十一年，永历帝在云南。二月，山西天镇地震有声。八月己丑，免山西荒地逃丁赋役。

顺治十五年戊戌(1658)，五十三岁

三月，写《千字文》于静光精庐。

本年为南明永历十二年。十二月，清军入云南，永历帝出居永昌，越界入缅。甲戌，免五台灾赋。

顺治十六年己亥(1659)，五十四岁

本年六月，郑成功、张煌言大举入江南，复镇江，七月进逼南京，八月退走。

傅山南游，浮淮渡江，闻郑成功围南京，急赴至，郑军已退，深为失望。复过江而北至海州。有《江风》《江月》《燕子矶看往来船态颔之》《金陵不怀古》《东海倒坐崖》等诗作。秋游绵山。

曾过山阳白马湖访阎修龄(阎若璩之父)。

顺治十七年庚子(1660)，五十五岁

傅山已归太原，有《庚子二三月之间三首》。

冬十一月二十八日母贞髦君卒于松庄侨舍，年八十四。

谢彬(字文侯)为傅山画像。

本年为南明永历十四年，郑成功入台湾。

顺治十八年辛丑(1661)，五十六岁

傅山曾偕殷宗山(岳)至轵关，为杨思圣视疾。

本年有《调饥诗七章》。

戴廷栻刻傅山及子眉与白居实、胡季子诗为《晋四人诗》。

本年为南明永历十五年。正月，永历帝至缅甸，十二月为吴三桂所俘，并被绞死。又：正月，清世祖崩于养心殿，年二十四。第三子玄烨即位，年八岁，改元康熙。

康熙元年壬寅(1662)，五十七岁

六月，登北岳，冀即横尸于大林邱山间。

本年秋八月大雨，弥月连绵，汾水泛涨，漂没稻田无数。傅山有《河涨》一诗。又有《壬寅冬孟集夜对居实有悲》诗。

孙莲苏出生。

顾炎武五十岁，由山东入京，十月至大同之浑源州，渡汾河至平阳。

本年六月，郑成功卒于台湾，子经嗣。六月二十七日，李定国病死，大西军最后失败。

康熙二年癸卯(1663)，五十八岁

四月至辉县访孙奇峰于百泉。途中携旧录子书一册，暇即为之解释。

顾炎武正月自平阳登霍山，游赵城女娲庙，至太原初访傅山；至代州与富平李因笃遇，遂订交；由汾州历闻喜县之裴村，拜晋公祠，取道蒲州入潼关，过访王山史宏撰于华阴，又访李中孚于周至，出关至太原，有《赠傅处士山》一首，《酬傅处士》一首，傅山依韵答之。

阎若璩二十八岁。过松庄初访傅山，论学相问答。

申凫盟游太原，言于方伯王显祚为傅山买宅。

在此前后，傅山子、侄卖药城市。

本年，阎尔梅自昌平、宣化，游恒山，西至大同，住怀仁县吴澹庵官署。朱彝尊适于是年冬访曹秋岳至大同。吴雯(莲洋)二十一岁，赴太原，试于有司，不见收。

康熙三年甲辰(1664)，五十九岁

傅山眼花废书，右臂作痛，不敢提笔。

腊月子眉自燕归，傅山有问讯诗。

本年李因笃(子德)与傅山饮于太原崇善寺，席上呈傅山诗。

本年阎若璩已南归。顾炎武正月五日至蒲州之荣河，游后土祠，适汾州，自大同入京，经河南返山东泰安州度岁。

本年八月，张煌言被清军俘获，九月就义于杭州。八月，李自成馀部李来亨、郝摇旗死于勋阳茅麓山，夔东十三家军遂归失败。

康熙四年乙巳(1665)，六十岁

游关中，登华岳，侄仁侍行。秋过富平访李因笃，手植梅于尚友斋。九月归，过祁县见戴廷栻。

冬，邰阳范年家寄《曹全碑》来，傅山评注题改一过。

本年，吴应箕子吴坚来访，询问东林、逆党之事。

朱彝尊自大同转太原，初访傅山当在此年。

本年三月辛卯，山西旱。

康熙五年丙午(1666)，六十一岁

春，顾炎武自山东游太原，秀水朱彝尊客晋藩署，过访顾于东郊，南海屈大均亦自关中来会。顾出雁门，适应州，重过大同，与李因笃等二十馀人聚资垦荒于雁门之北、五台之东。后每言"使吾泽中有千牛羊，则江南不足怀矣"。

朱彝尊寓太原布政使王显祚官廨，春游天龙山、晋祠、风峪，并与傅山过从甚密。

傅山诗《和毛子霞韵》当作于此年，仍关注江南反清志士。

康熙六年丁未(1667)，六十二岁

傅山作《明户部员外止庵戴先生传》。

朱彝尊春访崛峒寺、重游晋祠，秋离太原，复至大同。

傅山写晋水牌匾"难老"。

七月己酉，康熙亲政。

康熙七年戊申(1668)，六十三岁

戴本孝至太原访傅山，信宿而去。

吴雯访傅山于松庄。

康熙八年己酉(1669)，六十四岁

秋，作《王二弥先生遗稿序》。

阎若璩乡试山西，受知于前给事中交城县赵恒夫。

本年，鳌拜被籍没拘禁。本年，又下令停止圈地："比年以来，复将民间田地，永行停止。"

康熙九年庚戌(1670)，六十五岁

傅山有《秋径》诗十首。

本年顾炎武由京转豫至山西，复回山东度岁，初刻《日知录》八卷，阎尔梅秋游塞外，冬入京。

本年正月丙申，清廷予程灏、程颐后裔五经博士，大力提倡理学。

康熙十年辛亥(1671)，六十六岁

朱彝尊有《送周令树迁太原守兼怀傅处士》诗。

阎尔梅(六十九岁)三月出京南还，秋游上党，遂上太行，遍历诸胜，九月初至太原，访傅山于松庄，作诗以纪。傅山为画《岁寒古松》图。

九月九日重阳戴廷栻邀傅山、潘耒(次耕)觞阎尔梅于崇善寺，阎尔梅于席上赋七律一章赠傅山。戴廷栻作《游崇善寺》。

阎尔梅又曾偕潘耒等访屈围山傅山读书处，有诗纪之，并有《太原秋望》诗。

太守周令树访傅山于松庄，假荀悦《汉纪》以归，手自校雠。顾炎武由山东入京；历忻州之静乐、平定之盂县至太原，为周令树点定《汉纪》，遂为善本。

康熙十一年壬子(1672)，六十七岁

正月初一,太守周令树率子若婿,访傅山于松庄,并会饮于双塔寺。潘耒作《双塔寺雅集记》以志其事。傅山于是日过红土沟道场作《怀雪林》诗。

春阎尔梅再访傅山于松庄。

秋阎若璩再访傅山于松庄。

顾炎武自山西赴京,历山东、河南,十月后复至山西,与阎若璩相遇于山西,度岁于静乐。戴廷栻为傅山作《石道人别传》。毕振姬、顾炎武、阎尔梅均有跋语,写于此年或此后数年。

康熙十二年癸丑(1673),六十八岁

傅山有《偶录五言古诗一章》诗。

本年子眉妇朱氏(平定人)卒,年三十七。

顾炎武于本年正月由静乐南归,返山东,又入京度岁。

本年吴三桂叛清于云南。

康熙十三年甲寅(1674),六十九岁

傅山游山东,登泰山谒孔林,孙莲苏侍行。

仲秋至祁县,访戴廷栻,登丹枫阁,为编定《枫林一枝》。

侄仁卒,傅山有《哭侄仁六首》。

八月,游宁乡,胡庭从,莲苏侍,又游金郎村之金容寺。

本年顾炎武正月出京,由易州往汾州,四月归山东,度岁。有《寄问傅处士土堂山中》、《与胡处士庭访北齐碑》诗。

傅山与毕振姬曾一邂逅于太原。

本年,吴三桂自称周帝。

康熙十四年乙卯(1675),七十岁

五月,傅山寓东山靖院。写《移书让太常博士》,教孙莲苏读"子贡一出,存鲁,乱齐,破吴,强晋而霸越"。

仲秋,傅山与王珸、王璟、胡庭、儿眉、孙莲苏游宁乡,赋纪游诗三章。

本年八月,顾炎武自山东历河南抵山西之祁县,住戴枫仲廷栻家。枫仲为筑室祁之南山,顾炎武因之置书堂焉。

孙奇逢卒。

康熙十五年丙辰(1676),七十一岁

《览岩径诗即事回复连一百韵示眉并两孙》当作于本年。

康熙十六年丁巳(1677),七十二岁

六月,在土堂大佛寺南窑撰《题自临兰亭后》。

本年有《笑慰儿孙》诗二首。

顾炎武五月后来山西,到汾州之介休,霍州之灵石,九月入陕住王山史家,

名家选集卷

十一月复回山西,度岁于太原之祁县。

本年八月,吴三桂败死于衡州。

康熙十七年戊午(1678),七十三岁

正月乙未,康熙诏开博学鸿词科。给事中李宗孔、刘沛先以傅山荐举博学鸿词科,傅山称疾固辞。

三月,傅山有《书神宗御书》后。

六月,傅山有《病急待死》诗,殆作于当事催迫之际。

当事者力促上道,傅山称疾,有司不可,令役夫舁其床以行,子眉及二孙侍。既至京师三十里,以死拒不入城,寓崇文门外园教寺。

傅山有《入凉暂尔醒快》《不如》两诗,似作于途中;《枯木堂读杜诗》当作于入京后。

李因笃、阎若璩日与傅山游处。吴雯等过访傅山。戴廷栻不远千里赴京视傅山病。

相国冯溥过之,公卿毕至,傅山卧床不具迎送礼。

康熙十八年己未(1679),七十四岁

傅山与毕振姬邂逅于燕国招提半日。

李瑞征二月初谒傅山,有《己未二月初谒傅青翁先生》诗。杜樾访傅山,有《赠傅青翁》诗。

三月殿试博学鸿词,傅山七日不食,称病卧床不与试。清强授以中书舍人名义,冯溥等强傅山入谢,傅山不可,强使人舁以入,掖之使谢,则仆于地。朝廷遂听其还乡。将行之际,有《致曹秋岳书》。

自京归里,僻居远村,不入城市,自称曰"民",有人以"舍人"呼之,傅山不应。

七月二十日书《十六字格言》以教两孙。

秋再游关中,富平令郭九芝(传芳)迎于署中,为九芝《题四以碣后》,并会李因笃。

本年吴雯归中条山,途经太原,作《过大卤访傅青主先生,时已移居,缅然有怀,即为此寄意四首》。

顾炎武由陕经豫,四月抵汾州,十一月返华阴。

阎尔梅卒。

康熙十九年庚申(1680),七十五岁

七月二十三日夜,作《书光明经后》。

为王士禛画荷竹。

康熙二十年辛酉(1681),七十六岁

正月三日遇虎,作诗纪之。

夏过沁州，有《题尺木禅师影堂壁》诗。

登平遥先师山。

冬至平定寓张植峪里花园。

冬得休宁黄朝聘上珍书。

本年写小楷《妙法莲华经》，又有《论交游杂记》一通。

七月，毕振姬卒。傅山整理毕振姬遗文为《西北之文》。

康熙二十一年壬戌(1682)，七十七岁

正月在平定作《迎春花》诗。

三月由平定归里。为尤西堂(侗)作《鹤栖堂图》。

本年正月八日，顾炎武上马失足坠地，疾作，竟日夜呕泻不止，初九日丑刻殁于曲沃。

康熙二十二年癸亥(1683)，七十八岁

春，傅山作《晋公千古一快》帖，笔力豪迈雄健。

清苑王畒始受学于傅山。段绂集傅山各体书自本年镌石，二年告成，王畒为之序。

本年九月，康熙游五台山，十月还京。十月壬寅，山西太原府地震。

康熙二十三年甲子(1684)，七十九岁

二月初九日，子眉卒，年五十七。傅山痛哭之，作《哭子诗》十四首。

夏初傅山病中犹谆谆教两孙。

又遗书魏环溪(象枢，本年致仕)、李约斋(振藻，官刑部山西司郎中)、孙长公、戴汝兆(梦熊，即汝翁)，以两孙为托。

六月十二日(公元历7月23日)傅山卒。

遗命以朱衣黄冠敛。四方会葬者数千百人，葬西山，私谥号文贞，入祀阳曲县学乡贤祠，并祀三立祠。

次年三月，魏象枢等通省缙绅有祭文。魏象枢、陈禧、魏一鳌、甄昭、管有度、王赟等有挽诗。

傅山卒后

三年，康熙二十六年(1687)，魏象枢卒。

七年，康熙三十年(1691)，戴廷栻、冯溥卒。

八年，康熙三十一年(1692)，王夫之、李因笃、申涵光卒。

十一年，康熙三十四年(1695)，黄宗羲卒。

十二年，康熙三十五年(1696)，屈大均卒。

二十年，康熙四十三年(1704)，颜元、阎若璩、吴雯、尤侗卒。

二十一年，康熙四十四年(1705)，李颙卒。

二十四年,康熙四十七年(1708),潘耒卒。

二十五年,康熙四十八年(1709),朱彝尊卒。

二十七年,康熙五十年(1711),王士禛卒。

注:本《年谱》主要采集侯文正先生所著《傅山传》(山西古籍出版社2002年版)"傅山年谱"中傅山的主要行迹及明末清初社会巨大变革的史实,并参照郝树侯所著《傅山传》(山西人民出版社1981年版)中的"傅山年谱"等,目的只为方便读者阅读参考,实不敢掠美,在此谨致以由衷的感谢。

傅山著作主要版本

1.《霜红龛集》(四十卷,附录三卷、年谱一卷)线装竖排本. 宣统三年山阳丁宝铨刊本

2.《傅山全书》. 刘贯文等主编. 山西人民出版社. 1991年版

3.《傅山研究文集》. 山西省社会科学院编. 山西人民出版社. 1984年版

4.《傅山诗文选注》. 侯文正等编注. 山西人民出版社. 1985年版

5.《傅山传》. 郝树侯著. 山西教育出版社. 1985年版

6.《傅山论书法》. 卫俊秀. 山西人民出版社. 1985年版

7.《傅山论书画》. 侯文正辑注. 山西人民出版社. 1986年版

8.《傅山诗论文论辑注》. 侯文正辑注. 山西人民出版社. 1986年9月版

9.《傅山评传》. 魏宗禹. 南京大学出版社. 1995年版

10.《清代诗学》. 陆耀东编. 湖南人民出版社. 2000年版

傅山研究重要著述

1.《傅山的美学思想及文艺观》. 王莹. 《晋阳学刊》. 1981年6期

2.《傅山佚文〈治学篇〉注释》. 李德仁. 《晋阳学刊》. 1982年4期

3.《傅山研究述要》. 傅岩. 《晋阳学刊》. 1984年3期

4.《傅山和他的杂剧〈红罗镜〉》. 张谦. 《晋阳学刊》. 1984年3期

5.《傅山与顾炎武唱和诗六首释析》. 周庆义. 《运城学院学报》. 1984年3期

6.《啸声散作满林风,满腔肝胆不尽吐——傅山咏太原风物诗一束漫析》. 张厚余. 《名作欣赏》. 1984年4期

7.《三百年傅山评价变迁》. 师道刚. 《晋阳学刊》. 1984年4期

8. 《谈傅青主的历史地位》. 张岱年.《晋阳学刊》. 1984年6期

9. 《傅山散文的艺术特色》. 张厚余.《山西师大学报》(社会科学版). 1985年4期

10. 《傅山〈五台八首〉注释》. 徐练锋.《五台山研究》. 1986年1期

11. 《论傅山的审美情趣》. 尹协理.《复旦学报》(社会科学版). 1986年1期

12. 《〈傅山诗文选注〉刊误》. 马斗全.《晋阳学刊》. 1987年1期

13. 《傅山的〈十六字格言〉漫笺》. 孟肇咏.《运城学院学报》. 1988年2期

14. 《傅山甲申前后的诗作与思想变迁》. 尹协理.《晋阳学刊》. 1990年3期

15. 《傅山文学思想简述》. 邬国平.《晋阳学刊》. 1991年1期

16. 《傅山论文学艺术的变化与创新》. 尹协理.《太原师范学院学报》(社会科学版). 1991年2期

17. 《傅山及其杂剧〈红罗镜〉》. 赵尚文.《戏曲艺术》. 1992年3期

18. 《傅山美学思想简论》. 陈鸿兵.《运城学院学报》. 1993年1期

19. 《傅山的个性与其诗歌的主题取向》. 张兵.《西北大学学报》(哲学社会科学版). 1997年1期

20. 《我读傅山》. 赵园.《文学遗产》. 1997年2期

21. 《论傅山反奴性的文学思想》. 李世英.《北方工业大学学报》. 1999年4期

22. 《论傅山的戏曲创作》. 田同旭.《晋阳学刊》. 2000年5期

23. 《傅山剧作考辨》. 张香琪.《晋阳学刊》. 2003年1期

24. 《不屈的孤鹄——傅山诗歌之成就》. 李东琴.《厦门教育学院学报》. 2004年4期

25. 《傅山爱情剧〈红罗镜〉创作时间及本事考》. 赵震野.《沧桑》. 2004年5期

26. 《近五十年傅山研究论著索引》. 陈余.《晋阳学刊》. 2005年1期

27. 《傅山两部寓言讽刺短剧论析》. 赵震野.《山西师大学报》(社会科学版). 2005年2期

28. 《晋祠藏傅山〈霜红龛集〉初探》. 王一菁.《文物世界》. 2005年3期

29. 《论明末清初晋中遗民诗人傅山的山水诗》. 时志明.《齐鲁学刊》. 2006年6期

《傅山集》名言警句

△既是为山平不得，我来添尔一峰青。(《青羊庵三首》)(第001页)

△摩云即有回阳雁，寄得南枝芳信无？（《乙酉岁除八绝句》)（第005页）

△不生不死间，云何为怀抱。(《东海倒座崖》)（第006页）

△生憎褚彦兴齐国，喜道陶潜是晋人。(《自遣》)（第011页）

△极知恩爱假，真者定何如？(《悼孙女班班》)（第012页）

△石顽木不才，冷劲两相得。(《题自画老柏》)（第014页）

△礌砢五色溅，轮囷一蛟轶。(《题自画老柏》)（第014页）

△觚觚拐拐自有性，娉娉婷婷原不能。(《题自画山水》)（第015页）

△作字先作人，人奇字自古。(《作字示儿孙》)（第030页）

△宁拙勿巧，宁丑勿媚，宁支离勿轻滑，宁直率勿安排。(《作字示儿孙》)（第031页）

△疏磬可林冷，云根一片秋。无情熏不热，有骨踏难柔。(《五台八首·清凉石》)
（第034页）

△江泌惜阴乘月白，傅山彻夜醉霜红。(《红叶楼》)（第038页）

△云起雨随响，松停涛细闻。(《虹巢》)（第039页）

△书尘一再拂，情到偶成文。(《虹巢》)（第039页）

△山花春暮艳，柳雪夏初寒。(《虹巢》)（第039页）

△高枝丽云日，瘦干能风霆。深夜鸣金石，坚贞似有侪。(《狱祠树》)（第044页）

△凡花浅心向人输，此花之心深更无。(《迎春花》)（第045页）

△暗香花未远，冰友韵如梅。(《雪夜同文伯、子坚、木公、伯浑驴背偶成》)（第046页）

△面难生客挂，心向故人言。(《为袁生小陆作》)（第047页）

△打点东篱菊，餐英对楚骚。(《即事口占为友人劝酒》)（第048页）

△数声非恶农夫起，一枕偷安客子羞。(《枣园头阻雨泥十里不得至晋祠见所期》)
（第051页）

△玉莲冠子渲云层，雪裳霞裙兰气生。浅黛晕瞳䫳不语，海棠花底弄哀筝。(《意
中人行》)（第051页）

△料得别来三五日，瑶台新有画眉人。(《新月》)（第053页）

△江南江北乱诗人，六朝花柳不精神。(《口号十一首》)（第053页）

△口角若无曹植气，笔端争似吕虔刀。(《口号十一首》)（第054页）

△太原人作太原侨，名士风流太寂寥。(《口号十一首》)（第054页）

△要知无限相思意，不是人间空断肠。(《七夕》)（第057页）

△解衣画史三更醒，梦自罗浮香里来。(《月画》)（第057页）

△泛滥瑜伽半卷阑，一枝红雪能春寒。(《小瓶杏花》)（第058页）

△平分一榻罗浮梦，鞲扇摇来都是春。(《梅房》)（第059页）

△儿身寒有时，母心寒无涯。(《游燕》)（第059页）

△月从微雨来烟外，云逐春风过雁西。(《河边二首》)（第060页）

△满眼河山满眼泪,满腹心事满腹愁。(《八满诗》)(第061页)

△魂冷栏杆里,依希王粲楼。(《庚午闹撤,有怀卷自缢于奎光楼者,诗以吊之》)(第064页)

△好色者,古人一荀奉倩而! (《方心》)(第066页)

△郎若真有情,妾甘红尾生。(《方心》)(第066页)

△郎若真相弃,妾作黛柱厉。(《方心》)(第067页)

△一扫书袋陋,大刀阔斧裁。号令自我发,文章自我开。(《哭子诗·哭文章》)(第069页)

△老泪落篇上,非血而焦红。(《哭子诗·哭诗》)(第071页)

△感时顾景兮,增好色之愁肠。(《秋海棠赋》)(第078页)

△惟在芦渚水湄,月夜龙吟,一鼓之琳琅。(《燕巢琴赋》)(第080页)

△不念颓暮,但怜奋苓。(《春日小赋》)(第088页)

图书在版编目（CIP）数据

傅山集 /（清）傅山著；吴言生，景旭解评 . —太原：三晋出版社，2008.10（2024.5 重印）

（中国家庭基本藏书·名家选集卷）

ISBN 978 - 7 - 5457 - 0009 - 1 - 01

Ⅰ.傅… Ⅱ.①傅…②吴…③景… Ⅲ.①古典诗歌—作品集—中国—清代②古典散文—作品集—中国—清代 Ⅳ.I214.92

中国版本图书馆 CIP 数据核字（2008）第 090983 号

傅山集

著　　者：（清）傅　山		解评者：吴言生　景　旭	

责任编辑：郝文霞	审 订 者：郝文霞	
封面设计：敬人工作室	版式设计：敬人工作室	
责任校对：郝文霞	责任印制：李佳音	

出版发行：山西出版集团·三晋出版社
地　　址：太原市建设南路 21 号
电　　话：（0351）4956036（咨询）　　4922268（邮购）
传　　真：（0351）4922102
网　　址：www.sxskcb.com
邮　　编：030012

印刷装订：山西新华印业有限公司
（本书如有破损、缺页、装订错误，请与本社联系调换）

开　　本：787mm×960mm　　1/16
字　　数：200 千字
印　　张：12
版　　次：2008 年 10 月第 1 版
印　　次：2024 年 5 月第 2 次印刷
书　　号：ISBN 978 - 7 - 5457 - 0009 - 1 - 01
定　　价：46.00 元